결혼을
반납하다

결혼을 가정하다 2

초판 1쇄 찍은 날 | 2015년 3월 17일
초판 1쇄 펴낸 날 | 2015년 3월 25일

지은이 | 리브
펴낸이 | 서경석

편 집 장 | 권태완
편집책임 | 나정희
편   집 | 최고은

펴낸곳 | 도서출판 청어람
등록번호 | 제387-1999-000006호
등록일자 | 1999. 5. 31
어람번호 | 제5-0406호

주소 | 경기도 부천시 원미구 부일로 483번길 40 서경B/D 3F (우) 420-822
전화 | 032-656-4452 팩스 | 032-656-4453
http://www.chungeoram.net
E-mail | chungeorambook@daum.net

ⓒ 리브, 2015

ISBN 979-11-04-90157-7   04810
ISBN 979-11-04-90155-3   (SET)

2

결혼을 반납하다

Chungeoram romance novel

리브 장편 소설

도서출판 청어람

Contents

9

성민이 들려주는 이야기 ─ 그 남자, 서현후

내 이름은 최성민. 한국에서 다섯 손가락 안에 들어가는 한국대학교 경영학과에 재학 중인 대학생. 나는 잘났다고 생각하면 잘났고, 평범하다 생각하면 평범한 일개 학생에 불과하지만, 중학교 때부터 친구 먹은 서현후 이 자식은 많이 특이한 놈이다. 내가 아는 그 어떤 사람도 이놈보다 집요하진 못했다.

"드디어 만날 수 있어."

어느 날 술에 잔뜩 취한 그가 두 볼이 상기된 채 중얼거렸다.

"누굴 만나는데?"

"서윤이, 내 사랑 이서윤……."

그의 까만 눈동자가 별이 빛나는 밤하늘처럼 반짝거렸다. 평소 웃는 가면을 뒤집어쓰고 있는 그는 술에 흠뻑 취할 때가 아니면 제 본심을 쉬이 털어놓는 법이 없었다. 이서윤이라면 나 또한 잘 알고 있다. 현후 이 자식이 중학교 3학년 때부터 줄곧 짝사랑해 온 여자다.

"……영감탱이가 자기 사업만 이어받으면 내가 어떤 여자와 결혼하든 말든 신경 쓰지 않겠대. 이제 태현에게서 그녀를 떼어 놓기만 하면 돼."

"너, 대학 입학할 때 한 말 진심이었냐?"

"당연하지."

2년이 조금 못 된 기억이다. 현후 이 자식이야 고등학교 2학년 때부터 전교에서 다섯 손가락 안에 들던 놈이니 한국대학교 입학은 따놓은 당상이었다. 하지만 그 당시의 내 점수로는 합격이 상당히 아슬아슬한 편이었다. 정시 원서 접수 결과 예비 번호 4번을 받았고, 운 좋게 추가 합격으로 이 대학에 들어올 수 있었다.

합격 발표가 나고 맥주 몇 캔을 사서 남자 둘이 한강 둔치에서 술을 홀짝이던 날, 의외로 자존심 강한 이 녀석이 내게 처음으로 부탁을 해왔다. 죽도록 갖고 싶은 게 있으니 자신을 도와 달라고.

그가 꺼내는 말은 놀라움의 연속이었다. 만약 타임워프해서 그동안 그를 조금 이상한 녀석이라고 생각해 오던 지난날의 나를 만나게 된다면 얼굴을 주먹으로 한 대 쳐버리고 싶은 심정이었다.

말을 하는 동안 녀석은 성격 좋은 사람처럼 시원스레 웃고 있었다. 간혹 무언가에 열중할 때만 볼 수 있는 반짝이는 눈동자를 하고서.

나는 그날 신의 실수로 지상에 떨어진 악마 한 마리를 보았다. 오, 신이시여! 저런 인간을 지상에 내려 보내면 대체 어떡합니까.

수오그룹의 자제 강태현. 전공 강의가 있던 첫날, 나와 현후가 그에게 접근한 것은 결코 우연이 아니었다. 모든 만남은 잘 짜인 하나의 계획. 현후는 거미줄처럼 촘촘한 그물을 태현의 주변에 치기 시작했다. 제가 태현의 가장 친한 친구 자리를 꿰찬 것은 물론 나를 비롯해 그가 원한다면 언제든 태현과 관계를 끊을 수 있는 자들로 주변을 채워놓았다.

게다가 섬영그룹의 후계자 수업을 본격적으로 받기 시작하면서 현후는 그 특유의 사교성을 발휘해 비슷한 나이의 재계 자제들에게 수오그룹에 대한 적대적 분위기와 관계를 형성해 놓았다. 그러면서도 태현의 앞에 서면 그 모든 꿍꿍이를 숨기고 사람 좋은 미소를 지어 보이는 그에게 소름이 돋을 때가 한두 번이 아니었다.

"일을 왜 그렇게 어렵게 진행시켜?"

몇 달을 옆에서 그냥 지켜보다가 지나가는 말처럼 툭 물어보았다. 내가 아는 그는 상당히 과감하고 공격적이다. 그와 게임이나 스포츠 경기를 몇 번 하다 보면 알 수 있다. 자신이 어느 정도 데미지를 입을 것인가는 전혀 생각하지 않고 일단 공격부터 했다. 이 단순 무식한 전략이 의외로 효과를 거둘 때가 많다.

하지만 그는 지금 평소 스타일을 버리고 돌아 돌아 일을 진행시키고 있었다. 태현의 주변에 치명적인 함정을 파놓는 것에만 열을 올릴 뿐, 태현과 서윤 사이를 갈라지게 만들 직접적인 행동은 하나도 취하지 않았다.

"의외로 깐깐하고 보수적인 성격이거든. 나중에 미움받고 싶은 생각 없으니까 기다리는 거야."

그녀 스스로 태현의 곁을 떠나고 싶다는 생각이 들 때까지.

현후가 조바심 가득한 얼굴을 애써 감추며 무덤덤하게 중얼거렸다. 그러다간 평생 홀아비로 늙어 죽을지도 모르겠다는 생각이 들었지만, 후환이 두려운지라 그 말을 입 밖으로 꺼내진 않았다.

지성이면 감천이요, 하늘은 스스로 돕는 자를 돕는다고 했던가. 태현은 입학한 지 얼마 안 되어 과 동기를 비롯해 여러 여자들을 만나고 다녔다. 소위 말해 바람이 난 것이다.

현후는 먹잇감을 노리는 맹수처럼 그의 일거수일투족을 신중하게 살폈다. 그렇게 시작된 태현의 방황이 1년을 넘어서자 마침내 현후는 서윤에게 조심스럽게 다가섰다. 우연을 빙자한 만남으로.

짝사랑하던 여자를 오랜만에 만난 그는 술에 흠뻑 취한 사람처럼 들떠 있었다. 그다음 날 현후와 경준 이렇게 셋이서 태현의 집을 방문할 기회가 생겼다.

서현후 이 미친 녀석의 마음을 단번에 사로잡은 여자를 드디어 만나게 되는 것이다. 학창 시절, 서윤과는 단 한 번도 같은 반이 된 적이 없었다. 옆 반이라서 복도를 오갈 때 우연히 몇 번 마주친 기억이 전부다.

다행히도 서윤은 나를 기억하지 못했다. 나와 현후가 중학교 동창이라는 사실은 태현이 아직 모르는 비밀이다. 우리 사이가 그와 현후보다 더 가깝다는 것을 알릴 필요가 없기 때문이다.

그녀의 서글서글한 이목구비와 야무져 보이는 인상은 옛날 그대로였다. 남편 친구들이 방문한다고 한껏 치장한 모양인지 옅게 화장한 얼굴은 그럭저럭 예쁜 편이었다.

현후는 틈만 나면 그녀의 얼굴을 힐끔거렸다. 저러다 태현에게 쓸데없는 의심을 사는 것은 아닌지 지켜보는 내가 더 불안할 정도였다.

식사를 하고 나서 후식으로 과일을 먹는 동안 그녀를 조심스레 관찰했다. 얌전하다는 느낌은 들었지만 현후가 말한 당찬 구석이나 팔팔 넘치는 생기는 찾아볼 수 없었다. 얼굴에 전반적으로 옅은 그늘이 드리워진 모습이 오히려 애처…….

"완전 깐깐하고 무서운 반장이었어. 밑에서 부반장 하다가 죽는 줄 알았다니까. 조금만 실수해도 어찌나 잔소리가 심하던지."

그 말이 끝나자마자 서윤의 손에 들려 있던 과도가 현후의 옆 바닥에 매섭게 꽂혔다.

"미안, 미안. 손에 땀이 나서……."

……로워 보이지 않구나. 그래, 이 자식아. 네가 그녀를 당차고 무서운 여자라 말한 이유를 잘 알겠다.

"하하하! 현후 너도 참……. 저렇게 예쁜 서윤 씨가 널 무섭게 갈구다니 상상이 안 되잖아. 그치, 성민아, 태현아?"

경준이 어색하게 웃으며 상황을 수습하려 들었다. 하지만 현후의 장난기 어린 말에 단단히 화가 난 듯한 그녀는 과일을 집어 던지듯 내려놓고 방 안으로 들어가 버렸다. 그 모습을 지켜보던 태현이 쫓아가서 무어라 한마디 하려는 것을 현후가 서둘러 말렸다.

"에이, 내가 놀려서 그런 건데, 뭐. 그렇게 사소한 걸로 뭐라 하면 아내에게 사랑받는 남편 못 된다?"

"됐거든. 그러게 쟤는 밖에 나가 있으라고 했더니."

순간 현후의 눈에서 불꽃이 이는 착각이 들었다. 서윤을 함부로 대하는 말에 기분이 상한 것이리라. 태현에게 서윤은 귀찮은 아내일지 몰라도 현후에게 그녀는 천사이자 여신 같은 존재였다.

기분이 꽤 묘했다. 분명 같은 존재인데 사람에 따라서 그녀를 대하는 태도가 다르다. 한 남자에게 한 여자가 가지는 의미를 생각해 본다.

현후는 남녀공학 고등학교, 남녀공학 대학에 다니면서 여러 여자들에게 고백도 받아보고 적극적인 대시도 받아봤지만, 이제껏 단 한 번도 누군가와 사귄 적은 없었다. 물어봤더니 그 이유가 가관이었다.

"난 이서윤보다 센스 없는 여자는 상대 안 해."

그에게 차인 여자들이 눈앞에서 이 소리를 들었다면 기가 막혀 울었으리라.

사전에 논의한 대로 나, 경준, 현후 셋이서 태현에게 술을 몰아주는 바람에 그는 일찍 취해 잠들어 버렸다. 서윤과 단둘이 이야기할 순간만 기다리느라 잔뜩 애를 태우고 있는 현후가 똥 마려운 강아지처럼 불쌍해 보여 우리 둘도 몇 잔씩만 더 걸치고 일찌감치 방바닥에 뻗어버렸으면 참 좋겠지만, 인생 그리 살면 하나도 재미없지.

나와 경준이 잠든 척하자마자 안방으로 쏜살같이 걸음을 옮기는 모습이 이번에는 꼬리에 불붙은 강아지 같았다. 우리는 발소리도 죽이고 호흡도 최대한 삼간 채 문 쪽으로 귀를 바짝 갖다 대었다.

"뭐라고 말하는지 잘 안 들린다."

"그러게."

이런, 젠장. 조선시대 같으면 창호지에 구멍이라도 내서 엿봤을 텐데. 열악한 환경 탓에 금세 흥미를 잃어버린 나와 경준은 자리에 앉아 술을 몇 잔씩 더 걸쳤다.

"그래도 예쁘긴 하더라."

마찬가지로 어느 정도 사정을 알고 있는 경준이 히죽 웃으며 이야기했다.

"현후 저 자식이 워낙 간절해서 도와주긴 한다만⋯⋯."

"왜? 성민이 넌 강태현이 불쌍해?"

"⋯⋯조금은. 한 번에 와르르 무너질 테니까."

"이 자식이 평소에 거들먹거리는 꼴을 보고서도 그런 말이 나오냐? 머리 빈 기집애들 빼고 과에 얘 싫어하는 사람 널렸다? 지네 집안 믿고 설치는 것도 짜증 나고, 저번에 수환이 여친도 꼬셔서 둘이 깨졌잖아."

목을 넘어가는 술이 유독 쓰다. 이거 참, 취기가 벌써 올라오나.

한쪽 구석에서 세상모르고 잠든 태현의 옆얼굴이 보였다. 현후의 조력자인 나는 그저 속으로 가만히 속삭일 뿐.

'불쌍한 자식, 빨리 정신 차려라.'

현후가 그녀와 재회한 후에도 시간은 변함없이 유유히 흘러갔다. 현후가 바라는 대로 태현이 원하는 정보를 흘려주었다.

별것 아닌 것처럼 보여도 서현후 그에게는 상당히 치명적인 정보. 이런 과거사가 누군가에게 밝혀지는 건 독(毒)이 되었으면 되었지 절대로 득(得)이 되진 않는다. 평범한 사람의 자살 기도마저도 쉬쉬하는 판국에 서현후 그처럼 많은 것이 걸려 있는 섬영그룹 후계자의 자살 기도 이야기가 널리널리 퍼진다면 어떻게 될까. 평범한 내 머리로는 이번에도 그가 무슨 생각을 하고 있는지 도통 알 수 없었다.

"어떻게 되긴, 재밌게 되지."

현후의 진담 같은 농담에 웃을 기분이 아니었다. 그를 말없이 노려보다가 입에 골뱅이무침을 하나 집어 넣고 쓰디쓴 소주를 삼켰다.

하나부터 열까지 치밀한 성격의 그는 나와 이런 무서운 이야기를 나눌 때마다 외딴 동네의 포장마차를 즐겨 찾곤 했다. 분위기가 좋고 깔끔해서 평소 애용하던 일식 주점은 보는 눈과 듣는 귀가 있을지도 몰라 조심스럽다나 뭐라나. 나야 뭐 크게 상관없었다.

"이게 재밌어? 태현이 그 사실을 어떻게 이용할지 모르는데?"

현후가 그와 내 술잔에 소주를 한가득 따르며 입을 열었다.

"그 바보가 그 정보를 이용하는 방법은 딱 두 가지야. 첫째, 서윤의 성미를 건드려 놓는 것. 둘째, 나중에 일의 전말을 깨달았을 때 나를 협박하는 것."

"서윤의 성미를 건드려 놓는 것?"

"네게 이야기를 듣고 나서 평소 성격대로 사실 유무를 명확하게 확인해 보려는 순간 바로 아웃. 그 아가씨 성격상 남의 과거, 남의 상처 들추는 행동을 별로 안 좋아하거든."

"……."

진심으로 할 말이 없어졌다. 나는 이제야 녀석의 속내를 정확히 파악할 수 있었다. 태현의 성격을 제 성격처럼 파악했기에 계획할 수 있는 일거양득(一擧兩得), 아니, 일석삼조(一石三鳥)의 전략.

첫째, 태현에게 자신과 서윤을 특별한 사이로 각인시킬 수 있다. 둘째, 서윤에게 도움을 받았던 자신이 딴마음을 품고 그녀에게 일방적으로 접근하는 것처럼 보이게 만들 수 있다. 이 경우, 아직 법적으로는 태현과 부부 관계인 서윤의 입장을 보호할 수 있다. 셋째, 서윤이 태현에게서 정을 더 떼게 만들 수 있다.

이 남자는 대체 어디서부터 예상하고 어디까지 계획한 것일까. 치밀하고 성격 나쁜 이놈이 사방에 거미줄을 쳐놓은 거미라면 나는 그의 계획에 몸서리치면서도 꼼짝없이 붙들리고 만 나비나 나방, 기타 등등의 곤충이었다. 현후가 인상을 찌푸리는 나를 보며 싱긋 웃는다.

"너는 나를 좋아하니까."

뭐래냐, 이 새끼가.

현후에게 핀잔을 주면서도 그 말이 맞는 듯해 쓰디쓴 소주로 입을 채워왔다. 나쁜 놈인데, 인간이 어찌 저럴 수 있나 싶을 정도로 악마 같은데 말릴 수는 있어도 저버리기는 힘든 친구 서현후. 사람들이 흔히 말하길 진실한 친구 셋을 얻으면 성공한 인생이라 했는데, 나는 그중 한 명이 저런 놈이라서 진즉에 망한 듯하다.

신이시여, 할 수만 있다면 정말 몇 년 전으로 타임리프하고 싶네요. 산타할아버지, 올해 제가 받고 싶은 선물은 타임머신입니다. 부디 참고해 주세요.

밑도 끝도 없는 그의 저 자신감이 한 여자 앞에서는 왜 한없이 수그러드는지 그 이유를 알다가도 모르겠다.

"나도 네가 좋아, 최성민."

"니 사랑 따위 원한 적 없거든?"

"나는 서윤과 네가 아니었다면 진즉 죽었을 거야."

이번에는 술맛조차 떨어질 정도로 온몸에 소름이 오싹 돋아서 잔을 내려놓고 그를 바라보았다.

"벌써 취했냐? 그런 장난 하나도 재미없거든."

"지금도 건물 옥상에만 올라서면 망설이고 있는 내 자신을 봐."

"……그렇다면 진지하게 말할게. 너 병원 가야 해."

"회장님에게 끌려갔었어."

현후는 어느 때부터인가 아버지라는 말 대신 회장님이라는 단어를 사용했다. 아마도 그의 어머니가 돌아가신 이후부터일 것이다. 그 단어 하나로 현후는 그와 아버지 사이에 결코 지워지지 않는 선을 그어놓았다.

그 심정을 이해 못 하는 바는 아니다. 남편의 외도에 질려 버린 그의 어머니는 우울증을 시름시름 앓다가 식칼로 손목을 그어 자살하셨다. 하지만 외부(外部)에는 오랫동안 앓고 있던 지병이 심해지자 이를 비관해 자살한 것으로 공표되었다.

제 가족의 상처보다 외부의 명예를 중시 여기는 아버지에 대한 분노와 자신이 성장하면 독립해서 둘이 잘 살자던 약속을 저버린 어머니에 대한 배신감. 이 모든 과정의 주체이던 현후의 마음은 얼마나 무너져 내렸을까.

만약 내게 그와 비슷한 일이 발생한다면 현후처럼 제정신을 유지할 수 있으리란 생각이 들지 않는다. 아버지의 얼굴 또한 두 번 다시 똑바로 쳐다보지 못할 것이다.

며칠 지나자 현후는 평소처럼 웃는 얼굴로 괜찮다고 말했지만 정말 아무렇지도 않을 리 없었다. 밤에 잠을 제대로 못 자는지 푸석푸석한 얼굴과 핏발 선 눈으로 교실에 들어오곤 했다. 육 개월쯤 지났을 때 그는 수능을 보았고, 원서에 평소 가기를 희망하던 '정치학과' 대신 '경영학과'를 써내었다. 그리고 후계자 수업을 본격적으로 받기 시작하면서 그의 아버지가 원하는 삶을 살아왔다.

"어차피 의사라는 인간들이 말하는 건 다 똑같아. 마음의 여유를 가져야 한다, 좋아하는 활동을 찾아서 긍정적인 에너지를 활성화시켜야 한다. 쓸데없는 개소리지."

왈왈! 그가 개 짖는 흉내를 내며 피식 웃었다.

현후의 불신(不信). 그는 보통 사람들의 말도 잘 듣지 않았지만, 세간에서 권위 있고 대단하다 평가받는 사람들의 말에는 더더욱 귀를 닫아버렸다. 그것이 성급한 일반화의 오류라는 사실을 본인 또한 잘 알고 있으면서도 그들을 제 아버지처럼 증오했다.

세상 사람들을 믿지 않고 그들을 비딱하게, 냉소적으로만 바라본다. 때문에 나는 서윤을 원하는 그를 온전히 말리지 못하는 것이다. 그녀가 곁에 있어준다면 현후도 이 세상의 긍정적인 면을 몇 개는 발견할 수 있을 것 같아서, 본인의 삶을 조금 더 소중히 여길 수 있을 것 같아서 말이다.

"안주 하나 더 시킬까? 아주머니, 여기……."

주인아주머니가 이쪽을 쳐다보기 전에 현후의 행동을 제지했다. 술에 취했는지 제법 나른해진 얼굴이다. 하얀 볼에 옅은 홍조가 돌았다. 하여간 술도 더럽게 못 하는 녀석, 이젠 집에 보낼 시간이다.

"나도 참 운이 없지. 태현을 어찌어찌 쫓아낼 수 있다고 생각하니까 이제 웬 꼬맹이가 나타나서 설치고……."

술에 반쯤 먹힌 녀석은 택시에 올라타서도 쉴 새 없이 떠들어댔다. 나를 만나기 전, 어떤 꼬맹이한테서 문자 하나 받은 게 마음에 어지간히 걸렸나 보다.

이번 주말에는 서윤이와 반드시 피자랑 파스타를 먹을 거야. 벌써 열 번도 넘게 한 말을 다시 좋알거리는 그 입에 박하사탕을 쓱 밀어 넣었다.

뱉어내면 한 대 때리려고 했는데 오늘따라 얌전히 받아먹는다. 말 잘 듣는 조용한 아이 같은 모습이 귀엽다기보다는 처연하다.

정해진 사건, 운명에 대한 순종(順從)과 발악(發惡). 그는 한없이 비참해지지 않기 위해 남들에게 욕을 얻어먹는 후자를 택했을 뿐이다. 그래서 나는 등을 돌릴 수 없었다.

The Nightmare before Christmas

나른한 월요일 오후, 수오그룹 본사 23층에 위치한 회장실.

평소라면 강 회장의 신임을 한 몸에 받는 윤 비서가 있는 듯 없는 듯 제자리를 지키고 있겠지만 그녀는 잠시 자리를 비운 상태였다. 모처럼 아들 태현을 부른 강 회장이 축객령을 내렸기 때문이다.

시간이 멈춰 버린 듯 소름 끼치는 침묵만이 맴도는 그곳은 사람의 마음을 바짝 죄는 경향이 있었다. 태현은 애써 제 시선을 강 회장 뒤쪽에 있는 창문으로 던졌다.

"무슨 일로 불렀습니까? 내일 시험도 있는데……."

기회만 생기면 제 아버지 강 회장에게 반항 모드를 실행하곤 하는 태현이었지만, 그는 여전히 대하기 어려운 존재였다. 오후에 있는 전공 시험을 핑계 삼아 이 자리를 빠져나가 보고자 애썼지만 역시나 씨알도 먹히지 않았다.

"못난 놈. 내가 너를 부르지 않았다면 이번에는 과 수석이라도 할 생각이었느냐."

"……"

"네 모습을 보아하니 내가 왜 불렀는지 짐작도 못 하고 있는 것 같구나."

"모르겠습니다."

"내가 그동안 네 철없는 짓을 몰라서 가만히 내버려 두었다고 생각했느냐? 그래, 이제 어찌할 거냐?"

"뭘 말입니까."

"눈치도 없이 그런 너저분한 생활을 하고 다니다니! 주변 정리도 제대로 못 하고 제 사람 마음 하나 제대로 파악 못 하는 놈이 나중에 무슨 일을 하려고!"

자세한 설명 없이 호통부터 치는 강 회장의 말을 100% 알아들을 수는 없었지만, 앞뒤 문맥을 대충 따져보니 답이 나왔다. 제가 다른 여자들을 만나고 다니는 것과 아내인 서윤에 관한 이야기이리라.

"안 그래도…… 지금 만나는 여자는 정리하려고 했습니다."

"거참, 말은 쉽게 하는구나. 너만 정리하면 모든 것이 해결되느냐? 못난 놈, 책임지지도 못할 일은 시작하지도 말라고 몇 번이고 말했건만……. 너는 꼭 쓴맛을 봐야 똥인지 된장인지 구분할 놈이구나!"

녹색 천이 깔린 테이블 위 탁상시계가 태현을 향해 야구공처럼 날아왔다. 시계가 그의 어깨에 둔탁하게 부딪치며 싸한 통증을 동반해 왔다. 제 아버지는 항상 이런 식이었다. 칭찬보다는 꾸중이, 말보다는 폭력이 앞섰다.

제 친한 친구들에게 이러한 불만을 넌지시 털어놓아 보아도 돌아오는 반응은 '네가 복에 겨운 소리를 한다'가 대부분이었다. 오직 서윤만이 그들 부자(父子) 관계를 안타까워했고, 아버지에 대한 제 반항심을 어느 정도 이해해 주었다. 서윤은 좋은 여자였다. 이른 나이에 인생에서 가장 중요한 일 중 하나인 결혼을 결심했을 만큼.

'단지 지루했을 뿐이라고. 어차피 언젠가는 다시 돌아와야 한다고 생각했기에 선은 넘지 않았다고.'

그 말이 자기 합리화에 불과하다는 것은 스스로도 잘 알고 있다. 하지만 누구보다도 당당하고 멋있던 서윤이 점점 변해가는 모습을 보면서 한심하고 나약한 제 모습을 거울로 비춰보는 것 같아 짜증이 난 것도 사실이다.

다행히도 요 근래 서윤이 제 모습을 조금씩 되찾는 것 같으니 다시 한 번 잘해보고 싶었다. 서윤이 변한 데는 저와 제 집안의 책임이 어느 정도 있다는 사실을 인지한 탓도 있을 게다. 연아와의 관계를 언제쯤 정리하는 게 좋을까 고민하는 그의 귓가로 강 회장의 은근한 목소리가 이어졌다.

"내가 서윤이에게 왜 그 자리를 맡기려는지 아느냐?"

"……."

"이 늙은이가 그동안 잘못 생각한 것이 몇 가지 있더구나. 사람의 재능이나 능력은 그에 걸맞은 자리가 주어졌을 때 비로소 제 빛을 발한다는 사실을 간과하고 있었고, 한 번 꺾인 꽃이라도 원하는 사람이 있을 수 있다는 점을 잊고 있었지."

"그게 도대체 무슨 말입니까?"

"바꿔 말하면 네놈이 경거망동하는 것도, 집안의 다른 이들이 그 아이를 탐탁찮게 여기는 것도 아주 간단히 해결할 수 있는 문제였단 말이다. 처신 똑바로 하거라. 이후에도 불미스러운 소리가 또 내 귀에 들려온다면……."

후계 문제도 진지하게 고려해 보마. 강 회장의 목소리가 다시 빳빳해졌다. 그 말을 끝으로 태현은 겨우 회장실에서 물러날 수 있었다.

늘 그래 왔듯 그의 머릿속은 잔뜩 꼬여 버린 철사처럼 굳어버렸다. 그 와중에도 회장님이 던진 말 하나가 태현의 신경을 묘하게 긁어댔다.

가을을 바라보다

"한 번 꺾인 꽃이라도 원하는 사람이 있을 수 있다는 점을 잊고 있었지."

✠   ✠   ✠

서윤은 밤 10시가 다 되어서야 집에 도착했다. 디지털 락의 비밀번호를 누르고 안에 들어서니 검은 그림자 하나가 제 앞에 우두커니 서 있다. 거실의 불도 다 꺼져 있어 어두컴컴한 상황인지라 서윤은 깜짝 놀라 소리를 지를 뻔했다. 벽을 더듬거리던 그녀의 손이 조명 스위치를 찾아 눌렀다.

파삿. 조명이 밝은 빛을 뿌리며 들어왔다. 무표정한 태현의 얼굴이 그녀의 시야에 선명하게 들어왔다.

"왜, 왜 그러고 있어? 놀랐잖아."

"……어디 다녀오는 거야?"

"식탁 위에 쪽지 남겨놨잖아. 고등학교 친구 잠깐 만나고 오겠다고."

서윤은 놀란 가슴을 쓸어내리며 구두를 벗었다. 그녀는 옷을 갈아입기 위해 제 방으로 들어가려고 했지만, 태현은 앞에서 비켜줄 생각이 없어 보였다.

"왜 이래?"

"정말?"

서윤의 표정이 다소 딱딱하게 굳었다. 그는 앞으로 저를 얼마나 더 실망시킬 생각인가.

"내가 집 안에만 처박혀 있으니 답답해서 대화가 안 통한다고 말한 건 벌써 잊어버렸어? 그 태도에 일관성 좀 갖춰주면 안 될까?"

그들 사이에 잠시간 침묵이 내려앉았다. 서윤이 한 발자국 떼자 태현이 옆쪽으로 슬쩍 물러났다. 그녀는 방 안으로 들어가 코트를 의자 위에 벗어놓았다. 뒤따라 들어온 태현이 무언가 할 말이 있는 사람처럼 서윤의 얼굴을 빤히 쳐다보았다.

"나 옷 갈아입으려고 하는데, 아직 할 말 남았어?"

"이번 수요일에 시험 끝나."

"그래, 열심히 해."

단답형으로 떨어지는 서윤의 말에 태현의 표정이 조금 굳어졌다. 그의 입술이 자꾸만 작게 달싹였다. 때문에 서윤은 하얀 목티를 마저 벗지 못하고 한숨을 내쉬곤 코트를 정리했다. 바스락거리는 소리가 어색한 침묵의 틈을 메워준다. 평소보다 작은 태현의 목소리가 찬찬히 귓가에 와 닿는다.

"……괜찮다면 수요일 저녁에 드라이브라도 할래?"

목적 없는 데이트 제안. 참 오랜만이다. 하지만 서윤은 어딘지 모르게 부담스러워 선뜻 그러자고 답할 수 없었다.

"그날 약속 있을지도 몰라. 오늘 본 친구가 수요일 시험 끝나서 다시 한 번 만날 수도 있거든."

애매모호한 거절에 태현의 인상이 대번에 굳어졌다. 거절당하는 게 어지간히도 익숙하지 않은 표정이다.

"그 친구가 혹시 서현후 아냐?"

태현의 입에서 흘러나온 그 이름에 서윤은 순간 심장이 멎는 느낌이 들었다.

"그게 무슨 소리야?"

"……맞나 보구나."

서윤의 입술에서 실소가 흘러나왔다. 태현이 보이는 말과 행동의 의미를 알다가도 모르겠다.

"나는 사실을 말했고, 그 뒤는 네 마음대로 생각해. 이런 걸로 일일이 말싸움하고 싶지 않아. 힘만 빠지니까."

그는 방에서 물러날 생각이 없어 보였다. 때문에 서윤은 답답하게 목티를 입은 채로 의자에 앉았다. 무시하고 제 할 일 하고 있으면 언젠가는 사라져 주겠지.

책장에서 아무 책이나 한 권 뽑아 들었다. 하필이면 사랑의 설렘을 담은 시집이 손에 잡혔다. 눈에 잘 들어오지도 않는 글자를 애써 읽어 나가고 있는데 종이 위로 검은 그림자가 졌다. 고개가 뒤로 살짝 젖혀지면서 입술과 입술이 가볍게 맞닿았다.

"네가 이러는 건 너도 자존심이 상했다는 이야기겠지. 나중에 다시 얘기하자."

짧은 입맞춤 끝에 그가 입꼬리를 미묘하게 올리며 웃었다. 서윤은 태현의 얼굴을 똑바로 쳐다보는 대신, 가만히 시집으로 시선을 던졌다. 아무런 일도 없던 것처럼 무덤덤한 태도이다.

그가 방문을 쾅 닫고 나갔다. 서윤은 책상 위의 티슈를 향해 손을 뻗었다. 하얀 티슈로 입술을 꾹꾹 눌러 닦았다. 메마른 입술에서는 분홍빛 틴트 자국만 조금 묻어 나왔다. 온기도 사랑도 한 톨 없었다.

　

──네가 다가와

메마른 사막에 꽃을 피웠다.

너를 닮은 붉은 꽃을

사랑이라 부르리.

　

서윤은 시집을 다시 책장에 꽂았다. 이제는 정말 안녕이란 생각이 들었다. 태현은, 그는 서윤에게 더 이상 한 방울의 물도 되어주지 못했다.

　

머릿속이 복잡해도 시간은 잘만 흘러갔다. 화요일, 영어 학원에 온 서윤은 수업에 도통 집중하지 못했다. 10분간 쉬는 시간이 주어졌을 때, 그녀는 무너지듯 자리에 엎드렸다. 연아에게 사정을 털어놓고 마음이 조금이나마 가벼워진 것은 잠시일 뿐,

문제의 근본을 해결하지 않는 이상 결코 편해질 수 없었다.

"누나, 괜찮아요? 어디 안 좋은 건 아니죠?"

설민이 자판기에서 코코아 두 잔을 뽑아와 그중 하나를 건네며 물어왔다. 서윤은 살며시 웃으며 고개를 저었다. 코코아의 다디단 맛이 쓴 입안을 달래준다.

"아냐. 이거 꽤 맛있네. 고마워."

"저…… 누나, 저번에도 말했지만…… 혹시 이번 크리스마스이브에 시간 비어요?"

사실 토요일에는 아무런 스케줄도 잡혀 있지 않았다. 하지만 서윤은 선뜻 대답하지 못하고 코코아를 한 모금 들이켰다. 크리스마스이브란 단어를 들으니 어떤 이의 얼굴이 문득 떠올라 버린 탓이다.

'넌 그날 무엇을 하고 있을까, 서현후.'

가벼운 가정으로 시작된 생각이 점차 무거워진다. 저도 모르게 현후의 옆에 예쁘장한 여자친구가 서 있는 모습을 떠올리곤 인상을 찌푸렸다. 연인들의 날, 크리스마스이브. 이런 날 그가 친구인 제게 연락을 해주길 바라는 건 무리겠지.

'그날 밖에서 수학 과외나 해달라고 해볼까.'

법적으로는 아직 유부녀에 여러모로 흠집도 많은 제가 당당하게 나설 수 있는 입장도 아니면서 친구의 연애 전선에 검은 먹구름이나 드리우고자 하다니……. 스스로가 생각하고도 참 유치하다 싶었다. 저를 뚫어져라 쳐다보는 설민의 시선에 서윤은 퍼뜩 정신을 차릴 수 있었다.

"그날은 조금 무리일 것 같고, 금요일은 아마 괜찮을 거야."

떡 줄 사람은 생각도 않는데 김칫국부터 마시고 24일 시간을 비워두었다. 설민은 그날이라도 괜찮다며 저번에 말한 대로 영화를 보자고 했다.

이후의 수업은 다른 의미에서 집중이 잘 되지 않았다. 서윤은 책상 오른편에 얌전히 놓여 있는 핸드폰 쪽으로 자꾸만 시선을 던졌다. 마음이 분 단위로 바뀌었다.

'그냥 내가 먼저 가볍게 물어볼까. 그날 뭐 할 거냐고.'

'그럼 뭔가 이상하게 보이지 않을까.'

그날은 정말이지 학원 수업을 통째로 날려 버렸다고 해도 과언이 아니다. 설민과 헤어져 집에 돌아오는 길에도 서윤은 수시로 핸드폰을 확인했다. 이제껏 느껴보지 못한 색다른 의미의 초조함이다.

'서현후 이 자식, 다른 때는 쓸데없는 일로도 잘만 연락하더니……'

현후가 그날 굳이 어디 놀러 가자는 이야기를 꺼내지 않더라도 뭔가 다른 일로 연락을 해오면 서윤은 대화를 하면서 그의 크리스마스이브 계획을 조심스럽게 물어볼 생각이었다. 초조함은 곧 이유 모를 야속함으로 바뀌어갔다. 그런 자신이 제멋대로

이고 이기적인 사람이라는 사실은 잘 알고 있다.

집 앞에 도착하기 전, 서윤은 크게 한 번 심호흡을 하고 녹색 통화 버튼을 눌렀다. 야속하게도 통화 중 신호음이 들려온다. 모처럼 용기를 낸 게 쓸모없어졌다.

힘이 빠진 손으로 핸드폰을 코트 안에 도로 집어 넣었다. 그때 스팸 문자라도 당도한 것인지 손끝에 짧은 진동이 느껴졌다. 그녀는 속는 셈 치고 문자메시지를 확인해 보았다.

―전화했는데, 통화 중이더라? 나 기말고사 끝나고 나면 꽤 심심할 것 같은데, 크리스마스이브에 놀아주면 완전 맛있는 것 사줄게. 어때, 오빠랑 놀래? ㅋㅋㅋ

아무래도 현후와 저는 같은 시간에 서로에게 전화를 건 모양이다. 단순한 우연이라고 해도 가슴이 두근거린다. 그가 보낸 문자 하나에 마음이 하늘 위 구름처럼 붕붕 뜨는 자신은 미친 게 틀림없으리라.

"그날 눈이 내린다면…… 진짜 예쁘겠다."

서윤은 화이트 크리스마스에 대한 기대감을 잔뜩 담아 답을 보냈다.

―그래, 좋아. 나처럼 착한 학생이 쌤 부탁 하나 못 들어주겠어?

[오늘 시험 끝나는데, 만날까?]

"미안, 태현아. 저녁에 친구와 선약이 있어서……. 아주 오랜만에 만나는 친구라서 약속 무르기가 좀 곤란하거든. 대신 우리 크리스마스이브에 볼 거잖아."

가증스러운 놈. 예쁘게 오물거리는 입술과 반대로 마음속에서는 쌍욕이 저절로 터져 나왔다. 연아는 이전과 달리 한 손으로 머리카락을 빙글빙글 돌리며 태현의 전화를 여유롭게 받아들었다. 그에게 예쁘고 사랑스럽게 보이고 싶어 더는 쩔쩔맬 필요가 없었다.

[……그래, 나중에 봐.]

그 말을 듣자마자 연아는 통화 종료 버튼을 눌렀다. 잘했다, 서연아. 저도 모르게 까칠해지려는 목소리를 죽이느라 얼마나 고생했는지 모른다. 남들은 모두 즐거울 크리스마스이브 날, 태현에게 빅 엿을 날려주려면 지금은 한발 뒤로 물러나 참아야만 했다.

"두고 봐, 강태현. 접근한 건 네 맘대로지만 끝내는 건 내 몫이니까."

핸드폰을 주머니에 거칠게 쑤셔 넣은 연아는 아찔하게 웃어 보였다.

✠　✠　✠

긴장되는 수요일. 서윤은 태현과 얼굴을 마주할 자신이 없었다. 때문에 아침 식사도 일찍이 차려놓고 우렁각시처럼 방 안으로 도망쳐 버렸고, 저녁에도 연아에게 매달리다시피 하여 약속을 정하고 바깥으로 나왔다.

크리스마스가 가까워진 탓인지 거리 곳곳에서 캐럴이 울려 퍼졌고, 가게마다 예쁘게 장식된 트리나 반짝이는 전구들이 빛을 발했다. 일본식 요리로 배를 채운 지난번 만남과 달리 오늘은 파스타, 피자 등의 양식으로 소소하면서도 즐거운 변화를 주었다.

식사 후에는 달콤한 케이크로 알음알음 입소문 난 카페에 방문하여 보기만 해도 달달한 초콜릿무스케이크와 크리스마스 장식이 어여쁜 딸기무스케이크 하나를 주문했다. 아메리카노와 함께 먹으니 적당히 달달해서 입이 참 즐거웠다. 그래서인지 말이 속사포처럼 흘러나왔다.

"우와, 교수님도 고등학교 선생님들과 별다를 바 없네."

"그렇다니까. 정말이지 그럴 때마다 등록금이 얼마나 아까운데."

다소 심각한 이야기를 나누던 지난번과는 달리 오늘의 대화는 또래 여자애들이 주고받을 법한 이야기로 이루어지고 있었다. 오늘 마지막 시험이 끝난 연아는 랩을 하듯 끊임없이 어려운 학과 공부와 형편없는 교수님들에 대해 열변과 울분을 토해내었고, 서윤은 그 모든 이야기를 신기하게, 혹은 재미있게 들으며 맞장구쳐 주었다.

"그나저나 조금 있으면 크리스마스네. 이번 크리스마스엔 뭐 할 거야, 서윤아?"

크리스마스이브에 태현에게 빅 엿을 날리고 나면 쓸쓸한 솔로로 전락할 연아가 서윤에게 은근슬쩍 크리스마스 계획을 물어보았다. 어차피 서윤의 남편이 그 빌어먹을 놈의 태현이니 그날 저와 서윤 둘이서 노는 것도 나쁘지 않겠다는 생각이 들어서이다.

서윤은 무어라 답하면 좋을지 몰라 우물쭈물했다. 공교롭게도 23일, 24일 약속을 잡은 인물들이 죄다 연아와 어느 정도 관련이 있는 인물들이다.

'아무리 남편이 못된 놈이라지만 크리스마스 같은 날 이렇게 다른 사람들이랑 놀 계획을 좌르르 세워놨다고 하면 이상하게 보지 않으려나.'

'설민이는 단둘이 영화 보러 가길 원한 것 같은데. 괜히 말 꺼내서 연아가 끼어들면 나를 꽤 원망하겠지? 그렇다고 현후와의

시간을 방해받고 싶진 않은데…….'

머릿속이 갖은 셈으로 복잡해질 때쯤, 연아가 묘한 웃음을 띠며 물어왔다.

"흐음, 표정을 보아하니 약속이 이미 잡혀 있구나? 것도 남자?"

"아, 아냐! 그냥 설민이랑 영화 보고 현후랑 맛있는 것 먹으러 가자고 약속했을 뿐이야."

연아의 말에 크게 당황한 서윤은 고민한 시간이 무색하게도 모든 사실을 이실직고했다. 뜻밖의 사실을 알아낸 연아의 눈동자가 빠르게 몇 번 깜박였다.

'현후는 그렇다 치더라도 설민이가? 요놈 봐라.'

연아의 입가에 미묘한 미소가 걸렸다. 어쩐지 서윤과 연락이 끊겼을 때 제가 더 안절부절못하더라니……. 혹시나 했는데 역시나 그렇군. 이죽거리기 좋아하는 남동생의 약점을 하나 발견한 듯해 연아의 까만 눈동자가 보리쌀 찾은 생쥐처럼 반짝였다.

연아는 눈앞의 서윤을 빠르게 스캔하였다. 제 사촌 현후와 외사촌 설민의 사랑을 한 몸에 받고 있는 여자. 둘 중 누가 더 그녀와 잘 어울릴까.

'지닌 바로는 우리 설민이가 조금 꿀리긴 하지만…… 성격 면에서는 현후보다 열 배 이상 낫고, 무엇보다 영계라는 장점이 있잖아?'

제가 이 로맨스의 여주인공은 아니지만 가슴이 콩닥콩닥 뛰는 것이, 이번 크리스마스 애정 쟁탈전은 꽤 재미있으리란 느낌이 든다. 연아는 의자를 조금 더 바짝 당기며 서윤에게 은근한 목소리로 물었다.

"흐음, 이거 뭔가 로맨스의 느낌이 솔솔 나는데……."

"아냐, 아냐! 내, 내가 미쳤니? 설민이는 잘 아는 동생이고 현후는 그냥 친구…… 일 뿐인데. 게다가 법적으로는 아직 유부녀인 내가 로맨스는 무슨. 연락 닿는 사람끼리 그냥 놀자고 약속 잡은 거지."

서윤이 조금 붉어진 얼굴로 말했다. 태도를 보아하니 게임 시작도 전에 설민이 져버린 느낌이다. 현후를 친구라고 이야기할 때 서윤의 목소리가 조금 떨리고 있었다.

'그냥 확…… 현후와 셋이서 같이 놀자고 해버릴까?'

연아의 마음속에서 약간의 심술이 모락모락 피어올랐다가 아메리카노를 연신 들이켜는 서윤의 모습에 사르르 녹아버렸다.

'정말 그렇게 말했다간 울겠다, 울겠어. 무엇보다도 서현후 그 자식이 내 머리카락을 다 뽑아놓을지도 몰라.'

누군가는 다가오는 크리스마스 날 뜻밖의 데이트에 마음 설레고 누군가는 심장에 쓰라린 상처를 입은 채 차디찬 이별을 준비한다. 정말로 불공평한 신의 한 수지만 연아는 그 대상이 서윤이라면 충분히 이해할 수 있었다. 여태껏 많이 힘들었으니 그날 하루 정도는 남들처럼 설렐 수 있지 않나.

'그럼 이번 크리스마스에는 나만 케빈과 함께하면 되겠네. 어릴 때 이후로 오랜만에 보는군, 케빈. 널 다시 보고 싶진 않았는데.'

설민, 현후와 약속을 잡게 된 배경을 구구절절 늘어놓는 서윤의 모습을 보며 연아는 싱긋 웃었다. 카페 안과 바깥의 온도 차이가 꽤 큰 모양인지 창문마다 김이 뽀얗게 서려 있다. 심심함에 몸부림치고 있는 오른 손가락을 가만히 들어 창문 위에 장난 치듯 써 내려간다.

—Merry Christmas 서윤♡

연아의 모습을 가만히 바라보고 있던 서윤도 이내 손가락을 들어 화답했다.

—Merry Christmas 연아〉〈

마침내 두 여자는 마주 보고 웃어버렸다. 창틀을 따라 설치된 전구가 붉은 빛으로, 또 노란 빛으로 어여쁘게 반짝인다.

역대 최저의 온도를 기록한 금요일 오후. 서윤은 소규모 극장

들이 다수 모여 있는 문화의 거리 대학로까지 손바닥 호호 불며 나와 설민을 만났다. 학교 마치고 바로 달려온 모양인지 아이는 교복 차림 그대로였다. 그 풋풋함에 서윤은 배시시 웃었으나 설민은 그녀가 저를 더 애 취급하는 것 같아 기분이 썩 좋지 않았다. 이럴 줄 알았다면 약속 시간을 좀 늦춰서라도 사복으로 갈아입고 오는 건데.

"누나, 팝콘 좋아해요? 음료는 뭐가 좋아요?"

설민이 인터넷으로 영화를 미리 예매해 놓았고, 자동화된 기계에서 표를 빠르게 찾았기 때문에 영화 상영까지는 시간이 넉넉했다. 때문에 둘은 극장 내 매점에서 간식거리를 사서 천천히 입장했다. 그날 설민은 서윤이 팝콘보다는 나쵸를 더 좋아한다는 사실을 알았다.

그들이 오늘 볼 영화는 흔한 로맨스 장르에 스릴러적 요소를 가미한 일종의 퓨전이다. 서윤 누나는 과연 공포 영화를 잘 볼까. 혹시 모르지. 핑크빛 기류가 맴도는 장면을 상상하며 설민이 고심 끝에 고르고 고른 영화. 광고의 홍수를 겪은 후에야 영화의 막이 올랐다.

영화 속 남주인공에게는 제 목숨보다 더 사랑하는 여자가 있었다. 하지만 여자는 다른 남자를 사랑했고, 그와 결혼을 약속했다. 질투에 눈이 먼 남주인공은 여자와 남자가 사고를 당하게 만들고 기회를 틈타 남자를 살해한다. 그리고 기억을 잃은 여자

앞에 성형을 하고 나타나 그녀와 결혼하지만 자신이 죽인 남자의 원혼에 끊임없이 시달린다는 게 영화의 전체적인 스토리다.

여러 가지 음향 효과 때문에 귀가 꽤 따가웠다. 설민은 옆에 앉아 있는 서윤을 흘끔흘끔 훔쳐보았다.

그들이 앉은 자리 주변에서는 여자들이 연신 소리를 지르는 모습이 눈에 띄었는데, 서윤은 무덤덤한 얼굴로 나쵸를 집어 먹으면서 영화에 완전 몰입하고 있었다. 그녀는 공포 영화를 참 잘 보는구나. 영화를 고를 때 왜 그리 쓸데없는 고민을 했을까.

설민은 아쉬움이 담긴 한숨을 내쉬며 스크린 쪽으로 시선을 돌리는데 왼쪽 바로 옆자리의 닭살 돋는 한 커플이 눈에 들어왔다.

"여기서 귀신 한번 나올 것 같은데. 아, 불안해."

"지혜야, 이렇게 겁이 많아서 어떡해. 크크, 오빠가 곁에 있으니까 안심해."

거짓말. 저런 남자들이 까놓고 보면 실속은 하나도 없지. 심사가 다소 뒤틀린 설민이 속으로 중얼거리고 있을 때다. 팔걸이에 올려놓았던 제 손등 위에 따뜻한 온기가 내려앉았다.

"아, 미안."

작게 속삭이는 서윤의 목소리가 들려왔다. 음료수를 집어 들려다가 실수로 터치한 모양이다.

"아니에요. 괜찮아요."

별 의미 없는 행동에도 설민의 얼굴이 붉어졌다. 어쩌면 제 생각보다 그녀의 손이 훨씬 더 부드러워서 그런 것일 수도 있었다. 그 이후론 도대체 영화에 집중이 되지 않았다.

"우리 설민이 덕분에 영화 잘 봤네. 저녁은 뭐 먹고 싶어? 말해봐."

"대학로 오랜만에 나오는 거라서 맛집 찾아봤거든요. 혹시 인도나 네팔 요리 좋아해요?"

"인도 요리? 아, 예전에 한 번 먹어본 적 있어. 난이나 커리 같은 거 말하는 거지?"

영화를 재미있게 보고 나서 설민과 서윤은 그가 미리 예약해 두었다는 인도&네팔 요리 전문점으로 향했다. 입구에 놓여 있는 북과 기타 같은 악기와 천장에 듬성듬성 매달려 있는 별 장식이 상당히 이국적인 느낌을 자아내고 있다. 가게 안으로 들어서자 오른쪽 끝에는 오색 전구로 화려하게 꾸며진 크리스마스 트리가 떡하니 버티고 서 있다.

한창 붐비는 저녁 식사 때고 크리스마스가 코앞이라 그런지 가게 안은 손님들로 북적거렸다. 영화관에서처럼 남녀 커플이 대부분을 차지하고 있었다. 설민은 어쩌면 자신들도 타인의 눈에는 저리 보이지 않을까 싶어 마음이 설레었다.

"뭐 먹으면 좋을까? 오랜만에 와서 메뉴가 다 낯선걸."

"탄두리치킨도 괜찮고요, 커리랑 난이랑 같이 먹으면 진짜 맛있어요."

그들은 샐러드와 탄두리치킨, 커리와 난이 나오고 디저트로 라씨가 제공되는 세트 B를 주문했다.

"우리 저거 다 먹을 수 있을까?"

"에이, 누나가 적게 먹는 편은 아니잖아요."

설민이 실실 웃으면서 답했다. 서윤은 입술을 삐죽 내밀었으나 하나둘씩 나오는 음식을 보며 굉장히 흐뭇한 미소를 지었다. 샐러드 소스는 다소 독특했고, 탄두리치킨도 담백한 맛이 꽤 괜찮았다.

하지만 인도 요리 하면 역시 커리와 난이다. 둘은 밥과 국처럼 환상의 조합을 이루었다.

이곳에서는 특이하게도 커리와 라씨 위에 하트 모양이 그려져 있다. 서윤은 디테일한 모양이 예쁘다면서 핸드폰으로 사진을 찍으며 좋아했다.

"이거 뭐로 모양을 만든 걸까?"

"글쎄요. 잘 모르겠네요. 라떼의 아트 같은 느낌인데요."

둘은 배를 두둑하게 채우고 가게를 나왔다. 밖에 발을 내딛자마자 볼에 와 닿는 차가운 감촉.

뉴스에 눈 소식이 있었던가. 가느다란 눈발이 흩날리고 있다. 캄캄해진 가게 근처 골목에서는 연인들이 우산을 나눠 쓰고 팔짱을 낀 채 걸어가고 있었다.

"눈이 오네. 이번 크리스마스는 화이트 크리스마스가 되려나."

그리 말하는 서윤은 흩날리는 눈발처럼 순수하고 아련해 보였다. 사촌인 연아 누나와 함께 제 곁에 언제까지고 있어주리라 생각했던 그녀가 어느 날 갑자기 모습을 감춰 버린 일이 문득 떠올랐다. 또다시 내 눈앞에서 갑자기 사라져 버리는 건 아니죠, 서윤 누나?

고인 침을 꼴깍 삼켰다. 이렇게 바로 곁에 있는데도 설민은 어딘지 모르게 불안하다는 느낌이 들었다. 영화도 보고 밥도 먹었으니 이제 슬슬 헤어질 시간이 된 것 같은데도 서윤을 이대로 집에 보내고 싶지 않았다.

"누나, 카페 가서 커피 한잔 마실래요?"

"그것도 좋지만 눈도 오고 하니까…… 우리 요 근처 마로니에 공원 한번 가볼래? 거기서 캔커피 마시자."

서윤과 이 시간을 좀 더 함께할 수 있다면 설민은 어떤 방식이든 상관없었다.

둘은 약하게 흩날리는 눈을 맞으며 공원으로 발걸음을 옮겼다. 마로니에공원 입구에는 커다란 삼각대 모양의 조형물이 하나 있었는데, 거기에 크리스마스트리를 해놓아 오색 전구들이 어여쁘게 반짝이고 있었다.

그림을 반납하다

"예쁘다. 카페에서 커피 마시는 것도 좋지만 이런 거 보면서 마셔도 나름 운치 있고 좋다."

서윤이 웃으면서 말했다. 둘은 공원에 도착하기 전 잠깐 들른 편의점에서 구입한 캔커피 뚜껑을 열었다. 커피 향은 후각을 자극하고 달달한 맛은 입안을 가득 채웠다.

"……좋아요."

설민은 빠르게 두근거리는 심장을 간신히 억눌렀다. 누나는 과연 기억하고 있을까요? 누나가 고등학교 1학년, 제가 중학교 1학년이던 4년 전의 크리스마스 일을요.

연아 누나네 부모님, 그러니까 이모 부부가 집을 비우셔서 셋이서 조촐하게 크리스마스 파티를 가졌을 때, 진실게임 했잖아요. 좋아하는 사람이 누구냐는 질문에 저는 끝끝내 대답하지 못하고 벌칙을 수행했죠. 그날 과자를 사러 눈을 맞으며 근처 슈퍼마켓으로 달려갔던 기억이 아직도 생생해요.

누나들이 내 대답을 진심으로 궁금해했는지는 잘 모르겠지만, 나름 불안하게 여기던 그때의 작은 마음, 지금은 확실하게 대답해 줄 수 있어요.

"누나, 몇 해 전에 연아 누나랑 저랑 셋이서 크리스마스 파티했던 거 기억나요?"

"응, 조금 흐릿하긴 하지만 제대로 기억하고 있어. 그때 너 벌칙으로 과자 사러 나갔었잖아."

"그때 물어봤던 질문, 혹시 아직도 궁금해요?"

지금 대체 무슨 말을 하려고 이러는 것일까. 설민은 제 입이 아닌 듯한 입술을 잘근잘근 깨물었다.

서윤은 과거의 기억을 더듬는 듯 설민의 얼굴을 빤히 쳐다보았다. 그녀가 곧 배시시 웃었다.

"사실 나와 연아는 어느 정도 알고 있었어. 네가 같은 반이던 수아란 여자애를 좋아하고 있었던……."

"아니에요! 그때도 지금도 내가 좋아하는 건……."

그래도 나름 많이 표현했다고 생각했는데 누나는 정말 아무 것도 모르고 있었구나. 다른 사람들이 완성된 그림을 손에 쥐고 흔들고 있을 때 본인만 새하얀 백지를 들고 있는 것처럼 절망스럽다는 느낌이 들었다. 어린 설민의 가슴속에서 무언가 울컥 치솟아올랐다.

"누나예요. 좋아해요, 서윤 누나."

이리도 일찍 제 마음을 드러내는 것은 계획 밖의 일이다. 이상했다. 가느다랗게 내리는 눈이 마음을 몹시도 불안하게 만들어서인지 더는 가만있을 수 없었다.

많이 놀란 것일까. 두 눈만 빠르게 깜빡거리는 서윤의 얼굴을 보며 설민은 뜨거운 한숨을 가만히 토해냈다.

예상치도 못한 장소에서 뜻밖의 인물에게 상상 밖의 말을 들었다. 서윤은 어떻게 답하면 좋을지 몰라 아무 말도 하지 못했다. 미묘한 열기를 머금은 침묵에 숨이 턱턱 막혀왔다.

"설민아, 나는……."

대체 어디서부터 이야기를 시작해야 할까. 자신은 이른 나이에 '가정'에 얽매인 존재가 되었다고 눈물 어린 고해성사라도 해야 하는 것일까, 아니면 다른 이를 마음에 두고 있어 어쩔 수 없다며 일반적인 거절의 답변을 하는 것이 옳은 일일까. 누군가에게 머리를 세게 두들겨 맞은 것처럼 정신이 하나도 없었다.

"놀라게 해서 미안해요."

고백도, 사과의 말도 전부 그의 입에서 흘러나오고 있었다. 하얀 가루눈이 가만히 내려앉는 손과 발이 조금씩 시려왔다. 진갈색 워커 안에서 양 발가락이 자꾸만 꿈틀거렸다.

"나는 네게 그런 말을 들을 자격이 없어."

온몸의 기운을 끌어 모아 간신히 내뱉은 말에 설민이 격하게 반응했다.

"왜요? 누나가 뭐 어때서요? 보기만 해도 반짝반짝 빛나는 사람이 자신을 왜 자꾸 끌어내려요? 누나가 아직 어린 내 말을 진지하게 못 받아들이는 건 어쩔 수 없지만 자기 비하를 할 필요는 없잖아요!"

작게 달싹거리던 서윤의 입술이 마침내 돌아오지 못할 강을 건너 버렸다.

"너야말로 못 믿겠지만…… 나 결혼했어. 그것도 고등학교 졸업하자마자 바로."

마른하늘에 날벼락 같은 소리에 설민이 그게 무슨 말이냐는 듯 서윤의 얼굴을 빤히 쳐다보았다.

"그게…… 무슨 말이에요?"

연아에게 그 사실을 괜히 비밀로 해달라고 부탁했나 보다. 어차피 언젠가 알게 될 사실. 적어도 이런 상황에서 자신에게 직접 듣는 것보다는 연아에게 전해 듣는 편이 훨씬 나았을 텐데. 서윤은 지난날의 제 행동을 잠시 후회했지만 달라지는 것은 아무것도 없었다.

내년에 고3이 되는 설민도 어렸지만 아직 스물하나밖에 되지 않은 그녀도 너무 어렸다. 이런 복잡한 상황을 지혜롭게 풀어가는 방법 따위 하나도 몰랐다.

서로 간에 더 이상 어떠한 말도 오가지 않았다. 조금 전까지만 해도 예쁘게 반짝이던 전구가 이제는 되레 그들을 약 올리는 것처럼 느껴졌다.

아무 말 없이 버스를 타고 집에 돌아오는 길. 눈이 제법 세찬 바람에 섞여 짙은 한숨처럼 흩날렸다. 이번 크리스마스는 설민에게 참 지독한 악몽이 될 듯하다.

✠　✠　✠

다음 날 아침, 눈을 떴을 때 목에 무언가가 걸린 것처럼 이물감이 느껴졌다. 서윤은 집에 있는지 없는지 모를 태현의 눈치를 보며 거실로 조용히 나와 찬물 한 잔을 들이켰다. 태현의 방을 흘끔 쳐다보니 활짝 열린 방문 사이로 바닥에 떨어진 옷가지 몇 개가 보이는 것이 외출한 모양이다.

하긴, 오늘 같은 날 그가 집에 틀어박혀 있을 리 없다. 아내 외에 여러 여자친구가 있는 그라면 데이트 약속이 있겠지.

힘이 반쯤 풀린 서윤의 시야에 달력의 날짜가 들어왔다. 12월 24일. 현후에게서 데이트 아닌 데이트 제안을 받은 후 가슴 두근거리며 기다려 온 날이건만 어제의 일이 상당히 충격적이었던 탓일까, 두근거리기보다는 가슴에 무언가 얹힌 것처럼 답답했다.

현후와의 약속 시각까지 두 시간 조금 못 되게 남아 있다. 당분간은 그 누구와도 마주하고 싶지 않다는 생각과 누구라도 좋으니까 가슴속 번뇌를 털어놓고 기대고 싶다는 마음이 자잘한 다툼을 벌였다. 무기력해진 몸은 침대에 누워서 꼼지락거리며 남은 시간을 덧없이 날려 보냈다.

두 눈이 자연스레 감겨들 무렵, 책상 위에서 핸드폰 진동 소리가 들려왔다. 서윤은 몇 초간 고민하다가 억지로 몸을 일으켜 핸드폰을 집어 들었다. 전화를 받아 들자 익숙한 이의 목소리가 흘러나왔다.

[오늘 1시 약속, 기억하고 있지? 늦는 사람이 후식 쏘기다?]

얼굴을 마주하지 않아도 현후의 개구쟁이 같은 미소가 눈앞에 바로 떠올랐다. 왠지 모르게 기분이 조금 좋아졌다. 그래, 오늘 하루 그와 함께하면 이 막막함, 이 당혹스러움이 조금은 가라앉을지도 몰라.

마음을 굳힌 서윤은 침대에서 벌떡 일어나 외출할 준비를 했다. 아끼던 블라우스와 구두를 꺼내고, 고데기로 옆머리와 머리끝을 깔끔하게 정리했다. 그녀는 마지막 마무리로 입술에 분홍빛 틴트를 톡톡 바른 후 머리 모양새를 다시 한 번 점검하고 집을 나섰다.

크리스마스이브, 홍대입구역은 연인으로 추정되는 사람들로 넘쳐 났다. 서윤은 출구 쪽에 나방처럼 다닥다닥 붙은 사람들 틈에 껴서 현후를 기다렸다.

약속 시간보다 5분 정도 일찍 도착한 그녀와 달리 현후는 제 입으로 내기를 제안해 놓고도 3분가량 늦게 왔다. 점심 식사는 물론 후식까지 그가 풀코스로 쏘게 생겼다.

"쳇, 반장님은 꼭 이럴 때만 일찍 오거나 제시간에 오지."

현후가 입술을 삐쭉이며 투덜거렸다. 그 모습이 오늘따라 좀 더 신경 쓴 듯한 차림과 미묘한 위화감을 자아내어 서윤은 그만 피식 웃고 말았다.

주말이라는 특성과 크리스마스이브라는 특별한 이벤트가 겹친 탓일까. 역의 계단은 내려오는 사람과 올라오는 사람이 한데 뒤섞여 매우 혼잡했다. 무슨 급한 일이라도 있는지 꽤 무거운 가방을 손에 든 채 미친 듯이 계단을 뛰어내려 오는 남자와 부딪치고 만 서윤이 중심을 잃고 휘청거리는 순간, 현후가 그녀의 어깨를 붙잡아주었다.

"괜찮아?"

"응, 고마워. 저 사람은 가방에 돌을 넣고 다니나. 생각보다 아프네."

서윤이 부딪친 오른팔을 슬슬 쓸며 중얼거렸다. 현후가 피식 웃더니 그녀의 반대편 손을 조심스럽게 잡아왔다.

"여하튼 반장님은 손이 많이 간다니까. 몇 계단 안 남았으니까 빨리 올라가자."

서늘해 보이는 그의 이미지와 다르게 맞닿은 손은 따스하다 못해 뜨겁다는 느낌이 들었다. 현후의 하얀 손은 여자인 제 손보다 더 부드러운 듯했다. 서윤은 오늘도 잊지 않고 복숭아 향 핸드크림을 발라서 참 다행이라는 생각을 했다.

"그래서 맛집은 좀 알아봤어?"

계단을 다 올라온 서윤이 숨을 돌리며 물었다. 현후가 크게 고개를 끄덕였다.

"당근. 종류별로 알아왔지. 오늘의 난 미니컴퓨터처럼 네 어떤 요구든 다 커버할 수 있다고. 음하하하! 뭐든 말해봐. 난 완벽하니까."

이상한 약이라도 집어 먹은 사람처럼 한껏 자신만만한 그의 태도에 서윤의 입가가 살짝 비틀렸다. 서윤은 이상하게도 현후 앞에만 서면 조금씩 달라지는 자신을 느낀다. 괜한 장난기에 일부러 접하기 어려운 종류의 음식을 곰곰이 떠올려 보았다.

'음, 뭘 말해야 이 자식의 곤란한 얼굴을 볼 수 있을까.'

설민과 태현 때문에 묵직하게 굳어 있던 심장박동 소리가 조금씩 빨라진다. 작은 일에도 저를 몰두하게 만들고 제 가슴을 콩콩 뛰게 하는 이 남자. 겉은 하얗고 속은 새까만 그가 자신은 정말로 좋은가 보다.

서윤이 선택한 음식은 즉석떡볶이였다. 현후는 스테이크, 파스타, 쌀국수 등등 홍대에 맛있는 음식이 얼마나 많은데 고작 떡볶이냐며 작게 투덜거렸다.

그래도 막상 떡과 치즈, 튀김 등을 얹은 냄비가 불 위에 놓이자 보글보글 끓는 떡볶이에 시선을 완전히 고정시키고 군침을 꿀꺽꿀꺽 삼키고 있었다. 그 모습이 서윤이 기억하고 있는 중학교 때의 그의 모습과 완벽하게 겹쳐져서 웃음이 피식피식 나왔다.

"이렇게 바라보고 있으니까 한영 앞에 있던 노점 떠오른다.

그치?"

현후의 말에 서윤은 오래된 기억을 떠올렸다. 그들이 다닌 한영중학교 앞에는 한쪽 다리가 불편한 아주머니가 떡볶이 노점을 하고 있었고, 저렴한 가격에 달달하고 매운맛이 일품이었다. 때문에 한창 먹성을 자랑하던 학생들은 하교 시간만 되면 떡볶이 먹을 자리를 사수하기 위해 전투를 벌이곤 했다. 서윤도 친구들과 함께 치열한 자리다툼을 벌여가며 서너 번 사 먹은 기억이 있다.

"하긴 그때는 이만한 간식이 없었지."

떡과 어묵 두세 조각이 전부이던 그때의 떡볶이와 달리 치즈, 튀김 등의 토핑이 풍부하게 들어 있는 떡볶이를 눈앞에 두었는데도 옛날의 달달하고 매콤하던 맛이 그리워진다. 다 끓은 떡볶이를 둘은 개인 접시에 조금씩 덜어 먹었다. 그때처럼 아련하고 절박하던 맛은 아니지만 풍부한 토핑이 다양한 맛을 느끼게 해주었다.

"이거 먹고 나서 볶음밥을 꼭 먹어야 해. 이 집의 진가는 떡볶이가 아니라 마약 볶음밥이니까."

현후가 입안에 튀김만두를 가득 집어 넣고 우물거리며 중얼거렸다. 자식, 온갖 깨방정을 떨며 먹더니 빨간 떡볶이 소스가 입 옆에 점처럼 콕 묻어 있었다. 서윤의 뇌리로 문득 지난번 그가 제 입가에 묻은 생크림을 닦아주던 기억이 떠올랐다.

"으이구, 칠칠치 못하게……."

몸을 반쯤 일으킨 서윤은 티슈를 뽑아다가 그의 볼을 살며시 닦아주었다. 짧은 순간의 터치였지만 생각보다 부드러운 감촉이 기분 좋았다. 손끝에서 왠지 모르게 정전기가 이는 듯한 느낌이 들었다.

'이상하게 보이지는 않겠지?'

서윤은 현후의 까만 눈동자를 똑바로 쳐다보지 못하고 살며시 자리에 앉았다.

생각지도 못한 스킨십에 현후는 쿵쿵 뛰는 가슴을 애써 진정시켰다. 어찌 보면 아무런 의미도 없는 동작이지만 연애 초보란 상대방의 작은 행동 하나, 단순한 말 한마디에 설레는 법이다.

'이서윤, 넌 참 사람 설레게 하는 재주가 있어.'

그녀 앞에서는 차마 대놓고 하지 못하는 말. 그들 사이의 기묘한 기류는 가게 아주머니가 떡볶이를 다 먹고 남은 국물에 밥을 비벼주러 올 때까지 계속되었다.

볶음밥까지 싹싹 해치우고 나자 배가 두둑해졌다. 그들은 포만감에 젖어 기분 좋게 가게를 나섰다.

오랜만에 와본 홍대 거리는 어딘지 모르게 낯설었다. 때문에 식사할 가게를 찾는 것도, 달콤한 후식을 먹을 디저트 가게를 찾는 것도 전부 현후의 몫이었다. 서윤은 그의 발걸음을 열심히 뒤쫓을 뿐이다.

점심 먹을 장소는 금방 찾아낸 그였지만 점찍어두었던 카페는 좀처럼 찾기 어려운지 현후가 인상을 살짝 찌푸린 채 스마트폰 화면을 빤히 들여다보고 있다. 날렵한 그의 턱 선을 바라보고 있자니 새삼 잘난 놈이라는 사실을 느끼게 된다.

제 얼굴에서 열이 나는 듯한 느낌을 받은 서윤은 그에게 향한 시선을 거두어 주변을 둘러보았다. 길 건너편에 한쪽 벽면이 통유리로 되어 있는 카페 하나가 눈에 띄었다.

그 앞에는 달콤한 바닐라아이스크림이 뜨겁고 부드러운 브라우니 위에 얹힌 디저트 사진이 커다랗게 붙어 있다. 예전에 다른 카페에서 그와 비슷한 메뉴를 먹었을 때 기분 좋게 달달한 맛에 행복해하던 기억이 떠올랐다. 그래, 좋았어. 오늘 간식은 브라우니 너로 정했다.

"서현후, 혹시 브라우니 좋아해?"

"음…… 보통? 너무 안 달면 괜찮아. 예전에 솔아 누나가 억지로 끌고 가서 초코초코칩 오레오 파르페라는 요상한 이름의 디저트를 강제로 먹인 적이 있는데, 그날 이후 지나치게 단 건 싫더라. 혀가 완전 마비되는 느낌이었어."

"그럼 넌 커피나 차 시키고 난 저 디저트 먹으면 되겠다. 추우니까 그냥 눈에 보이는 곳으로 빨리 들어가자."

"밖에 나온 지 얼마나 됐다고."

"너, 여기서 5분 이상 서 있었거든? 저기 들어가면 길도 안 찾고 좋잖아."

"그냥 저 디저트가 먹고 싶다고 솔직히 말하시지."

"그거나 이거나."

어라, 요 녀석 봐라? 서윤은 저도 모르게 현후의 팔을 꽉 붙든 채 길을 빠르게 건넜다. 행여 그가 도망치거나 다른 곳으로 이동할 여지를 주지 않으려는 생각에서이다.

팔과 팔이 따뜻하게 맞붙는 느낌이 좋아서 현후는 피식 미소를 지었다. 지금 기분으로는 예전의 그 초코초코칩 오레오 파르페를 다시 한 번 먹으라 해도 기꺼이 먹어줄 수 있을 것 같았다.

※　✠　※

카페 클레라의 내부. 카운터 오른편의 안쪽 자리에 선남선녀 커플이 마주 보고 앉아 있다. 크리스마스이브를 맞아 약속을 잡은 연아와 태현이다.

겨울날 카페에 들어서면 보통 뜨거운 음료를 주문하던 연아가 오늘은 생크림을 얹은 차가운 카페모카를 시켰다. 태현은 평소처럼 밀크티를 주문했다.

"서연아."

마지막으로 밥도 맛있고 비싼 것으로 먹여줬고, 이제 슬슬 본

론을 꺼내야겠지.

태현이 평소보다 조금 딱딱한 목소리로 입을 열었을 때, 별안간 차가운 것이 그의 머리 위로 쏟아져 내렸다. 연아가 주문한 아이스 카페모카였다. 음료를 쏟아부은 그녀는 착한 여자처럼 아름다운 미소를 띠고 있었다.

연갈색의 음료와 하얀 생크림이 뒤섞이며 태현은 순식간에 볼썽사나운 모습이 되고 말았다. 그녀가 오늘따라 차가운 음료를 주문한 것은 지금 할 행동을 위함이었다.

그들 주변에 있던 여자들 몇이 작은 탄성을 내뱉더니 저들끼리 마구 수군거리기 시작했다.

"어머, 어떡해. 남자가 개새끼인가 봐. 여자, 완전 성깔 있다."

사정도 잘 모르는 것들이 멋대로 떠드는 소리가 전혀 반갑지 않았다. 카페 안 사람들의 시선이 저와 연아에게 한 번에 쏠리자 수치심을 느낀 태현의 하얀 얼굴이 붉게 물들었다.

"내가 하고 싶은 말을 네가 꺼내려고 하면 곤란하지. 우리 헤어지자, 강태현."

연아가 여전히 예쁘게 웃으며 말했다. 태현의 눈썹이 마구 꿈틀거렸다. 하지만 그는 크게 당황하지 않고 포켓에 넣어두었던 손수건을 꺼내 머리와 얼굴을 닦으며 그녀를 노려보았다. 연아는 그 시선을 아무렇지도 않게 받아냈다.

"너⋯⋯."

"정말 대단하더라, 강태현 씨. 예쁜 아내가 두 눈 시퍼렇게 뜨고 살아 있는데 총각 행세나 하고. 것도 모자라 애인은 얼마나 빨리 갈아치우는지. 그렇게 부끄러운 행동을 하고 돌아다닐 땐 아무렇지도 않으면서 지금 이 모습은 상당히 쪽팔리나 봐?"

사실에 근거한 연아의 독설 앞에서 태현은 순간적으로 말문이 막혔다. 그녀가 제 결혼 여부를 어떻게 알았는지 의문이 들었지만, 카페 안 사람들의 수군거림과 낯 뜨거운 시선들, 끈적끈적하게 젖어버린 머리카락과 옷이 그의 사고를 자꾸만 방해했다.

"결혼했는데도 이 여자 저 여자 만나면서 바람피우고⋯⋯ 불쌍한 네 아내와 아무것도 모르는 순진한 나를 갖고 노니 기분 좋았어?"

'서현후에게서 무슨 이야기라도 들은 건가.'

아무리 생각해 봐도 그것 외에는 답이 없었다. 돌아가는 상황을 어느 정도 추론하고 나니 연아의 행동이 이해되는 한편 괘씸하게 느껴지기도 했다. 꼭 이렇게 해야만 했을까.

어쩐지 평소 잘 시키지도 않는 카페모카를, 그것도 아이스로 주문할 때부터 눈치챘어야 했다. 카페 안에서 제게 개망신을 주려고 단단히 작정한 듯한 모습을 보자니 사람 마음이라는 게 참 간사하여 제가 잘못한 사실을 어느 정도 인지하면서도 화가 치밀어 올랐다.

"갖고 놀다니? 쌍방 합의하에 연애한 것을 그렇게 표현하면 안 되지."

태현이 미약하게나마 반박에 나섰을 때, 그들의 뒤쪽에서 무언가 떨어지는 소리가 들렸다. 제게 독설을 마구 쏘아붙이던 연아의 얼굴이 하얗게 질린 것을 본 태현이 무슨 일인가 싶어 뒤를 돌아보았다. 고운 베이지색을 자랑하고 있던 카페 바닥에 쏟아져 버린 음료와 일회용 컵들이 어지럽게 나뒹굴고 있다.

뭐야? 별거 아니잖아. 무심하던 태현의 시선이 조금 더 위쪽으로 향했다. 그러자 믿을 수 없다는 듯 두 눈을 마구 깜박이고 있는 서윤과 굳은 표정을 한 현후가 보인다.

"연아야……."

잠든 태현의 입에서 흘러나온 낯익은 이름에 심장이 덜컥거리던 기억이 떠올랐다.

"응, 대학 와서 남친 생겼어. 뭐, 그렇게 자상한 건 아닌데…… 은근히 로맨틱한 구석이 있달까."

수줍게 웃으며 이야기하는 연아의 얼굴을 마주한 것이 바로 엊그제 일이다.

태현과 연아가 마주 서 있는 모습을 목격한 서윤은 한순간 숨조차 내쉴 수 없었다. 뇌에 산소가 충분히 공급되는 순간, 이 모든 상황은 빼도 박도 못하는 진실이 되어 다가올 것이다.

제일 먼저 얼굴이 하얗게 질린 연아와 시선이 마주쳤다. 어찌 된 일인지 고등학교 졸업 이후 그녀를 처음 만났을 때보다도 더 낯선 기분이 들었다.

그다음 뒤를 돌아본 태현과 시선이 마주쳤다. 그의 얼굴에 모처럼 떠오른 당혹스런 표정을 보자니 이 상황이 사전 계획된 한 편의 희극처럼 느껴지기도 했다.

"서윤아, 있잖아…… 이게 어떻게 된 일이냐면……."

떨리는 목소리로 입을 연 연아의 말을 가로막는 이가 있었다. 잔뜩 일그러진 표정의 태현이 연아와 현후를 번갈아 쳐다보더니 격양된 음성으로 소리쳤다.

"하! 이제 알겠다. 서현후, 서연아, 너희 둘이서 나 엿 먹이려고 작정한 거지?"

"뭐라고? 이 나쁜 놈아, 넌 그런 쪽으로밖에 생각 못 하니?"

서윤의 머릿속이 복잡해졌다. 대체 무엇이 진실이고 무엇이 거짓인가. 그 누구의 말도 귀에 선뜻 들어오지 않았다.

"이서윤."

잔뜩 굳은 표정의 현후가 어느 순간 손을 강하게 붙잡아 왔으나 서윤은 애써 뿌리쳤다. 밑바닥까지 추락한 마음은 흘러갈 방향을 잃어버렸다.

카페 안에 있는 모든 손님들이 그녀와 태현, 연아만을 쳐다보고 있는 것 같았다. 수십 개의 눈이 그녀의 가슴을 옥죄어왔다.

다리가 조금씩 저려온다. 일단은 이 자리를 벗어나자. 생각하는 것은 그다음이다.

서윤은 비틀거리는 발걸음으로 뒤돌아섰다. 대걸레를 든 채 어찌할 바를 모르고 있는 카페 알바생의 모습이 눈에 띄었다.

"……죄송해요."

속삭이듯 중얼거린 서윤은 혼미한 상태로 카페를 빠져나왔다. 차가운 바람이 얼굴을 매섭게 때려왔지만 술에 취한 사람처럼 감각이 잘 느껴지지 않았다.

서윤의 뒤를 황급히 쫓아가려던 현후의 발걸음은 태현에게 묶여 버렸다. 태현이 평소와 다르게 제법 사나운 얼굴로 현후의 멱살을 잡아 쥐었지만 그의 표정에선 긴장감이라곤 조금도 찾아볼 수 없었다. 한 뼘도 못 되는 위치에서 태현을 내려다보는 현후의 눈동자에는 짙은 경멸과 분노의 빛이 어려 있을 뿐이다.

"너, 나한테 이러는 이유가 대체 뭐야?"

직설적인 질문에 현후가 피식 웃으며 태현의 손을 거칠게 뿌리쳤다. 그의 눈빛이 맹수처럼 날카롭게 빛났다.

"말은 똑바로 하자, 강태현. 너야말로 개새끼처럼 서윤이랑 내 사촌 둘 다 갖고 논 거잖아."

입술을 깨물며 내뱉는 단어 하나하나에 그동안 꾹꾹 억눌러 온 현후의 분노가 고스란히 묻어나왔다. 꽉 쥐어진 그의 오른 주먹이 자꾸만 근질거린다.

"서현후, 이 새낀 놔두고 서윤이나 쫓아가 봐! 빨리!"

연아가 발을 동동 구르며 말했다. 그녀의 뾰족한 음성에 현후는 태현에 대한 살의(殺意)를 다시 억눌렀다.

"개새끼, 뼛속 깊이 후회하도록 만들어줄게."

나지막하게 내뱉은 그 말을 끝으로 현후는 카페 유리문을 향해 뛰어갔다. 태현이 그 모습을 가만 두고 볼 리 없었다. 현후를 뒤쫓는 그의 귓가로 눈물 섞인 연아의 목소리가 들려왔다.

"넌…… 넌 내가 생각했던 것보다 더 쓰레기야! 서윤에게도 내게도 최소한 미안하다는 말은 해야 하는 거 아냐? 그런데 한다는 소리가 뭐? 나와 현후가 짜고 이런 상황을 만들었다고? 미쳤니? 이 사실을 제일 처음 알았을 때 나와 서윤이 받을 충격에 저 혼자 고민하고 끙끙 앓은 애에게 네가 어떻게 그딴 말을 해, 이 개쓰레기야!"

태현이 뒤돌아 그녀를 쳐다보았다. 마라톤을 전력으로 완주한 사람처럼 연아의 심장이 쿵쾅쿵쾅 거칠게 뛰어댔다. 제아무리 당찬 그녀라 해도 결코 원치 않은 최악의 상황에 이르자 마음이 밑바닥에서부터 무너져 내리고 있었다.

이런 놈 앞에서 바보처럼 눈물을 보이다니, 일생일대의 수치야. 하지만 감정보다 정직한 몸은 그녀의 의지를 따라주지 않았다. 짭조름한 눈물이 터져 버릴 것 같은 심장 혈관을 지나 연아의 볼을 타고 흘러내렸다.

만약 이 세상에 신이 존재한다면 그의 멱살을 붙잡고 따지고 싶었다. 너님이란 빌어먹을 작자는 도대체 왜 이 못돼먹은 남자 앞에서 마지막까지 추한 모습을 보이게 만드는가.

✠ ✠ ✠

여전히 사람들로 북적거리는 홍대 거리. 불과 몇 분 전만 해도 현후와 둘이 걸었던 길을 서윤은 홀로 걷고 있었다. 조금씩 비틀거리는 발걸음에 힘은 하나도 들어가지 않았다.

"태현이 사귀고 있는 사람이 연아였어? 하하, 난 그것도 모르고……."

서윤의 입에서 연신 의도치 않은 헛웃음이 흘러나왔다. 극독을 집어삼킨 것 같았다. 마음 깊은 곳에 똬리를 튼 온갖 부정적인 감정이 혈관을 타고 독처럼 몸 구석구석으로 퍼져 나가고 있다.

연아와 태현, 그 둘은 대체 언제부터 사귀기 시작했던 것일까. 연아에게 제 기구한 사정을 전부 털어놓았을 때, 그녀는 어떤 심정으로 그 이야기를 듣고 있었을까. 마음속으로 저의 어리석음과 눈치 없음을 마구 비웃었겠지.

"나만…… 나만 바보였잖아."

쥐어뜯긴 입술에서 비릿한 피 맛이 느껴졌다. 태현의 친구이자 연아의 사촌인 현후 또한 그 모든 사실을 알고 있었을까. 만약 알고 있었다면 제게는 왜 아무 말도 해주지 않았을까.

어느 순간 머리가 펑 하고 터져 버릴 것 같다는 느낌이 들었다. 아니, 그랬으면 좋겠다. 서윤은 침착해지기 위해 입술을 깨물고 두 손을 있는 힘껏 꽉 쥐어보기도 했지만 아무런 소용이 없었다.

생각 없는 발걸음은 인도를 걷듯이 차도로 건너가고 있었다. 발바닥이 감각 없이 시렸다. 그런데도 움직여야 할 방향을 전혀 모르겠다.

자신은 대체 어디로 가야 할까. 어디로 사라져야 하나.

무엇이라도 저를 툭 건드리면 그대로 그 자리에 주저앉을 것만 같다. 서윤이 잠시 멍하니 멈춘 사이, 깜박이던 초록불이 빨간불로 바뀌었다. 경적 소리와 누군가가 서윤 제 이름을 부르는 소리가 교차되어 들려왔다.

11

다가오고 멀어져 가는

아무런 생각도 하지 않게 이대로 죽어버렸으면 좋겠다는 마음이 순간적으로 들었다. 하지만 아직은 죽을 때가 아닌 것일까. 누군가 서윤을 거칠게 감싸 안으며 인도로 잡아당겼다. 그녀의 귀를 기묘하게 가리고 있던 적막이 깨지고 세상의 온갖 소리가 다시 들려왔다. 멈춰 있던 마음이 다시금 요동치며 아파왔다.

"괜찮아?"

저보다 더 넋이 나간 표정을 짓고 있는 현후의 모습이 보인다. 하얗게 질린 그의 얼굴에선 핏기를 찾아보기 힘들었다.

서윤은 남아 있는 힘을 한데 끌어 모아 현후의 품에서 벗어났다. 사실 그녀는 당분간 그와 마주하지 않길 빌었다. 현재 제 마음을 가득 채우고 있는 절망감, 배신감, 분노를 전부 눈앞에 있는 그의 탓으로 돌리게 될까 두려웠다.

하지만 신은 그녀의 작은 바람조차 외면하고 싶었나 보다. 영화의 한 장면처럼 그와 마주하고 서 있노라니 아까 흘리지 못한 눈물이 자꾸만 치솟아오른다.

"괜찮아?"

그가 다시 한 번 물어왔다. 서윤은 무슨 말을 하면 좋을지 알 수 없었다. 달달 떨리는 입술을 간신히 열었다.

"알고 있었어? 둘이 그런 사이인 거 이미 알고 있었어?"

"……얼마 전에 알았어."

"그런데 왜…… 왜 말해주지 않았어? 사람을 왜 바보로 만들어?"

기어코 눈물이 볼을 타고 입으로 흘러들었다. 현후는 죄인처럼 고개를 숙이고 있다. 머리도, 심장도 펑 터져 버릴 것 같아서 견딜 수 없었다. 아무 말이라도, 변명이라도 한마디 해주면 좋으련만 언어 능력을 상실한 사람처럼 자신만 아련하게 쳐다보고 있는 그를 보고 있자니 서윤의 입술도, 마음도 바싹 말라 들어갔다.

"……미안해."

네가 알게 되면 충격받을까 봐 그랬어. 그 흔한 변명 한마디

없는 사과. 한계까지 내몰린 마음은 옳고 그름을 판단하기 힘들었고, 현재 제 눈앞에 있다는 이유 하나만으로 원망의 화살은 무작정 그에게 쏟아졌다.

"전부…… 최악이야. 내가 꼭두각시 인형이 된 것 같아."

현후는 울고 있는 그녀를 향해 차마 손을 뻗을 수 없었다. 오늘의 상황이 한순간 머뭇거린 제 이기심의 결과 같아 두려웠다. 예전에 그녀가 한순간 아프더라도 태현을 미워하고 그 곁을 떠나기를 간절히 바랐기 때문에 이 같은 결과가 튀어나온 것은 아닐까. 논리적 연관성이 전혀 없는 생각이었지만, 현후는 죄인이 된 심정으로 고개를 숙일 수밖에 없었다. 모든 일이 자신의 잘못처럼 느껴졌다.

"울지 마, 서윤아. 제발……."

떨리는 그의 목소리를 뒤로한 서윤은 손등으로 흐르는 눈물을 닦아내고 뒤돌아서서 달렸다. 굽이 낮은 구두를 신고 온 것이 천만다행이었다.

✠　✖　✠

"서현후!"

횡단보도 앞에 목석처럼 서 있는 그를 부른 이는 정신을 차리고 뒤쫓아온 연아였다. 전속력으로 뛰어왔는지 그녀의 호흡이 거칠게 들썩이고 있었다.

"서윤이는? 서윤이는 어딨어?"

"……붙잡을 수 없었어."

그가 연아의 옷깃을 잡으며 중얼거렸다. 현후의 목소리에는 힘이 하나도 없었다.

"전부 나 때문인 것 같아서…… 내가 욕심을 부려서 애꿎은 사람을 힘들게 한 것 같아서……."

"정신 차려, 서현후. 물은 이미 쏟아졌어. 주워 담을 수 없다면 끌어안아."

연아는 그의 몸을 바로 돌려 세워 어깨를 붙잡고 속삭였다. 현후는 그녀의 얼굴을 빤히 응시했다. 태현 앞에서 끝끝내 눈물을 보이고 말았는지 옅은 눈물 자국이 남아 있었지만 연아의 눈동자는 그 누구보다도 강인하게 빛나고 있었다.

"난 네가 태현보다 서윤이를 더 행복하게 만들어줄 수 있다고 생각해. 뛰어가서 잡아. 여기서 도망치면 널 절대 용서 안 할 테니까."

연아는 주춤거리는 그를 떠밀었고, 현후는 망설임을 지우고 발걸음을 뗐다. 연아와 멀어질수록 그의 발걸음이 점점 더 빨라졌다.

서윤을 다치게 하고 싶지 않았다. 그녀에게 결코 쓰라린 상처를 남겨주고 싶지 않았다.

하지만 시간과 운명이 그들의 삶을 희롱하여 상처의 존재를 지울 수 없다면 그대로 끌어안으리라. 그 누구보다도 강하게, 그리고 따뜻하게. 현후는 입술을 깨물며 되뇌고 또 되뇌었다.

그날 현후는 온 홍대 거리를 누비고 돌아다녔지만 서윤과 두 번 다시 만나지 못했다. 연아 또한 그녀를 찾아다니며 핸드폰이 불이 나도록 전화를 걸어보았지만 서윤은 연아 전화는 물론이고 현후의 전화도 받지 않았다. 그들의 귓가에 지루한 통화 연결음만이 끊임없이 들려왔다. 마치 세상에 존재하지 않는 번호로 전화를 거는 것 같았다.

❈　✠　❈

서윤은 밤늦도록 집에 돌아오지 않았다. 결혼 이후 그녀가 이토록 늦게까지 바깥에 있으면서 연락도 없는 것은 처음 있는 일이다. 집에 돌아온 후 카페에서 겪은 정신적 충격을 어느 정도 극복한 태현은 사태의 심각성을 조금씩 깨달아갔다. 그 또한 서윤에게 수십 번 전화를 걸어보았지만 단 한 번도 연결되지 않았다.

"앤 대체 어딜 쏘다니고 있는 거야?"

태현은 침대 위로 핸드폰을 집어 던지며 신경질적으로 중얼거렸다. 무어라 표현할 수 없을 만큼 마음이 복잡하고 혼란스러웠다. 연아와 현후에 대한 분노, 서윤에 대한 일말의 죄책감, 현 상황에 대한 짜증과 불만이 물과 기름처럼 떠돌아다니고 있었다.

제멋대로 행동하는 경향이 다분한 그지만, 눈치가 아예 없는 것은 아니었다. 돌아가는 상황을 자세히는 몰라도 태현은 자신이 만나고 있던 연아가 현후뿐 아니라 서윤과도 깊은 관계라는 사실을 대강은 짐작할 수 있었다. 어쩌면 서윤이 요새 만난다던 중고등학교 친구가 연아 그녀였을지도 모른다. 서윤이 도망치듯 그 자리를 떠난 것은 저에 대한 분노보다도 현재의 상황에 대한 충격이 더 컸기 때문이리라.

태현은 입술을 잘근잘근 깨물었다. 이번 일은 그냥 가벼이 넘어갈 수 없는 사안이란 사실을 잘 알고 있다. 때문에 바깥에서 조금이나마 마음을 추스른 서윤이 돌아오면 곧장 미안하다고 사과할 생각이었다. 자신은 그녀와 연아, 현후의 관계를 전혀 몰랐다는 점을 강조하고 이번 기회에 오늘 일뿐 아니라 이전의 일들까지 확실하게 사과한다면 그럭저럭 괜찮을 것이다.

"……그래도 12시 안에는 들어오겠지?"

태현이 초조한 목소리로 중얼거렸다. 가뜩이나 불안한 마음에 연아와 현후에 대한 분노까지 스멀스멀 치솟아올라 그는 도저히 한자리에 가만있을 수 없었다.

딩동딩동.

그가 제 방과 거실을 왔다 갔다 하고 있는데 적막한 와중에 초인종 소리가 벼락처럼 크게 울려 퍼졌다. 서윤이 드디어 돌아왔는가 싶어 태현은 한달음에 현관 쪽으로 달려갔다.

사실 디지털 락 비밀번호를 알고 있는 그녀라면 집에 들어오기 위해 요란스럽게 초인종을 누를 필요가 없었지만, 태현은 그 사실을 뇌리 속에서 잠시 지워 버렸다. 묻지도 따지지도 않고 문을 열자 그의 시야에 들어온 이는 잔뜩 굳은 표정의 현후와 연아였다.

예상치 못한 그들의 방문. 당황한 태현이 그들을 노려보자 조급한 표정의 연아가 입을 열었다. 그녀는 금방이라도 집 안으로 난입할 기세였다.

"야, 서윤이 돌아왔어? 어?"

"니들이 뭔 상관이야? 당장 여기서 안 꺼져!"

태현이 인상을 찌푸리며 소리쳤다. 하지만 목석처럼 표정이 없어진 현후는 그를 거세게 밀쳐 내고 성큼성큼 걸어가 닫혀 있는 서윤의 방문을 열어젖혔다. 텅 비어 있는 방 안을 본 그의 눈동자가 흔들렸다.

"아, X발! 어딜 맘대로 들어오는 거야? 어?"

태현이 뒤에서 현후의 목덜미를 잡아챘다. 현후는 인상을 찌푸리면서 그의 팔을 거칠게 뿌리쳤다. 닿는 것조차 몹시 불쾌하다는 표정이다.

두 사람이 서로를 노려보며 대치하고 있는 가운데 살벌한 기운이 거실의 공기를 무겁게 짓눌러 왔다. 먼저 입을 연 쪽은 현후였다.

"서윤이 잘못되면 너도…… 그날로 죽을 줄 알아. 아니, 반드시 죽여 버릴 거야."

한 글자 한 글자 또박또박 내뱉는 음성이 우리에 갇힌 맹수가 그르렁거리는 소리처럼 들렸다. 태현의 시야에 잔뜩 흐트러진 그의 모습이 들어왔다. 참 이상하게도 평소라면 전혀 상상할 수 없는 현후의 표정과 말투가 낯설면서도 어색하게 느껴지지 않았다.

아아, 그래, 이제 알겠다. 태현은 본능적인 감각으로 깨달을 수 있었다. 자신이 그동안 느껴온 미묘한 위화감의 정체를.

뜻밖의 깨달음에 한겨울 에어컨 바람을 쐬는 것처럼 피부에 소름이 돋았다. 지금 보는 모습이 서현후 그의 진짜 모습이었다.

감정적으로 더 혼란스러워진 와중에도 태현의 입꼬리가 살짝 비틀려졌다. X발, 기분 참 엿 같네. 얼마 전에 제 아버지가 던진 말뜻을 조금은 알 것도 같다. 자신은 가장 가까운 곳에 저를 노리는 날카로운 송곳이 꽂혀 있는 줄도 모르고 있었구나. 하하하, 바보같이.

그동안 꽁꽁 숨겨온 그의 본모습을 보고 있자니 이놈이 제 아내인 서윤을 오래전부터 아주 간절하게 마음에 두어왔다는 사실을 깨달을 수 있었다. 어쩌면 현후가 처음부터 자신에게 접근해 온 것도 서윤을 만나겠다는 목적 때문이 아니었나 싶다. 목말라서 냉장고에 있는 우유를 꺼내 마셨는데, 다 마시고 살펴보니 유통기한이 한참이나 지나 있는 그런 깨달음을 얻은 사람처럼 태현의 입안이 몹시도 텁텁했다.

"네가 걔 뭐라도 되는 것처럼 나댄다, 서현후. 걔 남편이 두 눈 버젓이 뜨고 있는데, 이거 진짜 웃기는 새끼네."

자신의 감정적인 동요를 들켜서는 안 된다. 태현은 최대한 아무렇지도 않게 말을 내뱉었다. 대번에 일그러지는 현후의 얼굴을 보자니 짜증과 더불어 미묘한 승리감이 교차해 왔다. 반 정도 달구어진 심장이 마구 벌렁거렸다.

"그래서, 아내도 있는데 그렇게 발정난 개새끼처럼 싸돌아다니셨어요, 이 미친놈아? 그것참 대단하네요."

현후의 옆에서 그처럼 자신을 억누르지 못해 그르렁거리는 목소리가 아닌, 평소와 다름없이 명랑하고 유쾌한 음성이 들려왔다. 평상시처럼 예쁘게 웃고 있는 연아가 내뱉은 말이다.

그녀는 낮의 일은 머릿속에서 전부 몰아낸 듯 멀쩡해 보였다. 서현후가 분노에 잠식된 한 마리 맹수 같다면 연아는 더없이 이성적인 인간이었다. 자신에게 속았다고 느끼는 배신감으로 날카로운 비수를 가슴 깊숙이 품고 있는.

"현후야, 나가자. 다른 곳도 찾아봐야지. 우리가 지금 여기서 이 개새끼를 상대하고 있을 시간이 없어요."

현후를 부드럽게, 하지만 단호하게 일깨우는 모습이 퍽 익숙해 보인다. 그의 옷자락을 붙잡고 현관까지 질질 끌고 가던 연아가 뒤돌아서서 태현을 바라보며 싱긋 웃어주었다.

"아직까지 그 고개 빳빳이 쳐들고 있는 거 보니 너 참 안됐다. 사람 되기 글러먹었네. 그래도 미운 정이나마 쌓였다고 난 사실 네가 집에 없길 바랐거든. 제대로 된 남편이라면 서윤이 이 시간까지 안 돌아왔는데 나가서 찾아보는 게 정상 아닌가? 쯧쯧. 서윤이 성격상 이제 너 같은 건 뻥 차버릴 테니까 이혼 서류나 말끔히 준비해 둬. 그럼 나중에 보자."

우리 사이, 아직 계산 덜 끝났으니까. 연아가 똑 부러진 말투로 나긋나긋하게 이야기를 마친 후 현관문을 닫았다.

✠   ✠   ✠

한편, 현후와 연아, 태현이 찾고 있는 유일무이한 인물 서윤은 그 시각 익숙한 골목길의 어느 집 앞에 서 있었다. 빛 바라고 녹슨 현관문이 어딘지 모르게 제 모습과 닮은 듯해 그녀는 한동안 시선을 떼지 못했다.

서윤이 입꼬리를 조금 들어 올려 피식 웃었다. 어머니는 병원에 입원해서 안 계시지만 과거의 보금자리이던 집은 낡은 모습 그대로 그 자리에 존재하고 있었다.

서윤은 자홍색 파우치 밑바닥에 있는 열쇠를 꺼내 문을 열었다. 어두운 적막과 약간의 먼지가 그녀를 반겨주었다.

"하아……."

힘이 풀린 그녀는 거실 바닥에 쓰러지듯 주저앉았다. 발끝에 쌓여 있던 피로감이 한꺼번에 밀려왔다.

친분이 있는 옆집에 매달 관리비를 부쳐주면서 집이 폐허가 되지 않도록 관리하고 있었으니 전기가 끊기지는 않았을 것이다. 하지만 서윤은 굳이 조명을 켜고 싶지 않았다. 어두워서 아무것도 보이지 않으니 마음이 오히려 진정되었다.

"……얼마 전에 알았어."

"울지 마, 서윤아. 제발……."

비를 잔뜩 맞아 힘이 없어진 아기 새처럼 중얼거리던 서현후. 그의 모습이 흐릿하게나마 떠올랐다.

"나도 울고 싶지 않아."

너와 연아만 아니었더라도 울진 않았을 거야. 적막한 거실 허공에 대고 가만히 대꾸해 본다. 그러는 스스로가 바보 같아 피식피식 실소가 나온다.

순풍을 기다리며 바다에 몸을 띄울 준비를 하고 있던 배의 돛은 툭 끊어져 버렸다. 무엇을 위해 먼 바다로 나가려고 했나 싶은 생각마저 들었다. 딛고 있던 단 하나의 받침대마저 무너져 버린 느낌이다.

서윤은 무릎을 오므린 채 얼굴을 파묻었다. 태현이 다른 여자와 놀아나는 사실은 진즉 알고 있었다. 때문에 그 상대가 제 모든 사정을 털어놓을 만큼 믿었던 친구 연아만 아니었다면, 현후가 그들과 관계된 인물만 아니었다면 어제 일은 조금 놀라운 신문 기사처럼 무덤덤하게 다가왔을지도 모른다.

'어떻게 대처해야 할지 모르겠어.'

그녀의 머릿속에 저보다는 똑똑하고 멋진 가상의 인물 L이 떠올랐다. 너라면 이 상황에서 어떻게 하겠어, L? 그 누구의 눈에도 띄지 않는 곳으로 멀리멀리 도망쳐 버릴까?

아니, 아니지. 서윤은 고개를 흔들었다.

소설이라면 애당초 이런 상황까지 오지도 않았을 거야. 이야기의 주인공이라면 최악의 경우에도 의지할 이 한두 사람 정도는 곁에 남아 있잖아. 도피는 어쩔 수 없는 상황에서 택하는 길인걸.

서윤은 학창 시절에도 잠시 느낀 소설과 현실의 결정적인 차이를 다시 한 번 깨달았다. 만약 L이 그 세계에서 도망치려 한다면 S가 두 손 놓고 가만있지 않겠지.

서윤은 제게 손을 뻗지 못하고 그저 아련한 얼굴로 쳐다만 보던 현후를 다시 한 번 떠올렸다. 그는 왜 자신을 붙잡지 못했을까. 왜 그 흔한 변명 한마디 하지 않았을까.

그녀의 입술에서 짙은 한숨이 흘러나왔다. 서윤이 생각하기에 이 세상에서 가장 외로운 이는 현실을 홀로 헤쳐 나가는 사람이다. 현실의 잔혹함은 언제나 상상을 뛰어넘는 법이니까.

거실 바닥에 널브러져 있는 제 몸뚱어리의 존재를 느꼈다. 어떻게 잠이 들 수 있을까 싶었는데, 눈을 떠보니 어슴푸레한 새벽이다. 몸이 정직한 건지, 아니면 제가 생각도 자존심도 없는 바보인 건지 구분하기가 힘들었다.

지금이 대체 몇 시인지 확인해 보고 싶었지만 거실의 벽시계는 약이 다 떨어졌는지 멈춰 있다. 서윤은 하는 수 없이 백에서 핸드폰을 꺼내 들었다. 전원을 켜자마자 부재중 전화 수십 통과 문자 수십 통이 도착했다는 알림이 뜬다. 한두 개의 스팸문자를 제외하곤 모두 서현후, 서연아, 강태현 그 세 명이 보낸 것들이다.

그것들을 일일이 확인해 보지 않아도 대강의 내용이 짐작 가능했다. 부재중 전화 기록은 전부 다 지워 버렸다. 문자는 어찌할까 고민하다가 카톡도 아닌데 제가 읽었는지 안 읽었는지 그들이 알 방법이 있으랴 싶어서 몇 개만 열어보았다.

—서윤아, 제발 전화 한 번만 받아줘. 부탁이야. 연아.

—어디야? 무슨 일 있는 건 아니지? 그냥 혼자 있는 것뿐이지? 아무 때나 연락 줘. 부탁이야. 부탁이다, 서윤아. 현후.

—대체 지금 어디 있는 거야? 혹시 장모님 계시는 병원이야? 전화를 받든가 답장이라도 좀 하든가! 태현.

괜히 열어보았다. 서윤은 후회하며 읽은 문자를 포함하여 모든 문자를 지워 버렸다. 하지만 기분은 조금도 개운해지지 않았다.

힘없는 손으로 핸드폰을 내려놓는데 작은 진동이 느껴졌다. 이번엔 또 누군가. 지긋지긋하다고 생각하면서도 서윤의 눈동자는 화면으로 향했다. 새 메시지의 발신인은 뜻밖에도 설민이었다.

연아와 현후 외에도 제게 다른 지인이 있다는 사실을 새삼 깨달은 사람처럼 서윤은 다소 놀란 표정으로 문자를 확인했다.

—금요일 누나 맘 심란하게 만들어놓고 그런 식으로 도망쳐 버려서 미안해요. 정말 미안해요. 제가 어려서…… 그런 상황에서는 어떻게 대처하면 좋을지 잘 몰랐어요. 괜찮다면 시간 내줘요. 오늘 아무 때나 전화 주면 받을게요. 문자도 좋아요. 만나서 제대로 사과

할게요. 한 가지 확실하게 말할 수 있는 건 누나가 어떤 상황에 놓여 있든 내 마음은 변하지 않는다는 사실이에요.

설민은 얼마나 많은 고심 끝에 제게 문자를 보낸 것일까. 보통의 문자보다 긴 MMS 형태로 온 메시지는 단정하고 깔끔한 어투에 맞춤법과 띄어쓰기, 문장부호까지 바르게 표기되어 있었다. 때문에 서윤은 설민이 바로 제 옆에서 속삭이는 듯한 느낌을 받았다.

어떠한 상황에 놓여 있든 변하지 않는 마음이라……. 그 어구에 그녀의 눈가가 조금씩 따끔거렸다. 제 주변을 둘러싼 모든 것이 까맣게 이지러진 가운데 그 혼자만 한 번도 짓밟히지 않은 눈(雪)의 모습을 하고 있다.

저보다 어리기에 그는 그리도 순수한 모습으로 존재할 수 있는 것일까. 곰곰이 생각해 보던 서윤은 가만히 고개를 내저었다. 이건 단순히 나이 문제가 아니었다.

설민은 그 누구보다도 마음이 강한 것이다. 어려서 부모를 모두 잃고 연아네 집에서 키워졌지만 그는 약간의 일탈도 없이 반듯하게 자라왔다.

서윤은 과거에 보았던 그의 모습들을 찬찬히 떠올려 보았다. 같은 반 아이로부터 부모 없는 새끼라는 막말을 들은 날, 코피 터지게 싸우고 돌아온 설민의 모습은 어린아이답지 않게 참 꿋

꿋했다.

어렴풋하지만 연아에게서 그가 방학 때면 보육원에서 봉사활동을 한다고 전해 들은 기억도 떠올랐다. 저도 그랬고 연아도 그랬고 대부분의 학생들이 봉사활동 시간을 형식적으로 채우는 것과는 차원이 달랐다. 마음에서 우러나와 성실하고 꾸준하게 봉사활동을 한 덕분에 그는 구청 차원에서 봉사상을 받기도 했는데, 이후에도 설민의 활동은 멈추지 않고 계속되었던 것으로 기억한다.

설민은 외부적 요인에 단 한 번도 밟히지 않아서 깨끗한 것이 아니라 이미 여러 번 짓밟혔음에도 불구하고 제 나름의 빛을 찾아 아름답게 빛나고 있는 것이었다.

서윤은 핸드폰을 한참이나 만지작거리다가 녹색 통화 버튼을 눌렀다. 잠깐의 연결음 끝에 평소보다 잠긴 설민의 목소리가 들려왔다.

[누나, 서윤 누나 맞죠?]

"……응, 나야."

[괜찮다면…… 지금 시간 내줄 수 있어요? 만나서 제대로 사과할게요. 어디예요? 내가 그쪽으로 갈게요.]

"있잖아, 한영중학교 앞에 카페가 있을까?"

[잠깐만요. 찾아볼게요.]

"그래."

잠깐의 침묵 끝에 설민의 말이 이어졌다.

[중학교 뒤쪽으로 쭉 걸어오다 보면 문구점이 하나 보일 거예요. 거기서 큰 거리 쪽으로 빠져나오면 오른편에 C&B라는 카페가 하나 있거든요. 거기…… 괜찮아요?]

"응, 한 시간 후에 보자."

[조심히 와요. 누나가 올 때까지 기다릴게요.]

설민의 조심스러운 목소리를 끝으로 서윤은 통화를 마쳤다. 빈혈이 있는 것처럼 눈앞이 핑그르르 어지러웠다. 어제 점심 이후로 먹은 것도 없는 속이 괜스레 울렁거리는 느낌도 들었다. 서윤은 이 심란한 상황에서 자신이 대체 무슨 생각으로 그와 약속을 잡았는지 가만히 따져 보려다가 포기했다.

어제 하루 종일 눈물을 흘려대서인지 얼굴이 끈적끈적했다. 서윤은 화장실로 들어가 차가운 물로 세수를 했다. 한기에 양어깨가 잘게 떨려왔다.

�֎   ✖   ✖

설민은 서윤과의 통화를 마치자마자 외출 준비를 시작했다. 그마저 외출하면 이 집은 텅텅 빌 것이다. 이모 내외는 부부 동반 모임에 참석하느라 아침 일찍부터 외출 중이고, 연아 누나는 어젯밤 뭔가 울먹이는 목소리로 친구네 집에서 하룻밤 자고 오겠다며 전화한 이후 연락이 끊긴 상태이다.

"남자친구와 헤어지기라도 했나."

핸드폰 너머로 들려온 연아의 목소리에는 힘이 하나도 없었다. 어제의 기억을 천천히 떠올려 보던 설민은 인상을 찌푸리며 중얼거렸다. 그 순간 초인종이 울렸고, 그는 다소 깜짝 놀란 상태에서 현관문을 열었다. 초췌한 얼굴로 연아가 흐느적거리는 몸을 이끌고 안으로 들어왔다.

"왔어?"

설민의 인사에도 연아는 별다른 대꾸 없이 구두를 벗어 던졌다. 행동 하나하나에 피곤함이 가득 묻어나왔다. 도대체 무슨 일이 있었던 걸까.

설민은 그 이유가 궁금했지만 꼬치꼬치 캐묻진 않았다. 대신 그는 아무렇지도 않은 표정으로 다른 이야기를 꺼냈다.

"이모랑 이모부는 모임 가셨어. 오후 늦게 돌아오신대. 나도 약속 있어서 곧 나가봐야 할 것 같고……. 이모가 열쇠를 가지고 나가시는 바람에 누나도 집에 없는데 남은 열쇠 하나를 어떻게 해야 하나 고민하고 있었어. 누나가 지금이라도 와서 다행이야."

"……설민아."

조금 갈라진 듯한 연아의 목소리가 들려왔다. 그녀는 금방이라도 울 것 같은 표정으로 설민을 바라보고 있었다. 설민의 눈꼬리가 부드럽게 휘었다.

"왜, 밖에서 무슨 안 좋은 일이라도 있었어? 우리 누나, 누가 괴롭혔어?"

"서윤이가 나 다시는 안 보려고 하면 어떡하지?"

연아의 입에서 흘러나온 익숙한 이름에 설민의 심장이 철렁 내려앉았다. 그는 조심스럽게 물었다.

"어제 둘이 싸웠어?"

"아니, 내가 일방적으로 잘못했어. 하지만 난, 난 아무것도 모르고 시작한 거였는데……. 이제 어떻게 하면 좋을지 모르겠어."

말을 하다 말고 커다란 두 눈에서 눈물을 뚝뚝 떨구는 연아의 모습을 보며 설민은 일단 말없이 그녀를 끌어안아 주었다. 안정감 있는 제법 널찍한 품이다.

"……울지 마. 괜찮을 거야."

나지막한 목소리가 잔뜩 지친 연아의 심신에 따뜻한 위로를 건네왔다. 상당한 시간이 흐른 후, 그녀는 힘없는 목소리로 설민에게 그동안 있었던 일을 전부 털어놓았다. 자신의 남자친구에 대한 이야기부터 서윤의 남편에 관한 이야기까지 그 모든 것을.

설민의 미간이 처음에는 크게 일그러졌다가 시간이 지날수록 차츰 진중한 빛을 띠어갔다. 생각지도 못한 이야기에 큰 충격을 받았지만, 어떻게든 정신을 차려야만 했다. 충동적인 성향은 다소 있지만 그래도 또래에 비하면 현명하고 차분한 편인 그는 연아의 이야기를 들으면서 서윤의 상태 또한 대강이나마 짐작할 수 있었다.

금요일, 제가 그녀에게 건네준 충격도 만만치 않을 텐데……. 우리 서윤 누나, 지금 참 많이 힘들겠다. 연아 누나처럼 얼굴이 완전 핼쑥해져 있겠네. 원초적 그리움에 아련함과 안타까움이 뒤범벅된다.

"꺼내기 쉽지 않은 말이었을 텐데 이야기해 줘서 고마워, 누나. 안 그래도 나 지금 서윤 누나 만나러 가는 참이었어."

"뭐? 정말? 서윤이 지금 어디 있대?"

바닥에 털썩 주저앉아 있던 연아가 벌떡 일어났다. 당장에라도 저를 따라서 밖에 나갈 기세라 설민이 흐릿한 미소를 지으며 그녀를 진정시켰다.

"누나."

"응응, 걔 지금 어디 있대?"

"개인적인 생각으로는 누나랑 서윤 누나는 지금 각자의 시간이 필요한 것 같아. 누나도 서윤 누나도 숨 돌릴 시간이 있어야 하잖아."

"하지만……."

"알아. 누나가 서윤 누나를 얼마나 좋아하는지. 걱정되고 어찌할 바 모르는 마음은 잘 알겠는데, 우리 한 템포만 늦춰 가자. 둘이 지금 마주치는 건 별로 좋은 생각이 아닌 것 같아. 일단은 내가 서윤 누나 만나서 찬찬히 이야기해 볼게. 그사이 누나도 마음 좀 진정시켜. 어제 이후로 거울 한 번도 안 쳐다봤지? 누나 얼굴 지금 장난 아냐."

"……현후도 헤어질 때 나한테 그리 지껄이더라. 개자식."

그녀의 사나운 중얼거림에 설민이 나지막하게 웃었다. 연아는 그 모습이 눈에 보이는 면적은 작아도 끝없는 깊이를 지니고 있는 호수 같다 생각하였다.

"씻고 좀 쉬어. 나 다녀올게."

거실의 벽시계를 쳐다보던 설민이 겉옷을 집어 들며 말했다. 연아는 짙은 한숨을 내쉬며 그 뒷모습을 멍하니 응시했다.

택시를 잡아탄 덕분에 설민은 약속 시각보다 5분 정도 일찍 도착할 수 있었다. 서윤과 만나기로 한 카페 안으로 들어가 햇볕이 잘 드는 창가 쪽에 자리를 잡았다. 투명한 유리창에 닿아 산산조각으로 부서지는 햇빛에 눈이 조금 부시긴 했지만 지금은 마음을 밝혀줄 빛이 절실하게 필요했다.

서윤은 약속 시각에 딱 맞춰 카페 안으로 들어왔다. 평소 부드러운 곡선을 그리고 있던 눈가가 딱딱하게 굳어 있다. 연아 못지않게 핼쑥해 보이는 표정이었지만 그녀처럼 금방이라도 쓰러질 것 같은 연약한 느낌은 들지 않았다. 오히려 단단히 중무장한 여전사를 바라보는 기분이 들었다.

설민의 입에서 옅은 한숨이 흘러나왔다. 어느 쪽 모습이든 안타깝다는 사실만큼은 똑같았다.

"누나, 왔어요."

설민은 최대한 부드럽게 미소를 지으며 인사를 건넸다. 서윤은 애써 입꼬리를 올려 인사하려다가 잘 안 되는지 무표정한 얼굴로 고개만 두어 번 끄덕였다.

"뭐 마실래요? 여기 라떼 종류가 상당히 맛있대요."

"난 그냥 아메리카노. 따뜻한 걸로."

"그래요. 주문하고 올게요. 잠깐만 기다려요."

설민이 카운터에 가서 주문하는 동안 서윤은 멍하니 창밖을 바라보았다. 정신 차리자고 스스로를 다독이는 와중에도 마음이 자꾸만 무너져 내렸다. 그녀는 호수 위의 백조를 떠올렸다. 사정을 잘 모르는 타인이 보기에 백조는 물 위에 여유롭게 떠 있는 듯하나 실제로는 가라앉지 않기 위해 물밑에서 발을 열심히 놀리고 있다는 쓸쓸한 진실이 지금의 제 상황과 닮아 있었다.

카오스 같던 어제가 지나가고 서윤은 다소 진정했으나 그것은 어디까지나 겉으로 보이는 모습일 뿐이다. 지금 이 상태라면 별 의미 없는 말과 상황 한두 가지만 접해도 유리창에 실금이

가는 것처럼 동요하고 말 것이다.

설민은 카운터 앞자리에서 잠시 기다렸다가 음료를 받아서 자리로 되돌아왔다. 깊은 상념에 빠진 서윤의 옆얼굴은 서글프게 예뻤다. 설민이 테이블 위에 음료를 담은 쟁반을 내려놓자 서윤이 시선을 돌렸다.

"무슨 생각을 그렇게 해요?"

"아니, 그냥……."

"그거 알아요? 누나는 생각에 잠긴 얼굴이 엄청 예뻐 보인다는 사실."

옅은 미소를 머금고 꺼낸 설민의 말에 서윤의 눈가며 입가에 잔 경련이 일었다. 그녀는 무어라 반박하고 싶은 듯했지만, 설민은 말을 계속 이어 나갔다.

"잠깐만요. 누나가 지금 뭐라 말하려 했는지 내가 맞혀볼게요."

어깨를 한번 으쓱한 설민이 고심하는 표정을 지어 보였다. 남자아이들이 반 여자아이를 놀릴 때처럼 상당히 장난기 어린 모습이라 서윤은 묘하다는 눈길로 그를 쳐다보았다.

"그게 무슨 말이야? 대충 이런 뉘앙스죠?"

어라? 이 자식이 독심술을 익혔나. 마음 한구석이 조금 찔리긴 했지만, 서윤은 무덤덤하게 대꾸하려고 노력했다.

"……아니거든."

"그래요? 얼굴 보니 맞는 것 같은데……."

설민의 흐릿한 웃음소리 끝에 침묵이 찾아왔다. 서윤은 제 몫의 아메리카노를 홀짝 들이켰다. 몽롱하고 아릿하던 정신에 활력이 조금 돈다.

"누나."

설민의 목소리 톤은 높지도 낮지도 않고 딱 적당했다. 귀에 착착 감기는 음성이다. 이 아이는 성우를 해도 괜찮겠다. 현 상황에서 한참이나 벗어난 생각을 하며 서윤은 그를 응시했다.

"금요일, 많이 놀랐죠? 미안해요. 그런 말을 막 꺼내다니……. 내가 너무 조급했나 봐요."

배시시 웃는 그의 모습을 보며 서윤은 기묘한 위화감을 느꼈다. 무언가 입장이 뒤바뀐 느낌이다. 사람이 사람을 좋아하는 게, 그 마음을 입 밖에 낸 게 잘못이 될 수는 없었다. 서윤은 그에게 사과를 들어야 할 입장도 되지 못했고, 그럴 마음도 없었다. 그렇다면 자신은 어째서 그를 만나러 나왔는가.

하얀 손가락을 깍지 껴 매만지는 설민의 모습이 누군가와 묘하게 겹쳐 보인다는 사실을 인식하는 순간, 그녀는 그 이유를 깨달았다. 서윤은 떨리는 목소리로 되물었다.

"네가 사과할 게 뭐 있어. 어찌 됐든 그동안 난 네게…… 이미 결혼한 상태라는 사실을 숨겨왔잖아. 내가…… 원망스럽진 않았어?"

말을 꺼내놓고 심장이 자르르 떨리는 느낌에 서윤은 입술을 꾹꾹 깨물었다. 손가락으로 테이블을 한두 번 툭툭거리던 설민이 입을 열었다.

"대답하기 전에 한 가지 물어봐도 괜찮아요? 누나가 내게 말 못한 이유 중에 혹시 날 상처 주려고 의도한 것도 있었나요?"

설민의 말이 끝나기 무섭게 서윤이 고개를 도리도리 저었다. 그녀의 미간과 눈가가 조금 일그러졌다.

"아냐! 그런 거 절대 아냐!"

처음에는 실패한 결혼 생활 같은 남부끄러운 이야기를 굳이 꺼내서 뭐 하겠느냐는 생각이었고, 나중에 설민이 자신에게 관심을 가지고 다가오는 느낌을 받았을 땐 아직 어린 그의 환상을 비참하게 깨고 싶지 않다는 마음도 약간이나마 존재했다.

"그럼 원망할 이유가 없잖아요. 속상하고 억울하더라도 그건 한순간일 거예요."

설민이 나지막하게 속삭였다. 서윤은 그의 눈동자에서 시선을 떼지 못했다. 설민이 마치 어제의 제 상황을 꿰뚫어 보고 답해주는 듯한 기분이 들어 소름이 끼쳐 왔다. 어쩌면 연아가 설민에게 그 기막힌 상황에 대해 모든 것을 말해주었을지도 모른다.

뭔가를 잘못 먹고 얹힌 것처럼 뱃속이 살살 요동치며 머리가 띵해왔다. 서현후 그도 제 마음과 같았을까. 그 모든 상황을 알고 있으면서도 입을 다물 수밖에 없었던 현후의 마음을 조금은 이해할 수 있을 것 같았다.

복잡하게 꼬여 있던 머릿속이 서서히 명쾌해지는 느낌이다. 서윤은 어제 현후의 모습에서 금요일의 제 모습을 발견했고, 오늘 설민의 모습에서 미래의 제 모습을 보았다.

"……고마워, 설민아."

"뭐가요?"

"그냥 다. 나를 좋아해 주는 마음도, 그리고……."

서윤이 카페에 들어선 이후 처음으로 자연스레 웃으며 입을 열었다.

"어제 진짜 마음 복잡한 일이 있었는데, 네가 방금 답을 알려 준 덕분에 좀 괜찮아졌어."

"다행이네요. 나는 누나가 곤란해하지도 말고 아파하지도 말고 항상 웃을 수 있었으면 좋겠어요."

"한 가지 물어볼 게 있는데, 연아 어제 집에 들어왔니?"

"연아 누나 오늘 아침에 죽을 것 같은 표정으로 들어왔어요."

설민이 제가 주문한 카페라떼를 조금 들이켜며 말했다. 손가락을 매만지던 서윤이 조심스레 입을 열었다. 설민이 어제의 상황을 알고 있는지 모르는지 확신할 수는 없었지만 그냥 한번 물어보고 싶었다.

"있잖아, 그냥 도망치기만 해서는 아무것도 해결되지 않겠지? 그것이 좋은 감정이든 나쁜 감정이든 빨리 풀어버리는 편이 낫겠지?"

"지금 서윤 누나의 상태를 봤을 땐 누군가를 만나 뭐든 얘기해도 괜찮을 것 같아요. 어느 정도 마음이 가라앉은 것 같으니까."

그리 말하는 설민은 정말이지 새하얀 눈을 닮아 있었다. 맑고 곧고 수더분한 느낌이 서윤의 마음을 한층 더 침착하게 만들어 주었다.

—지금 시간 괜찮다면 한영중학교 근처의 C&B 카페로 올래? 기다리고 있을게.

마음을 정한 서윤은 연아와 현후에게 각각 문자를 보냈다. 기분 묘하게도 둘 다 5분도 안 되어 답장을 보내왔다. 마치 그녀의 연락을 손꼽아 기다리고 있었다는 듯이.

—지금 갈게. 당장 갈게. 기다려. 연아.
—20분 안에 가ㄹ게 현후.

오겠다는 말을 반복하는 연아. 평소의 그답지 않게 오자를 섞어 문자를 보내온 현후. 연아의 문자도, 현후의 문자도 각기 다른 형태로 다급함을 담고 있었다. 서윤은 그 문자들을 눈동자에 새기듯 뚫어져라 쳐다보았다.

"연아 누나와 현후 형에게 문자했어요?"

"응. 지금 이쪽으로 오겠대."

"그렇군요."

설민은 핸드폰을 꽉 쥐고 있는 서윤의 모습을 바라보며 라떼의 향과 맛을 천천히 음미했다. 서윤의 마음이 편해진 만큼 그도 평온해졌다. 금요일 저녁부터 그녀를 만나기 전까지 이런저런 생각들로 긴장해 있던 몸이 조금씩 이완되고 있었다.

우습게도 사람의 마음이란 참 간사해서 제일 걱정하고 있던 부분이 해결되자 다른 생각들이 조금씩 밀려왔다. 설민은 제 마음처럼 김이 반쯤 낀 유리창을 바라보았다. 지금 이 순간 그의 뇌리에 떠오른 인물은 먹물 같은 느낌의 서현후 그였다.

음료를 쥔 그의 손아귀에 힘이 바짝 들어갔다. 연아 누나가 집에서 제게 해준 말들이 찬찬히 떠올랐다.

"서윤인 그토록 믿고 의지하던 현후가 그동안 제게 아무런 언급도 없었다는 점에 굉장히 상처받은 것 같았어. 그 기분이 뭔지 조금은 이해해. 좋아하는 사람을 어떤 식으로든 원망할 수밖에 없다는 건 굉장히 괴로운 일이니까."

연아는 그에게 서윤이 현후를 좋아한다고 말했다. 설민은 혀를 살짝 내밀어 말라붙은 입술을 핥았다. 라떼를 시킨 것은 정말 현명한 선택이었다. 쓰디쓴 아메리카노는 지금의 상황을 더더욱 씁쓸하게 만들어줬을 테고, 달달한 모카나 마키아토는 현실에 대한 위화감만 느끼게 해줬을 테다.

'만약…… 내가 누나와 나이도 같고 비슷한 위치에 서 있었으면 어땠을까요.'

서윤은 설민과 시선이 마주치자 옅게 웃어주었다. 설민도 따라 웃으며 남은 음료를 마저 들이켰다.

정오가 가까워져서인지 창을 통해 들어오는 햇볕의 양이 늘어났다. 손이 괜스레 간질간질하니 따뜻했다.

천만다행으로 서윤에게 금요일의 제 행동에 대해 미안한 마음을 충분히 전달할 수 있었고, 그녀의 헝클어진 마음 또한 어느 정도 정리되어 가고 있는 듯했다. 현재의 상황은 가장 이상적이었다. 설민은 햇빛을 잔뜩 받아 금빛으로 반짝이는 아침 호수처럼 고요하고 평온한 현 상태를 깨고 싶지 않았다. 이 자리에 계속 남아 있다가 연아, 현후와 마주쳐 뜻밖의 상황에 얼굴을 붉히거나 감정을 통제 못 해 그들의 말에 까칠하게 반응하느니 지금 모습을 감추는 편이 더 낫겠다는 생각이 들었다.

설민은 천천히 자리에서 일어났다. 서윤이 깜박이는 눈동자로 그를 쳐다보았다.

"저는 이만 갈게요. 얘기 잘 나눠요, 누나."

"일부러 자리 피해 주지 않아도 괜찮아."

"저는 누나 얼굴도 보고 금요일 일도 사과했으니 그걸로 괜찮아요. 그럼 화요일에 학원에서 봐요."

설민이 그리 말하며 겉옷을 집어 드는 순간, 뒤쪽에서 익숙한 목소리가 들려왔다.

"서윤아! 설민아!"

조금만 더 일찍 일어날걸. 마음이 괜스레 착잡해져 깊이 가라앉은 설민의 눈동자에 아침보다 훨씬 밝은 표정을 짓고 있는 연아와 복잡 미묘한 눈동자를 하고 있는 현후의 모습이 나란히 비춰졌다.

설민이 서윤의 옆으로 자리를 옮기고 현후와 연아가 그 맞은편 자리에 착석한 지 5분 정도 지난 것 같다. 현후와 연아가 의무적으로 주문한 음료도 나왔고 대화의 장은 이미 충분히 마련되었지만, 네 사람 사이의 기묘한 침묵은 가실 줄을 몰랐다. 서윤과 연아, 현후 모두 어디서부터 이야기를 시작하면 좋을지 모르겠다는 표정을 짓고 있다.

설민은 속으로 옅은 한숨을 내쉬었다. 이 중에서 나이가 제일 어린 죄, 이번 사건에 직접적으로 관여되지 않은 죄로 어떻게든 이 대화의 물꼬가 터지도록 노력해야만 했다.

'서윤 누나라면 몰라도 연아 누나와 현후 형은 나중에 각오하세요.'

"서윤 누나, 할 말 있다면서요~"

순진한 어린아이 같은 미소를 머금고 설민이 서윤을 향해 말했다. 또래답지 않게 시니컬한 면이 많은 그의 성격을 잘 아는 연아와 현후가 어이없다는 시선으로 서로를 바라보았다.

'윤설민 저 새끼 뭐임?'

'내가 그걸 어찌 앎?'

그들의 미간이 곱게 찌푸려지려고 할 때, 서윤의 입술이 달싹였다. 설민의 애교 섞인 재촉은 나름 효과가 있었다.

"으응. 어…… 저…… 어제 일에 대해서 말이야, 설명을 듣고 싶은데."

서윤이 약간의 망설임 끝에 돌직구를 던졌다. 연아가 그녀와 시선을 맞춰오며 황급히 입을 열었다.

"서윤아, 있지, 난…… 난 너를 만나기 전까지만 해도 태현이 결혼했다는 사실을 몰랐어. 그냥 나처럼 평범한 대학생인 줄 알았어."

믿어줘. 정말이야. 말문을 떼는 것은 힘들었지만, 입이 한 번 열리자 이야기는 속사포처럼 흘러나왔다.

"현후는 중간에 알아차렸지만, 너와 내가 이 사실을 알면 충격받을 걸 걱정했어. 그래서 제 선에서 해결하려던 참에 내가 이 진실을 알게 됐고, 나는…… 너와 나를 비참하게 만든 그 개새끼를 사람들 앞에서 쪽 주고 차버리고 싶었어. 그러다 어제 너와 마주치게 된 거야."

미안해, 미안해. 사정을 빠르게 설명한 연아는 연신 미안하다는 말을 반복했다. 그녀의 얼굴은 금방이라도 울 것처럼 일그러져 있었다. 진심이 아니라면 쉬이 흉내 내기 어려운 표정이다.

처음엔 몹시 쿵쾅거리던 서윤의 심장은 연아의 이야기가 쏟아져 나오면서 조금씩 안정을 되찾아갔다.

'……그게 아니었구나.'

그들이 자신을 배신한 것. 그 사실을 확인한 것만으로도 어제의 마음고생이 한낱 꿈처럼 느껴졌다. 나란 사람은 아직도 참 미숙하구나.

입술을 잘근잘근 깨물며 한동안 연아를 바라보고 있던 서윤의 시선이 현후에게 향했다. 그래, 솔직히 말하자면 지금 마주친 이 까만 눈동자가 어젯밤 내내 생각나 더 괴로웠다.

"……괜찮아?"

그가 다소 갈라진 목소리로 물어왔다. 서윤은 억지로라도 입가에 옅은 미소를 띠었다. 오해가 어느 정도 풀린 지금은 자신이 정말 괜찮다는 모습을 보여주고 싶었다.

"응. 나야말로…… 제대로 알지도 못하고 화내서 미안해."

"나를 원망해도 괜찮아. 내 잘못이 전혀 없는 건 아니니까. 너희 둘이 아무것도 모르길 바라는 한편 진실을 알아차리길 원했어."

현후가 나지막하게 속삭여 왔다. 서윤은 그 말이 그가 밤새 고민하다가 내린 결론이라는 사실을 깨달았다. 하아, 좀 더 이기적으로 굴어도 괜찮을 텐데. 그는 참 바보 같은 친구, 아니, 자신이 이제 막 사랑하게 된 남자였다.

"내가 어떻게 그럴 수 있겠어."

서윤의 대답에 그가 시선을 똑바로 맞추어왔다. 그녀는 그 눈동자에서 '기대'란 단어를 읽었다.

"어제 하루 널 원망하는 것만으로도 죽을 만큼 힘들었는걸."
그 말을 마친 서윤은 제 마음을 고백한 사춘기 여고생처럼 왠지 모르게 부끄러운 마음이 들어 고개를 살짝 숙였다. 연아와 설민은 그런 서윤을 힐끔 쳐다보다 말고 현후의 표정을 살폈다. 안도감만 강하게 일렁이는 까만 눈동자를 보니 이상하게도 맥이 탁 풀렸다. 평소에는 누구보다도 눈치 빠른 인간이 그녀가 방금 전 내뱉은 말에 담긴 이면의 뜻은 못 알아차렸나 보다.

연아는 순간 팔꿈치를 직각으로 세워 현후의 등을 내리찍고 싶었고, 설민은 속으로 안도의 한숨을 내쉬었다. 저 형이 이런 쪽으로는 눈치가 둔해서 참 다행이다.

"난…… 난 네가 내게 엄청 실망했으리라 생각했어."

"어젠 내가 감정적으로 격해져 있어서 앞뒤 안 가리고 화냈지만 생각해 보니 그게 결국은 나를 위한 행동이더라고. 조금 전에 설민이가 그 사실을 알려줬어."

그치? 서윤이 예쁘게 웃으며 설민에게 동의를 구하듯 물어왔다. 순순히 대답해 주고 싶은 기분은 아니었지만, 설민은 고개를 살짝 끄덕였다. 사람은 원래 못돼먹은 존재라는 말을 증명이라도 하듯 서윤이 현후, 연아와 오해를 풀게 되어 다행이라는 마음과는 별개로 그녀가 현후에게 은근슬쩍 내비치는 감정 표현에 마음 한구석이 몹시 쓰려 왔다.

"그래서…… 이젠 어떻게 하고 싶어?"

현후의 조심스러운 질문에 서윤이 가볍게 심호흡을 하며 깍지 낀 손가락을 비벼댔다.

"내 예상보다 훨씬 빨라지긴 했지만 태현에게 이혼을 요구해야지. 솔직히 지금 이 상태론 한집에서 같이 지내는 건 물론 얼굴 마주할 자신도 없거든."

태현을 떠올리는 것만으로도 속이 울렁거리니 어찌할 도리가 없었다. 미우나 고우나 그간 함께해 온 정으로 그에게 실낱처럼 갖고 있던 마지막 기대와 신뢰마저 완전히 사라져 버린 지금은 떠나야 할 때였다. 그에게서 벗어날 준비가 안 됐다고 시간을 끌면 끌수록 서로 힘들어질 뿐이다.

"서윤아, 그럼 어머니 치료는 어떻게 하게?"

그리 물어온 연아가 이어 말했다.

"이혼 요구하면서 위자료도 꼭, 꼭 받아내! 그 새끼가 바람피웠다는 증거는 내게 넘쳐 나도록 있으니까."

"미안하지만 그 정도론…… 소송에서 이기기 힘들 거야. 게다가 그동안 경제적으로 시댁에 줄곧 의지해 왔는데 위자료까지 받고 싶은 마음은 없어. 나는 그냥 그와 별 탈 없이 헤어지기만을 원해."

"그럼 이후엔 어떡할 거야?"

"글쎄, 어떻게 해야 하나."

중얼거리는 서윤의 표정은 그래도 조금 전보다 한결 나아 보였다. 처한 상황이나 조건은 그다지 달라진 바 없는데도 믿고 의지할 사람이 다시 생겼다는 이유 하나만으로 어제보다 이 현실을 견디기 괜찮아졌다.

이야기를 어느 정도 마친 서윤은 연아, 현후, 설민과 헤어져 집으로 향했다. 버스에 몸을 싣고 창밖을 내다보면서 폭탄의 회로처럼 꼬여 있는 머릿속을 천천히 정리해 보았다. 연아가 함께 가주겠다고 제안해 왔지만 그녀는 정중히 거절했다. 앞으로 벌어질 상황은 어디까지나 태현 그와 자신이 감당해야 할 일이었다. 집 앞에 도착해 비밀번호를 누르자 문이 열렸다. 서윤이 현관에 발을 들여놓기 무섭게 거실에서 서성이고 있던 태현이 쪼르르 달려왔다.

"야, 너 전화도 안 받고 문자 답장도 안 하고! 대체 어제 하루 종일 어디 있었던 거야?"

"생각을 정리할 시간이 필요했어."

짧게 대꾸한 서윤이 코트를 벗어 소파 위에 던져 놓고 식탁 의자를 하나 빼서 앉았다. 태현에게 눈짓하자 그도 맞은편 자리에 앉았다. 그의 짙은 갈색 눈동자가 평소와 다르게 여러 가지 복잡 미묘한 감정으로 버무려져 있는 듯하다.

"야, 어젠⋯⋯."

"그렇게 서둘지 않아도 돼. 지금부터 네 이야기, 천천히 들어 볼 생각이니까."

서윤이 높지도 낮지도 않은 음성으로 대꾸했다. 그 어느 때보다도 차분하고 무덤덤한 그녀의 모습을 바라보면서 태현은 무섭다는 생각이 들었다.

서윤의 태도는 이전과 확실히 달랐다. 태현은 자신이 바람피운 걸 들킨 첫날을 떠올렸다. 그날 서윤은 이 세상에서 가장 깊은 상처를 입은 사람의 눈빛으로 저를 쳐다봤다. 제게 이모저모 따지고 들다가 결국 두 눈 가득 눈물을 그렁그렁 매달았던 모습이 아릿하게 스쳐 지나갔다.

하지만 지금의 그녀는 한결 가벼워 보이는 모습이다. 서윤은 냉장고에서 주스까지 한 컵 따라 제 앞에 두고는 태현을 가만히 응시하고 있다. 그 모습을 마주하니 무슨 말을 하면 좋을지 더

더욱 알 수 없어져 태현은 인상을 찌푸렸다.

"할 말 없어? 그럼 그냥 내가 본 대로 생각하면 되지?"

"아니, 그게 아니라…… 잠깐만! 나는 걔가 현후 사촌인지도 몰랐고 또 너랑 아는 사람인지도 몰랐어. 둘이 대체 무슨 관계야? 어?"

"연아는 학창 시절 내 단짝이었어. 그리고 지금은 그게 중요한 게 아니잖아?"

서윤이 그의 말을 자르며 차분히 대꾸했다.

"정말로 중요한 게 뭔지 모르겠어?"

깊이 가라앉은 그녀의 눈동자가 태현의 얼굴을 빤히 쳐다보았다. 태현은 자신이 왠지 벌거벗은 채로 그녀 앞에 서 있는 듯한 기분이 들었다.

"미, 미안해. 어쨌든…… 어떤 여자든 만난 내가 잘못했어."

옆구리 찔러 절 받는 느낌이다. 태현은 본인의 행동이 서윤에게 얼마나 큰 상처를 안겨줬는지 제대로 인지하지 못하고 있는 것 같았다.

그래, 이젠 되었다. 한숨조차 흘러나오지 않았다. 그는 처음부터 그런 사람이었다고 생각하니 차라리 마음이 편했다.

"그래, 예전이라면 그 말로도 서운했겠지만 지금은 충분한 것 같아."

서윤이 옅게 웃으며 말했다. 오늘따라 더 애매모호한 그녀의 말투와 분위기, 제 피부를 스치고 지나가는 불길한 느낌에 태현은 여전히 긴장의 끈을 놓지 못했다. 그가 다시 한 번 입을 열었다.

"걔랑은 그날부로 깔끔하게 헤어졌고, 앞으로 그러지 않겠다는 각서라도 쓰라고 하면 쓸게. 내가 정말 잘못했어. 이번 한 번만 봐줘라."

"아냐, 태현아. 그럴 필요 없어."

서윤이 다 비운 주스 잔을 천천히 내려놓으며 말했다.

"우리 이만 끝내는 게 좋겠다. 여기서 서로 더 상처 주고 상처받기 전에."

더 이상 물러날 곳이 없었다. 마침내 서윤은 1년 넘게 벼르고 별러오던 그 말을 꺼냈다. 가슴이 미친 듯 뛰면서도 한편으론 속 시원한 느낌이다. 산 정상에 올라 맞은편에서 불어오는 바람에 몸을 맡긴 기분이다.

그녀의 발언이 꽤 충격적이었던 것일까. 태현은 아무런 대답도 하지 않은 채 석상처럼 굳은 모습으로 서윤을 바라보았다. 그 모습이 흡사 어제의 자신을 보는 듯해 서윤은 그에게 한 방 먹인 것처럼 기분이 좋아졌다. 자신만 당황해하고 충격받아야 한다는 법은 이 세상 어디에도 없지 않은가.

"다시 한 번 말해줄……."

"그게 대체 무슨 소리야? 헤어지자고? 지금 이혼이라도 하겠다는 거야? 내가 잘못했다고 하잖아!"

태현이 순간 소리를 크게 내질렀다. 조금 놀라긴 했지만 서윤은 그의 시선을 피하지 않고 말을 이어갔다.

"난 이미 충분히 지쳤어. 너로 인한 상처, 더 이상 감당할 자신도 없고 널 완전히 싫어하기 전에 좋게 끝내고 싶어."

태현의 표정이 픽 일그러졌다. 그의 입술은 계속 달싹였지만, 뜻밖의 상황에 너무도 당황한 탓인지 말이 쉬이 흘러나오지 않았다. 태현이 어버버거리는 사이, 서윤은 그를 스쳐 지나 방으로 들어갔다.

달칵. 문 잠그는 소리에 퍼뜩 정신을 차린 그가 손잡이를 붙잡고 외쳤다.

"잠깐만! 우리 얘기 아직 안 끝났잖아! 나는 둘째 치더라도 아버지가 허락하실 것 같아? 나와! 나와서 다시 얘기해! 내가 어떻게 했으면 좋겠어?"

"내 생각이 바뀌는 일은 아마 없을 거야. 하지만 마지막에 가서 둘 다 후회하지 않도록 생각하는 시간을 잠시 가져보자."

문 너머로 서윤의 침착한 목소리가 들려왔다. 모르는 사람으로 서윤을 처음 만났을 때 그녀가 보여주던 그 철벽같은 태도가 새삼 떠올랐다.

태현은 입술을 세게 깨물었다. 그는 마구 흔들던 방문 손잡이에서 손을 뗐다.

"……서현후가……."

방문 앞에서 여전히 들려오는 태현의 목소리에 옷을 갈아입고 있던 서윤의 미간이 곱게 찌푸려졌다.

"그 자식이 나와 헤어지라고 시켰어? 앞으로 책임지겠대? 둘이 미래라도 약속했어?"

익숙한 이름에 심장이 한 번 철렁거렸고, 말도 안 되는 그의 상상과 억지에 심장이 두 번 내려앉았다. 서윤은 태현을 노려보는 듯 닫힌 방문을 뚫어져라 쳐다보았다. 그녀는 파르르 떨리는 입술을 간신히 진정시키고 한마디 했다.

"네가 생각하는 거라곤 그런 것밖에 없니? 정신 좀 차려. 우리 일에 애꿎은 사람 끼워 넣지 마."

강태현 네가 생각하는 그런 일은 죽어도 없어. 먹물 같은 그 남자 서현후를 떠올리며 서윤은 뒷말을 속으로 삼켰다. 자신을 비롯한 모든 이들이 봤을 때 완전무결한 그가 무엇이 부족해 저를 이성으로서 마음에 두겠는가. 그나마 학창 시절의 인연 덕분에 특별한 친구라는 위치에 존재한다는 점을 다행으로 생각해야 할 것이다.

만약 결혼 생활에 실패한 유부녀가 아니라 또래로 평범하게 대학을 다니고 있는 여대생으로서 그를 다시 만났다면 어땠을까 생각해 본다. 그럼 언젠가 용기를 내어 한 번쯤은 고백해 보지 않았을까. 너를, 너를 좋아한다고, 서현후.

격양된 태현의 목소리가 계속 들려왔다.

"걔는, 서현후는 뭐 다를 것 같아? 아니, 오히려 더 위험한 놈이지. 그 자식은 무슨 생각을 하는지 도통 알 수 없는 새끼거든. 가서 한번 물어볼래? 너 때문에 나한테 의도적으로 접근한 거 아니냐고! 이번 일도 그 자식이 서연이랑 짜고 꾸민 거 아니냐고!"

서윤은 현후가 태현을 바라보던 눈빛을 떠올렸다. 그가 태현이 아닌 제 편이라는 사실을 처음 깨닫는 순간이었다. 그래, 그의 말대로 현후가 태현에게 의도적으로 접근했다고 치자. 그게 대체 뭐 어쨌단 말인가.

저와 태현 사이에 회복 불가능한 금이 간 건 각자의 행동에 의한 결과일 뿐이다. 제삼자의 개입 탓이 아니었다.

"나를 원망해도 괜찮아. 내 잘못이 전혀 없는 건 아니니까. 너희 둘이 아무것도 모르길 바라는 한편, 진실을 알아차리길 원했어."

"서윤아, 있지, 난…… 난 너를 만나기 전까지만 해도 태현이 결혼했다는 사실을 몰랐어. 그냥 나처럼 평범한 대학생인 줄 알았어."

조금 전 현후가 고해성사를 하는 사람처럼 내뱉은 말을 떠올려 보았다. 금방이라도 울 것 같은 얼굴로 사정을 털어놓던 연아의 얼굴 또한 눈앞에 선명하게 그려졌다. 서윤이 한숨 쉬듯 입을 열었다.

"너 정말 구제불능이다. 나뿐만 아니라 연아한테도 미안한 마음은 전혀 없는 거구나? 그래도 걔는 네가 첫 남자친구였을 텐데."

서윤이 기억하고 있는 연아는 '외강내유(外剛內柔)'라는 말이 잘 어울리는 여자였다. 겉으로는 자존심 강하고 도도해 보이는 부잣집 딸내미 이미지가 강했지만 의외로 사소한 일에도 상처받는 편이었고 마음이 여렸다. 연아는 처음으로 마음을 주게 된 태현을 진심으로 사랑했을 것이다. 과거의 제가 그랬던 것처럼.

하지만 태현은 저는 물론이고 얼마 전까지만 해도 사랑한다고 속삭였을 그녀에게조차 미안하다는 마음을 갖고 있지 않는 듯했다. 서윤은 입술을 꾹 깨물었다. 그에게 사람의 마음이란 그렇게 쉬이 상처 입혀도 될 만큼 가벼운 것이었을까. 자신이 입은 상처는 아무리 자그마해도 아파서 벌벌 떠는 사람이 참 우습다 싶다.

"연아 걔는 날 엿 먹이려고 계획적으로……."

"그럼 넌 걔를 엿 먹이려고 계획적으로 유부남이란 사실을 숨긴 거구나?"

태현의 말이 더는 들려오지 않았다. 옷을 다 갈아입은 서윤은 침대에 드러누워 하얀 천장을 바라보았다. 조금 어지럽다.

잘했다. 참 잘했어. 그녀는 스스로에게 되뇌듯 중얼거렸다. 저와 연아의 처지에 대한 서러움 때문인지, 어려운 결정을 끝마친 것에 대한 안도감 때문인지 눈물이 흘러내려 베갯잇을 적셨다.

※ ✠ ※

서윤의 방 앞에서 비실비실 물러난 태현은 찬바람을 쐬고 싶어 아파트 주차장으로 내려갔다. 차창을 반 이상 열어놓고 도로로 나섰다. 점심 시간대를 조금 넘긴 어정쩡한 시간 탓일까. 일요일 오후의 도로는 생각보다 한산했다.

"우리 이만 끝내는 게 좋겠다. 여기서 서로 더 상처 주고 상처받기 전에.

무덤덤하게 내뱉은 서윤의 말은 생각보다 깊은 가시가 되어 그의 뇌리에 박혀들었다. 그게 그리도 쉽게 내뱉을 말인가? 젠장, 젠장, 젠장! 조금 전 상황을 회상하는 그의 오른손이 운전대 위로 거칠게 떨어졌다.

이혼. 이 여자 저 여자 만나고 다니면서도 강태현 그가 단 한 번도 입 밖에 내어본 적 없는 단어. 제가 잘했다는 것은 아니다. 하지만 그렇게 죽을죄를 지었나 싶어 가슴이 철렁하기도 하고, 잘못했다고 용서를 빌며 두 번 다시 그런 일이 없도록 하겠다는데도 그리 말하는 서윤이 얄밉기도 해서 태현은 어찌하면 좋을지 몰랐다.

이제 어떡해야 하나. 시간을 들여 그녀에게 반성하는 모습을 꾸준히 보이면 이번 사태를 수습할 수 있을까. 만에 하나 일이 잘못되어 서윤과 갈라서는 상상을 해본다. 어찌 된 일인지 그 장면이, 그 이후의 삶이 태현의 머릿속에서 쉬이 그려지지 않았다.

부모처럼 마냥 제 옆에 있어야 할 것 같은 존재, 서윤. 그리 생각하는 것은 아직 남은 사랑 때문일까, 아니면 익숙해진 일상에 대한 미련 탓일까. 태현은 머리를 쓸어 넘기다가 고개를 저었다. 제 마음이지만 잘 모르겠다.

그의 입에서 긴 한숨이 흘러나왔다. 자신이 한 번 말한 것은 절대 물리는 법 없는 아버지가 그들의 이혼을 허락할 일도 없겠지만, 태현 역시도 서윤과 영영 갈라서고 싶은 생각은 없었다. 때문에 중고등학교 시절 모의고사 성적표를 받아 들고 형편없는 성적에 대한 변명거리를 준비할 때처럼 가슴이 바짝바짝 타들어갔다.

안 그래도 복잡한 태현의 마음을 더욱 심란하게 만드는 이가 또 있었다. 서현후 그 개자식! 운전대를 붙잡고 있는 그의 눈썹이 꿈틀거렸다.

서윤이야 그렇다 치더라도 현후의 태도와 행동은 도통 이해할 수 없었으며, 심하게 밀려오는 배신감에 마음을 추스르기 힘들었다. 서윤에게 쏘아붙인 것처럼 정말 그녀 때문에 제게 계획적으로 접근해 온 것일까. 현후에게서 직접 들은 것은 아니니 아직까진 자신의 강력한 추론에 불과했지만 생각만으로도 역겨웠다.

다른 사람들은 다 못 믿어도 자신과 비슷한 조건을 지닌 그라면 좋은 친구가, 믿고 의지할 수 있는 친구가 될 수 있으리라 생각했다. 하지만 시작부터 거짓된 접근, 잘못된 만남이었다니 기가 막힐 수밖에.

서해로 향하는 고속도로에 진입하려다 말고 태현은 도로변에 멈춰 서서 핸드폰을 꺼내 들었다. 최근 연락 기록의 상당 부분을 차지하고 있는 그의 이름을 보자니 저절로 인상이 찌푸려졌다. 그래도 한 번은 부딪쳐야 하리라.

—얘기 좀 하자. 늘 갔던 바에서 기다린다.

현후에게 문자 하나를 보낸 태현은 운전 방향을 바꿔 시내로 접어들었다.

단골 바에서 평소 즐겨 마시는 로얄살루트 한 잔을 비워냈을 때, 태현은 맞은편 의자가 뒤로 부드럽게 빠지는 소리를 들을 수 있었다. 서윤이 집으로 되돌아온 사실을 알고 있는 것일까. 엊저녁만 해도 죽을 것 같은 표정을 짓고 있던 서현후 그는 평소와 다름없는 하얀 얼굴로 저를 쳐다보고 있었다.

"……오셨군."

다소 비아냥거리는 말투에도 현후의 표정은 흔들리지 않았다. 그는 사람 좋은 얼굴로 근처를 지나가는 종업원에게 마티니 한 잔을 가져다 달라 부탁했다. 태현은 여유 있어 보이는 그의 태도가 마음에 들지 않았다.

"그래, 우리 탁 까놓고 얘기해 보자. 너, 나한테 접근한 이유가 대체 뭐냐? 설마 싶지만…… 이서윤 때문에? 왜, 걔를 사랑하기라도 해?"

"생각보다 잘 알고 있네."

부드러운 미소를 머금은 채 현후가 답했다. 확인 사살을 당한 태현의 표정이 딱딱하게 굳었다. 이 순간 그는 자신의 배경이나 재력 등을 보고 불순한 목적을 가진 채 제게 접근해 오던 다른 이들과 다를 바가 없었다.

"하, 너 참 대단하다."

"아니. 대단한 건 너지, 강태현."

현후가 나지막하게 응수했다. 마침 그가 주문한 마티니가 나와서 갈증이 나던 목을 조금 축일 수 있었다.

"우리 작은아버지가 애지중지하는 연아를 데리고 놀고, 내가 몇 년을 짝사랑해 온 서윤의 마음을 한 번에 얻어 결혼까지 골인하고. 난 말이야, 네가 참……."

부럽고 대단해 보였어. 그 말을 화사하게 웃으면서 꺼내는 현후의 모습은 어찌 보면 소름 끼치기도 했다.

"너는 아무것도 몰랐겠지. 네가 분에 넘치는 아내를 두고서도 바람을 피우는 모습을 볼 때마다, 네가 서윤에게 함부로 대하는 모습을 볼 때마다 내가 어떤 기분이었는지. 내 것을 탐한 네 눈을 도려내고, 네 입술을 떼어버리고, 네 손을 잘라내고 싶었어. 하루에도 수십 번 너를 죽이고 싶단 생각을 했어."

"X새끼!"

진솔한 감정을 털어놓는 순간 가슴을 치고 올라오는 강렬한 흥분 탓일까, 평소보다 붉게 달아오른 현후의 얼굴을 바라보고 있자니 태현은 더 이상 참을 수가 없었다. 그는 벌떡 일어나서 현후의 멱살을 세게 잡아 쥐었다.

거친 동작에 대한 반동으로 테이블이 흔들리고 그 위의 술잔이 옆으로 쓰러지면서 술이 사방팔방으로 흘러내렸다. 옆자리 손님들의 시선이 그들에게 쏠렸다. 남자 종업원 둘이 그들 근처로 다가오고 있었다.

"너, 가만 안 둬!"

"아까부터 내가 할 말을 자꾸 가로채네. 나와 연아가 널 가만 안 두겠지."

현후는 손에 힘을 실어 그를 떨쳐 냈다. 분노와 배신감에 휩싸여 씩씩거리기만 하는 태현의 모습은 생각보다 별 감흥이 없었다. 고작 저 정도밖에 안 되는 놈에게 자신이 아끼는 두 사람이 휘둘렸다고 생각하니 그의 기분이 더더욱 가라앉았다. 현후의 입술 끝이 한껏 비틀렸다.

"그래도 그간 친구로서 지내온 정이 있는데, 마지막으로 충고 하나 해줄까? 서윤이 원한다면 그녀를 얌전히 놔줘. 그럼 서윤 하나를 잃는 것만으로 끝날 테니까."

"누구 좋으라고? 하, 우리 영감탱이가 그 꼴을 두 눈 뜨고 볼 것 같아?"

태현이 기가 막힌다는 듯 소리 높여 말했다.

"그럼 이쪽에서도 강하게 나갈 수밖에 없어. 기대해도 좋아."

태현에게 가까이 다가온 현후가 귀엣말로 가만가만 속삭였다. 나지막하면서도 무덤덤한 목소리가 귓불 근처에 소름이 돋게 만들었다.

"왜, 아직 뭔가 더 남았나 보지?"

"그래, 그 말 그대로야."

그를 향해 생긋 웃어 보인 현후는 카운터에서 술값을 계산하고 바깥으로 나갔다. 혼자 남은 태현은 제 분을 못 이기고 테이블 위의 술잔을 거칠게 내팽개쳤다.

✠　✠　✠

결단을 내린 서윤은 어떤 일이든 침착하게 대처하리라 굳게 마음먹었다. 태현이 밖으로 나간 사이, 그녀는 그동안 친분을 다져온 부동산중개소 아주머니를 만나고 있었다.

"흐음, 그쪽 집이라면 글쎄…… 집도 좀 낡고 역세권이나 교통의 요지는 아니라서 좋은 가격을 받긴 곤란할 것 같은데."

"좋은 가격까지는 안 바라고 정상 거래가와 비슷하게만 받으면 만족해요. 잘 부탁드릴게요, 아주머니."

아주머니에게서 최근 부동산 시세와 친정집의 예상 거래가에 대한 설명을 듣고 잘 부탁드린다며 여러 번 고개를 숙인 서윤은 그곳을 빠져나왔다. 이혼을 앞둔 이상 그 외에도 그녀가 해야 할 일은 많았다. 서윤은 어머니가 입원해 계신 병원으로 향하는 버스에 몸을 실었다.

서윤의 어머니 인영은 병원에서 나온 점심을 먹은 후 간병인 아주머니와 함께 병원 내 하늘공원으로 산책을 가려는 참이었다.

"엄마!"

예상치 못한 딸의 방문이 의아스러웠지만, 인영은 반갑게 그녀를 맞이했다.

"오늘은 집에 강 서방도 있고 주말이니까 네가 올 거라고 생각 못 했는데. 엄마 보고 싶어서 온 거야?"

"그것도 있고, 엄마한테 꼭 해야 할 말이 있어서……."

남이 듣기엔 곤란한 말이라도 꺼내야 하는지 우물쭈물하는 그녀를 보던 간병인 아주머니가 1층 편의점에서 음료수라도 사오겠다며 센스 있게 자리를 비켜주었다.

"아주머니가 참 괜찮은 분이셔."

인영의 말에 서윤은 묵묵히 고개를 끄덕였다. 왠지 모르게 눈물이 치밀어 올라 고개를 잠시 숙여 버렸다. 마음을 강하게 먹고자 했는데 불현듯 서러워졌다. 제 생각대로 일을 진행하다 보면 어머니가 지금처럼 좋은 환경에서 투병 생활을 하는 것은 무리일 테다. 뒷말을 꺼내는 목소리가 자꾸만 기어들어 간다.

"엄마, 있지, 나……."

"강 서방과 갈라설 생각이니?"

서윤의 눈이 동그랗게 커졌다. 그녀가 무어라 말을 꺼내기도 전에 인영이 마치 그녀의 마음을 읽고 있는 듯 물어왔기 때문이다.

"어떻게 알았어?"

"내가 아무리 부족해도 엄만데 내 딸 마음을 왜 모르겠어."

"……미안해."

어머니는 보기만 해도 안쓰러운 딸을 가만히 끌어안았다. 이러한 결단을 내리기까지, 자신 앞에서 이 말을 꺼내기까지 서윤이 얼마나 긴 인내의 시간을 보내왔을지 인영은 잘 알고 있었다. 강 서방과 헤어지는 게 낫지 않겠냐. 그 말을 제가 먼저 꺼내고 싶었지만 그에게 아직 미련이 남은 듯한 딸아이 가슴에 대못을 박는 일이 될까 봐 그동안 말을 아꼈다.

"안다, 알어. 그동안 얼마나 속상하고 힘들었어. 엄마가, 엄마가 많이 부족해서 내 딸이 더 고생한 거 다 알아."

"엄마한테 정말 죄짓는 거지만 태현이랑 갈라서고 새 삶 시작하고 싶어. 엄마한테 먼저 말하고 나서 일 벌여야 하는데……미안해. 그에게 이혼하자 통보하고 방금 부동산에서 집 시세 알아보고 왔어."

"그래, 엄마는 더 이상 신경 쓰지 말고 네가 가고 싶은 길 가. 우리 서윤이, 다시 공부 시작해서 대학도 다니고……. 엄마는 그랬으면 좋겠어."

왜 이렇게 생각 없이 일을 벌였냐고 어머니가 차라리 그리 말했으면 마음이 편했을 텐데……. 아픈 자신보다 못난 딸자식을 더 생각하는 마음에 서윤의 가슴은 더더욱 미어진다. 인영의 하얀 병원복을 두 손 가득 꽉 그러쥐어 본다.

나, 달라질 거야, 엄마. 그동안 시들시들한 모습만 보여줬는데, 앞으로는 진짜 열심히 살아서 자랑스러운 딸이 되도록 할 거야.

✠　✠　✠

어머니에게 모든 사정을 털어놓는 것은 비교적 쉬운 난이도의 일이었다. 버스정류장을 향해 발걸음을 옮기던 서윤은 이 난관의 최종 보스라고도 할 수 있는 시아버지 강 회장을 떠올렸다. 마음이 급속도로 심란해진다.

'내가 마음에 들지 않는 며느리라 해도 아버님 자존심상 이혼만큼은 막으시려 들 거야.'

오전에 카페에서 현후, 연아와 함께 가장 크게 걱정한 부분도 이 점이었다. 강 회장은 다소 유약한 성격의 태현과는 사뭇 다르다. 과묵한 편이나 고집도 상당하고 추진력도 강한 분이시다. 이 사실을 잘 알고 있는 현후가 한 가지 방책을 제시해 왔다.

"나와 연아를 팔아."

"그게 무슨 말이야?"

"강태현이 이번에 건드린 여자, 네 절친한 친구이자 섬영그룹 회장님의 조카라고 말해. 강 회장도 섬영이라는 이름은 쉽게 무시할 수 없을 테니까."

"그래, 서윤아. 조금이라도 도움이 된다면 나든 현후 녀석이든 다 갖다 대. 네 이혼을 방해한다면 섬영그룹 회장님의 조카인 내가 무슨 수를 써서라도 그 개자식, 가만두지 않겠다 했다고 협박해 버려."

연아가 이를 바득바득 갈며 던진 말이 떠오르자 서윤의 입가에 메마른 미소 한 줄기가 피식 어렸다.

"힘들고 심란하지만…… 일단 내 처지를 걱정해 주는 사람들이 있다는 사실에 만족하자."

강 회장에게는 아직 그녀의 생각을 알릴 때가 아니었다. 친정집이 정리되고 태현과 담판을 완전히 지은 후에야 가능할 것이다.

겨울의 저녁은 빨리 찾아온다. 돌아다닌 지 몇 시간이나 되었다고 주변이 벌써 어두컴컴해졌다. 버스에서 내려 집이 가까워질수록 서윤의 발걸음은 무거워졌다. 태현은 지금쯤 돌아왔을까. 애써 무덤덤한 척해도 그와 마주하는 것 자체가 서윤에게는 곤욕이었다.

"이서윤!"

등 뒤에서 들려오는 낮은 음성에 서윤의 걸음이 멈춰졌다. 알코올에 젖은 목소리. 뒤돌아보지 않아도 그가 누구인지 알 수 있었다. 태현의 억센 손이 그녀의 팔목을 붙들었다.

"하, 너 이서윤! 너, 너무하는 거 아냐?"

"일단 들어가자. 술 마셨으니 나중에 얘기해."

그래도 비틀거리는 태현을 그냥 내버려 둘 수 없어서 서윤은 그의 오른팔을 붙잡고 부축하기 시작했다. 그가 무어라 계속 중얼거리는 소리가 들린다.

"내가 잘못했는데, 잘못한 거 맞는데, 너도 그러는 거 아냐."

"나도 내가 100% 피해자라곤 생각하지 않아."

그 말을 마치자마자 서윤의 입에서 옅은 한숨이 흘러나왔다. 술에 취해 정신이 혼미한 사람을 상대로 제가 무슨 소리를 하나 싶었다.

"근데 어떻게…… 어떻게 이혼이라는 말을 그렇게 쉽게 꺼내? 어? 그건 아니잖아?"

태현이 꼬부라진 목소리로 말했다. 이 상태에서 대화를 지속하고 싶지 않은 서윤은 그저 입을 꾹 다물었다. 그를 질질 이끌고 가느라 왼쪽 어깨가 뻐근했다.

낑낑거리며 아파트 입구에 도착하니 현후가 담배를 문 채 서성거리고 있었다. 서윤은 그를 단번에 알아보았지만, 태현이 옆에 있기에 그의 이름을 부를 수 없었다.

'여기서 뭐 하고 있어? 빨리 가.'

서윤이 인상을 찌푸리며 눈짓을 보냈지만, 현후의 시선은 제가 부축하고 있는 태현에게 온통 쏠린 것 같았다. 비틀대던 태현 또한 게슴츠레 뜬 눈으로 서현후 그를 용케도 알아보았다.

"하아, 이게 누구셔? 내 아내가 보고 싶어서 여기까지 찾아오셨나 본데…… 우린 아직 부부거든? 앞으로도 부부일 거고."

낮게 비웃음을 티뜨리던 그가 서윤의 얼굴을 붙잡았다. 당황한 그녀는 태현을 밀쳐 내려 했지만 남자의 힘을, 그것도 술 취한 이의 힘을 이겨낼 순 없었다. 소리를 지르기도 전에 서윤의 입술 위로 태현의 입술이 거칠게 와 닿았다.

비릿한 살덩어리의 감촉과 얼굴을 따끔거리게 만드는 까만 시선. 최악, 정말 최악이다. 울고 싶은 심정으로 서윤의 눈꺼풀이 파르르 떨리다가 내려앉았다. 서현후 그가 어떤 표정을 짓고 있을지 모르겠지만 그 모습을 죽어도 보고 싶진 않았다.

퍽!

살과 살이 거칠게 부딪치는 소리가 들렸다. 누군가 서윤 자신을 강하게 끌어당기는 느낌도 들었다. 조심스레 두 눈을 뜬 서윤은 순간 심장이 멎는 줄 알았다.

"서현후."

"아, X발! 네가 지금 쳤냐? 쳤어? 어디 한번 해보자는 거야?"

바닥에 나가떨어진 태현이 뭐라고 외치는 소리가 들렸지만, 서윤의 귓가에는 하나도 와 닿지 않았다. 그녀의 시선에는 자신을 바짝 끌어안고 있는 서현후 그만 잡혔다.

"취했으면 집에 들어가서 곱게 처자. 팔이나 다리 하나 못 쓰게 만들기 전에."

현후가 생긋 웃으면서 살벌한 말을 아무렇지도 않게 내뱉었다. 그의 까만 눈동자가 평소와 달리 차갑게 얼어붙어 있어서 서윤의 심장이 덜컹 내려앉았다. 날카로운 얼음을 품고 있던 눈동자가 서윤과 시선이 마주치자 조금 녹아내렸다.

"괜찮아?"

"으, 응."

서윤은 여러모로 놀라 쿵쾅거리는 심장을 진정시키고자 노력하며 현후에게서 한 발자국 떨어졌다. 그의 품은 더없이 따뜻했지만, 그녀가 함부로 접근할 수 없는 곳이었다.

"너도 취향 참 독특하다, 서현후. 결혼해서 버젓이 남편까지 있는 애가 그렇게 맘에 들었냐? 둘이 세트로 잘 논다."

"이게 대체 무슨 추태야? 그만해, 좀!"

자신은 그렇다 치더라도 서현후 그까지 함께 묶어 깎아내리는 말에 울컥했다. 아닌데. 그게 아닌데. 서현후 그는 자신을 순수한 마음으로 도와주고 있을 뿐인데. 헛된 감정을 품고 괴로워하는 것은 저뿐이다.

비수처럼 와 닿는 태현의 말에 서윤은 더 이상 참지 못하고 소리를 질러 버렸다. 태현과 현후의 시선이 동시에 그녀에게 쏠렸다. 눈을 게슴츠레하게 뜬 태현이 물어왔다.

"왜, 너도 얘가 맘에 드는 거 아냐, 이서윤? 까도 까도 양파 같은 이 새끼가 맘에 드는 거 아니냐구! 아니면 아니라고 이 앞에서 말해보던가!"

"그냥 얌전히 처자라고 했지."

평소보다 낮게 울려 퍼지는 현후의 목소리는 은은한 분노를 담고 있었다. 태현에게 가까이 다가선 현후가 그의 뒷목을 인정사정없이 내려쳤다. 픽 고꾸라지는 태현을 받아 든 현후의 미간에 내 천(川) 자가 곱게 그려졌다.

"너, 넌 여긴 어쩐 일로……."

"그냥…… 걱정돼서 들러봤어. 이 새끼 옮기는 것 좀 도와줄래?"

서윤의 시선을 은근슬쩍 피하며 현후가 태현을 들쳐 멨다. 고요하기만 한 아파트 엘리베이터 안. 현관문에 다다르기까지 둘 사이엔 어떠한 말도 오가지 않았다.

"……내가 괜히 끼어든 건 아니지?"

띠디딕. 디지털 락의 비밀번호를 누르는 서윤의 등 뒤로 한숨 섞인 현후의 목소리가 들려왔다. 평소보다 더 불안정해 보이는 그는 입술을 잘근잘근 깨물고 있었다.

"절대 아냐! 진짜…… 곤란하던 참이었어. 도와줘서 고마워. 아까 이혼하자고 말 꺼냈더니 얘가 핑그르르 돌아버렸나 봐."

서윤이 빠르게 내뱉은 말에 현후가 다행이라는 표정을 지어 보였다. 그 얼굴에 서윤은 뇌리가 잠시 멍해지는 것을 느꼈다.

정신 차리자. 속으로 수십 번 중얼거려 보아도 그녀의 머릿속에선 조금 전 동화 속 기사님처럼 등장한 그의 모습이 쉬이 잊혀지지 않았다. 어차피 자신이 공주도 아닌데 그게 다 무슨 소용이람. 잘난 놈을 좋아한다는 건 이래서 여러모로 피곤하다. 이루어지지도 않을 환상에 자꾸만 목을 매게 되니까.

문이 열렸다. 태현을 거실 소파에 내려놓은 그가 한 걸음 한 걸음 옮겨 엎어지면 코 닿을 거리만큼 서윤에게 가까이 다가왔다. 자신을 조심스럽게 끌어안는 그의 손길에 심장이 주책없게 두근거린다. 현후의 서늘한 이마가 서윤의 이마에 미끄러지듯 와 닿았다. 서윤은 양 볼마저 화끈 달아오르는 것을 느꼈다.

"······빨리 정리됐으면 좋겠다. 저 새끼가 네게 함부로 대하는 것, 더 이상 못 봐주겠어."

그리 말하는 현후의 음성이 잘게 떨리고 있었다. 나지막하게 속삭여 오는 그의 목소리가 서윤의 청각뿐 아니라 마음까지 녹여 버린다.

현후가 조금은 야속하게 느껴지기도 한다. 제게 이리도 다정히 대해주는 그 때문에 착각이 계속 늘고 있으니까. 어쩌면 태현의 말처럼 그가 자신을 정말로 마음에 두고 있는 것은 아닐까 생각된다. 자꾸만 그리 믿고 싶어진다.

"고마워."

그에게 느끼는 복합 미묘한 감정을 단순히 이 말 하나로밖에 표현할 수 없는 현실이 원망스러웠다. 뒤돌아선 현후의 뒷모습이 오늘따라 아쉽다. 태현과의 생활을 정리하는 것 못지않게 현후에 대한 마음을 주체하는 일이 점점 더 힘들어진다.

"사랑에 그렇게 데어놓고도 아직 정신을 못 차리네, 난."

서윤은 욕실로 들어가 세수를 했다. 태현의 입술이 닿았던 제 입술을 차가운 물로 벅벅 문질러 씻어냈다. 거울 속의 자신이 짙은 한숨을 내쉬었다. 아주 만약의 가정이지만, 태현이 아닌 서현후 그의 입술이 와 닿았다면 기분이 어땠을까.

"내가 진짜 잘못했어."

현후에게 한 대 얻어맞고 기절하다시피 잠들었던 태현의 심경에 대체 무슨 변화가 일어난 것일까. 해장을 위한 북엇국 중심으로 아침을 차리던 서윤은 상당히 당혹스러웠다. 어제 그런 일이 있었으니 태현이 제 방에 틀어박혀 꼼짝도 안 하거나 바깥으로 휑하니 나가 버릴 것이라 생각하고 있었는데, 아침을 차리기 무섭게 식탁에 앉아 잘못했다고 비는 그를 보니 술집에서 사람이 뒤바뀐 것은 아닌가 싶은 생각마저 들었다.

"그만하고 밥이나 먹어."

"우리 진지하게 대화해 보자. 내가 딴 여자 만나고 돌아다닌 건 맞는데, 정말 잘못한 건 맞는데…… 한 번도 선을 넘은 적은 없어. 정말이야."

서윤은 한술 뜨려던 숟가락을 가만히 내려놓았다. 그녀의 미간이 찌푸려졌다.

"갑자기 왜 이래? 안 하던 짓 하지 말고 우리 조용히 밥이나 먹자. 응?"

"……나는 아직 널 사랑해."

뜻밖의 폭탄 같은 발언에 서윤이 잠시 멈칫했다. 태현이 제법 진지한 눈빛으로 그녀를 바라보고 있다.

"너, 진짜 이상해졌다. 병원 가봐야 하는 거 아냐? 내가 한 말이 그렇게 충격적이었어?"

"어제 확실히 알았어. 난 네게서 아직 두근거림을 느낀다고. 네가 다른 새끼에게 가는 거, 상상할 수도 없고 용납할 수도 없어."

아아, 그래. 이 바보가 현후에 대한 질투심을 저에 대한 미련으로 착각하고 있구나. 생각을 정리한 서윤이 느릿하게 입을 열었다.

"저기, 뭔가 착각하고 있는 것 같은데, 나 다른 사람 생겨서 너와 헤어지려는 거 아냐. 네 행동에 지치고 질려서 더는 함께하지 못하겠단 생각이 들어서야."

"그러니까 내가 달라질게. 앞으로 행동 똑바로 할게."

"그러기엔 우리가 너무 먼 길을 왔어."

아침밥 먹기는 글렀다고 생각하며 서윤은 제 숟가락과 젓가락을 정리해서 싱크대 안으로 집어 던졌다. 한술도 뜨지 못한 밥은 밥통 안에 도로 집어 넣었다.

"이서윤! 이건, 이건 진짜 아니잖아!"

태현도 덩달아 따라 일어나며 말했다. 타이밍이 좋은 건지 나쁜 건지 그 순간 서윤의 핸드폰이 울렸다. 그녀는 혹시 현후인가 싶어서 액정을 재빨리 살폈다가 선명하게 떠오른 이름을 보고는 입술을 살며시 깨물었다.

―어머님

태현의 어머니이자 제게는 유독 깐깐한 시어머니 정 여사였다.

12

겨울 바다, 그 끝에서

"잘 지내셨어요, 어머님? 제가 먼저 전화 드렸어야 하는데……."

정 여사는 떠올리는 것만으로도 사람을 긴장하게 만드는 재주가 있었다. 서윤이 다소 쭈뼛거리는 목소리로 전화를 받아 들었다.

[됐다, 얘. 그나저나 너, 이번 달 말일에 그룹 자제들 모임 있는 건 알고 있지?]

"……."

금시초문이다. 바른대로 들은 적 없다고 답하면 한 소리가 아니라 열 소리는 족히 들을 터였다. 하지만 모르는 걸 안다고 대충 둘러댈 수는 없었다.

"죄송해요, 어머니. 전달받은 적이 없어서 잘 모르겠습니다."

[너는 집에만 있는 애가 어떻게 그런 것 하나 잘 챙기질 못하니? 내가 언제까지 일일이 체크하고 챙겨줘야 해?]

"뭐 때문에 전화하신 거야?"

뾰족하게 변한 어머니의 목소리에 옆에 있는 태현의 목소리가 섞여 들려온다. 서윤이 아무런 대꾸도 하지 않고 핸드폰만 붙들고 있자 답답했던 모양인지 태현이 그녀의 핸드폰을 휙 뺏어 들었다.

"엄마, 난데, 아침부터 왜 또."

[네가 왜 받아?]

"엄마가 쓸데없는 소리 늘어놓으니까 그렇지."

[쓸데없는 소리는 무슨. 아니, 걔는 왜 아직도 모임 같은 걸 제때 챙기지 못한다니. 그런 게 얼마나 중요한 정보고 자리인데. 그나저나 너, 아침은 먹었어?]

태현의 미간이 찌푸려졌다. 그가 보고 듣기에도 본인과 서윤을 대하는 정 여사의 태도는 하늘과 땅 차이다. 서윤에게도 잔소리를 퍼붓기 전에 아침밥은 먹었는지 안부부터 좀 물어보지. 저도 그렇고 엄마도 이러니 서윤이 이혼 이야기를 꺼내지 않았나 싶다. 태현의 목소리가 조금 불퉁해졌다.

"먹었어. 그리고 모임 날짜 같은 건 나도 잘 몰라. 제발 좀 그런 걸로 아침부터 사람 볶지 마."

[얘가 진짜. 이번 주 토요일에 세연컴퍼니 회장 측 별장에서 열리잖아. 제주도에 있는.]

"아, 몰라, 몰라."

[모르긴 뭘 몰라. 세연이랑 우진, 섬영그룹 자제들 다 올 텐데. 너 아버지한테 또 한 소리 들을래?]

섬영이라는 단어를 듣자 태현의 뇌리에 자동으로 떠오르는 인물이 있었다. 서현후 그 자식도 온단 말이지. 본디 이런 모임은 그룹 간의 친목을 도모하고 각자의 세를 공고하게 구축하기 위한 사교적 목적이 강하기 때문에 홀로 오기보다는 약혼녀나 아내, 혹은 누나, 여동생 등과 짝을 맞춰 함께 참석하는 것이 보통이었다. 저와 서윤이 부부로서 함께 참석하는 모습을 본 현후가 어떤 표정을 지을지 태현은 문득 궁금해졌다.

"아, 참석하면 될 거 아냐. 토요일이라고? 제주도?"

태현의 입에서 흘러나오는 말을 곁에서 듣고 있던 서윤의 표정이 일그러졌다. 설마 자신을 그곳에 끌고 가진 않겠지. 그래, 제정신이라면 이혼을 앞둔 아내를 끌고 가진 않을 거야. 다행히도 외동이 아니니 여동생 아라랑 함께 가면 되겠네.

서윤은 아무것도 못 들은 척 무심한 표정으로 방으로 들어가려 했다. 어느새 통화를 마친 태현이 핸드폰을 흔들며 그녀를 불렀다.

"이거 안 가져가?"

서윤은 인상을 확 찌푸리며 태현의 손에서 핸드폰을 빼앗았다. 감정 변화가 참 빠르기도 하지. 태현이 능글맞게 웃으며 말을 이어갔다.

"우리 이따가 쇼핑이나 하러 갈까? 이번 주 토요일에 제주도 내려가야 하니까."

"가려면 너나 가세요. 내가 거길 왜 내려가?"

"그럼 지금 당장 아버지나 어머니에게 우리 이혼하겠다고 말씀드릴 거야? 네가 네 입으로 그랬잖아, 각자 생각할 시간 좀 가져보자고. 그때까지 우리 관계는 아무 변화 없는 거 아냐?"

"나, 너랑 장난칠 기분 아냐."

"네가 이번에 안 간다고 하면 아버지가 그 이유부터 묻지 않을까? 그럼 우리 갈라서기로 했다고 솔직하게 말씀드려?"

"너 지금 나 협박해? 마음대로 해. 어차피 알게 될 사실인데. 너 이러는 거 보니까 유예 시간 없이 바로 헤어지는 것도 나쁘지 않겠다."

고개를 살짝 저은 태현이 어깨를 으쓱였다.

"야야, 너무한다. 생각할 시간을 가져보자면서 넌 지금 나와 마주치는 것도 싫어하고 대화하는 것도 싫어하잖아. 네 말대로라면 이혼 도장 찍기 전까지는 내게 기회를 줘야 하는 거 아냐?"

서윤의 머릿속이 복잡해졌다. 태현이 억지를 쓰고 있다는 사실은 잘 알지만, 조금 전 내뱉은 것처럼 시부모님에게 지금 당장 이혼하겠다는 사실을 알리고 싶진 않았다. 적어도 매물로 내놓은 친정집이 팔리고 나서 이혼 이야기를 꺼내는 편이 유리할 것이다. 서윤은 부디 작은 기적이 일어나 그전까지는 집이 팔리기를 바랐다.

누가 뭐라 해도 태현이 아침에 서윤에게 한 말은 전부 진심이었다. 많이 취해 있었지만 전날의 기억은 그의 뇌리에 흐릿하게나마 남아 있었다. 현후 앞에서 보란 듯이 서윤에게 키스한 건 충동적인 면이 다분했지만, 결혼하기 전 그녀와 연애할 때처럼 가슴이 두근거리는 것을 확실히 느꼈다. 길었던 권태기가 마침내 다 지나간 모양이다.

설사 그녀를 더는 사랑하지 않더라도 오기로라도 못 놔줄 판에 서윤을 아직 사랑하는 것이 확실한데도 쉬이 놓아줄 만큼 태현은 속이 넓지 않았다. 그는 서윤을 처음 만났을 때를 떠올려 보았다. 이성에 무심한 그녀의 마음을 얻기까지 개고생을 한 기억이 파라노마처럼 스쳐 지나갔다.

그래, 지금이 그때라고 생각하면 된다. 한 번 얻은 마음, 두 번을 못 얻을까.

서윤의 심기가 몹시 불편하다는 사실을 잘 아는 태현은 이후 그녀를 지나치게 자극하지 않고자 노력했다. 서윤은 집안일을 하는 시간 외에는 방 안에 틀어박혀 뭔가를 하느라 바빠 보였지만, 태현은 감히 그 방문을 열어젖힐 생각을 하지 못했다. 그녀가 화요일, 목요일에 영어 학원을 꾸준히 나가는 모습을 보며 그 숙제나 영어 공부를 하는 것이리라 그저 짐작할 뿐이었다.

이리도 싸늘한 그녀의 모습은 처음 보는지라 태현은 요새 상당히 초조함을 느끼고 있었다. 식사 시간을 비롯해 서윤의 얼굴을 마주할 때마다 싹싹 빌어도 보고 화도 내보았다가 투정 아닌 투정도 부리며 다양한 방식으로 그녀와의 접촉 및 대화를 시도했지만 서윤의 반응은 한결같이 미지근하기만 했다.

이를 어찌하나. 태현은 억지로라도 둘이 붙어 있을 수밖에 없는 토요일이 되기만을 손꼽아 기다렸다.

✠　✖　✠

구름 한 점 없이 하늘이 맑은 토요일 오전. 제주공항에 발을 디디자 서울보다 훨씬 따뜻한 공기가 서윤과 태현을 반겨주었다. 공항 입구에서 정 여사가 보낸 사람에게 제주도에 있을 동안 쓸 차 키를 건네받았다. 그냥 아무 곳에서나 렌트해서 쓰면 되지 뭣 하러 이런 복잡한 절차를 거치는지 모르겠다고 서윤은 생각했다.

마지못해 끌려 나온 자리. 안 그래도 이런 행사를 싫어하는 서윤은 현 상황을 결코 달갑게 생각할 수 없었다. 평소보다 짙은 화장도, 격식을 차린 옷차림도 불편했고 무엇보다도 옆에서 저를 빤히 쳐다보고 있는 태현의 시선이 무척 신경 쓰였다. 차에 올라탄 서윤은 그의 시선을 모른 척하며 창밖만 쳐다보았다.

월요일부터 금요일까지 그녀는 바쁜 하루하루를 보냈다. 이혼하고 나서 어머니가 새로 입원할 병원도 찾아보고 제가 거주할 저렴한 원룸에 대한 정보도 얻기 위해 핸드폰과 컴퓨터를 종일 붙들고 있었다. 그 와중에 소설 공모전 정보를 접하게 되어서 조금씩 쓰고 있던 소설 '결혼을 반납하다'를 다듬고 제출용 원고를 준비하느라 더더욱 정신없었다. 얼핏 헤아려 봐도 지원자 수가 모래알처럼 많아 수상 가능성은 희박해 보였지만, 주어진 시간 내에서 최선을 다했으니 마음을 비우고 결과를 기다리는 수밖에 없었다.

부동산중개소 아주머니가 말한 것처럼 친정집 매매는 쉬이 이루어지지 않았다. 중간에 두어 번 집을 보러 오는 사람은 있었지만 계약까지 가진 못했다. 때문에 서윤은 어쩔 수 없이 울며 겨자 먹기로 이번 모임에 참석하게 되었다.

모임은 의류 쪽에서 3위 안에 드는 세연컴퍼니 회장의 개인 별장에서 이루어진다고 했다. 풍경 좋은 제주도에 위치한 한적한 별장이다. 태현도 그렇고 이름조차 모르는 세연컴퍼니 측 자제도 그렇고 돈 많은 것들이 참 지랄한다 싶다. 어차피 대부분 서울에 거주하면서 쓸데없이 지방까지 내려가 이딴 모임을 진행하는 이유를 잘 모르겠다. 망년회와 신년회를 겸한 모임이든 뭐든 그녀가 알 게 뭐람.

별장은 푸른 바다가 한눈에 내려다보이는 야트막한 산 초입 부분에 위치하고 있었다. 지붕도, 기둥도, 외벽도 눈처럼 새하얀빛을 띠고 있었는데, 실제로 눈이 오면 참 볼 만하겠다는 생각이 들었다. 서윤과 태현이 별장 앞의 작은 뜰로 한 걸음 내디뎠을 때 타이밍 좋게 문이 열리며 한 쌍의 남녀가 모습을 드러냈다.

"어서 와요. 수오그룹의 강태현 씨와 이서윤 씨 맞죠? 세연의 신이빈입니다."

"신이랑이에요."

캐쥬얼한 느낌의 검은 슈트를 차려입은 남자가 부드럽게 웃으며 서윤과 태현을 맞아주었다. 화사한 핑크색 원피스를 입고 있는 여자의 자기소개로 짐작컨대 둘은 남매지간인 것 같았다. 그리고 보니 둘의 얼굴이 상당히 닮은 듯하다.

"수오의 강태현입니다. 이쪽은 제 아내 서윤입니다."

"이른 나이에 결혼을 결심했을 만큼 두 분 사이가 아주 좋다고 들었어요. 정말 잘 어울리는 커플이네요."

이랑의 말을 가만히 듣고 있던 서윤은 속으로 코웃음을 쳤다.

사이가 좋기는 뭐가 좋아. 잘 어울리기는 개뿔. 형식적으로 건넨 말이라면 몰라도 만약 한 푼이라도 진심이 담긴 말이라면 저 여자의 눈은 단단히 삔 것이 틀림없었다.

하지만 강태현 이놈은 대체 뭘 잘못 처먹었는지 그녀의 말에 호탕하게 웃으며 제 쪽으로 서윤의 어깨를 바짝 끌어당겼다. 서윤은 대놓고 싫어하는 표정을 짓지 않기 위해 노력해야만 했다.

"그래요? 최고의 칭찬인데요?"

"이빈, 이번엔 누가 온 거야?"

이랑과 태현이 현관 앞에서 하하 호호 웃으며 떠드는 소리가 안쪽까지 크게 들린 탓인지 누군가가 저벅저벅 걸어 나왔다. 사방이 하얀 이곳 별장과 너무도 잘 어울리는 한 남자가 다가오고 있었다.

"태현 씨 내외. 너와 같은 학교라고 했지, 현후?"

아이보리색 니트에 청바지 차림을 하고 있는 서현후 그 역시 홀로 온 것은 아니었다. 현후와 함께 온 여자는 서윤도 잘 알고 있는 연아였다. 그의 옆에 있는 여자가 연아라서 참 다행이다. 서윤은 안도의 한숨을 내쉬는 스스로의 모습을 발견하고는 속으로 조소를 지었다.

"서윤아!"

크림색 블라우스와 깔끔한 남색 스커트로 차분한 분위기를 연출한 연아가 쪼르르 달려와 그녀를 껴안았다. 격한 환영 인사다. 서윤 또한 입가에 옅은 미소를 띤 채 그녀를 끌어안았다.

"얼굴 못 본 지 일주일밖에 안 된 것 같은데 왜 이렇게 오랜만에 보는 것 같지?"

"그러게. 그래서인지 오늘따라 서연아 님의 인사가 격한데? 어깨 나가는 줄 알았어."

둘의 인사를 현후와 태현은 정반대의 표정으로 쳐다보고 있다. 현후는 입가에 옅은 미소를 띠고 있고, 태현은 이곳에 연아가 올 줄은 전혀 예상하지 못했다는 듯 얼굴에 당혹스럽다는 기색이 역력했다.

"이런 애를 파트너로 데려오다니, 우리 서윤이 참 힘들었겠다."

연아가 서윤과 태현에게만 들릴 듯 말 듯 작게 속삭여 왔다. 옆에 서 있던 태현의 인상이 대번에 찌푸려졌지만, 그들만 있는 장소가 아니었기에 대놓고 화를 내진 못했다. 연아는 얄밉게 빙긋 웃으며 서윤의 손을 잡아끌었다. 친분이 있는 듯한 그들의 모습을 보며 이랑이 물어왔다.

"어머, 두 분 아는 사인가 봐요?"

"저랑 서윤이, 여기 있는 현후까지 모두 같은 중학교를 나왔거든요. 저와 서윤이는 고등학교 동창이기도 하고요. 학창 시절 단짝이었어요. 물론 지금도 그렇지만."

별장 안으로 들어선 서윤의 시선에 가장 먼저 들어온 것은 널

따란 응접실이었다. 동화나 소설 속에서 보아온 불꽃이 피어오르는 하얀 벽난로가 인상적이다. 그 근처에 앙증맞은 크리스마스트리와 실제로 살아 있는 것처럼 느껴지는 사슴 장식품들이 늘어서 있다. 응접실 한편에 마련된 직사각형 테이블과 꽃무늬 장식의 의자들도 결코 평범해 보이진 않았다. 유럽식 스타일로 제작된 가구들은 앤티크한 느낌을 전해주었다. 서윤의 입에서 연신 감탄이 흘러나왔다.

"정말 예쁘네요. 소설이나 영화 속에서 튀어나온 것 같아요."

"감사합니다. 저랑 어머니의 취미가 실내 인테리어거든요."

벽난로 근처에서는 서윤과 태현보다 먼저 온 이들이 체스나 포커 등의 가벼운 게임을 즐기고 있었다. 서윤과 태현은 그들과도 간단한 인사를 나누었다. 우진그룹, 신안컴퍼니 등 대한민국 산업의 한 축을 이루고 있는, 소위 말해 명문가의 자제들이 한자리에 모인 것이다.

서윤은 그들 앞에서 자꾸만 경직되는 스스로의 모습을 발견했다. 만약 현후와 연아마저 이 자리에 없었다면 숨 막히는 공기에 질식해 버렸을지도 모르겠다. 특히 연아가 이 자리에 참석한 것은 그녀를 위한 신의 배려라고 생각될 정도였다. 연아는 서윤과 줄곧 팔짱을 끼고 다님으로써 불편한 태현과 어느 정도 거리를 두게 해주었다.

이 상황이 몹시도 불만스러웠는지 무어라 한마디 하려던 태현은 제게 말을 걸어오는 다른 자제에게 발목을 붙잡혔다. 정말 기막힌 타이밍이었다.

찡긋. 우진그룹의 자제와 이야기를 나누던 현후와 시선이 마주쳤다. 형식적인 미소를 띠고 있던 그는 서윤과 시선이 마주치자 평소처럼 그 까만 눈동자 가득 장난기를 드러냈다. 그와 저만의 비밀 사인을 주고받은 것 같은 느낌에 서윤의 가슴이 괜스레 쿵쿵 뛰었다.

이번 모임에 참여한 그룹이나 회사는 총 일곱 곳이었다. 평범하디평범한 서윤, 저를 제외하면 각기 한 가닥씩 하는 대단한 인물들이 무려 열셋이나 이 자리에 모인 것이다. 오는 길에 차에 문제가 생겨 늦어진 대헌컴퍼니 측 자제마저 도착하자 그들은 별장 뒤뜰에 마련된 야외 공간에서 점심 식사를 했다.

바비큐와 풍성한 샐러드 바가 곁들여진 만찬이었다. 유니폼을 갖춰 입은 서너 명의 직원들이 여러모로 애써준 덕분에 그들은 각자 담소를 나누며 편하게 음식을 가져다 먹기만 하면 됐다.

직사각형의 하얀 테이블이 상당히 큰 탓에 열네 명이 함께 앉아 식사를 할 수 있었다. 서윤은 태현이 제 맞은편에 앉게 된 것이 그리 마음에 들지 않았지만, 옆자리에 앉은 것보다는 낫다고 자위하며 음식을 들었다.

"자, 여기."

본격적으로 표정 관리에 들어간 태현이 서윤이 좋아하는 감자샐러드, 치킨텐더샐러드 등을 접시에 담아와 건네주었다. 서윤의 왼편에 앉아 있던 이랑이 태현을 보며 자상하다고 칭찬을 해댔다. 연아와 서윤은 서로의 얼굴을 쳐다보다가 어깨를 으쓱했다. 일시적으로 자상해질 수 있는 남자이긴 하지만, 글쎄.

"쟤 꽤 애쓴다. 그래 봤자 한 번 엎지른 물은 주워 담을 수 없는데."

서윤은 고개를 가만히 끄덕이며 연아의 말에 동의를 표했다.

식사 시간 때도 서현후 그는 유독 눈에 띄었다. 각기 다른 그룹의 자제들과 폭넓게 대화를 나누고 있는 이는 그뿐이었다. 현후의 이야깃거리는 영화, 패션, 경영, 사회, 트렌드, 최근의 핫 이슈에 이르기까지 무궁무진했고, 구렁이 담 넘어가듯 능글맞은 태도와 대화 중간중간 적절하게 섞여드는 유머는 그와 직접적으로 대화를 나누고 있지 않은 사람들의 이목마저 붙잡아두기에 충분했다.

"쟨 너무 시끄러워. 우씨, 그러고 보니 내 주변에는 정상적인 남자가 하나도 없잖아."

연아가 커다란 돼지고기 조각을 우물우물 삼키며 중얼거렸다.

"우리 설민이가 제일 정상적이고 상식적인 것 같아."

결국은 제 동생 칭찬으로 이야기는 훈훈하게 마무리되었다.

서윤은 그런 그녀를 향해 옅은 웃음을 지어 보이면서도 현후를 바라보는 시선만큼은 거두지 못했다.

식사 후 다들 차 한 잔의 여유를 즐길 무렵, 이빈이 한 가지 제안을 해왔다.

"이곳까지 내려왔는데 제주도 절경 중 하나인 눈꽃을 안 보면 섭섭하죠. 어제 눈이 내려서 꽤 볼 만할 겁니다. 천백고지까지는 차로 쉽게 올라갈 수 있으니 한번 가보는 것도 괜찮을 듯싶은데요."

별다른 이견이 없는지라 그들은 각자의 차를 몰아 천백고지로 향했다. 서윤은 태현과 단둘이서 있게 된 시간이 부담스러워 어쩔 줄 몰라 했다. 때문에 일부러 더 현후의 차에 올라탄 연아와 끊임없이 문자를 주고받았다. 이처럼 태현과 대화하고 싶지 않다는 의사를 충분히 내비쳤지만 그래도 그는 꿋꿋하게 말을 걸어왔다.

"그러고 보니 눈꽃 구경하는 건 진짜 오랜만이다."

"그러네."

"나중에 유채꽃 필 때도 구경하러 내려올까?"

"아라나 어머님이랑 함께 내려오면 되겠네."

그가 아무리 새롭게 달라질 미래를 제시해 와도 그것이 설레고 기대되기보다는 도망치고 싶었다. 그녀의 심장이 조건반사적으로 거부하는 느낌이다. 서윤은 이번 제주도 방문이 그들이 부부로서 함께하는 마지막 여행이 되리라 생각했다.

"와!"

누가 외쳤는지 모르겠지만 천백고지의 아름다운 눈꽃을 표현하는 데 그보다 더 적절한 말은 찾아보기 힘들었다. 온 세상이 하얀 눈으로 뒤덮여 있었다. 신발을 덮을 만큼 바닥에 그득 쌓인 눈의 감촉이 차가우면서도 폭신했다. 어린아이 때 이제 막 쌓인 새하얀 눈을 밟으며 즐거워하던 기억이 떠올랐다.

근처의 나뭇가지와 조금 멀리 보이는 산 위에 듬뿍듬뿍 뿌려진 눈들은 그 자체가 하나의 보석인 양 하얗게 빛났다. 순수하면서도 고결하게 느껴지는 백색에는 만인의 시선을 사로잡는 힘이 있었다. 서윤은 그녀가 좋아하는 동화 중 하나인 '눈의 여왕'을 떠올리며 이 아름다운 풍경들을 제 시야 안에 가두느라 바빴다.

"진짜 예쁘다. 카메라 가져올걸. 핸드폰으로만 찍기에는 너무 아까워."

연아가 핸드폰으로 사진을 찰칵찰칵 찍어대며 중얼거렸다. 예의를 가장한 형식과 계산이 판치는 이곳에서 그녀는 자신의 감정을 솔직하게 드러내는 몇 안 되는 인물이었다.

"서윤아, 거기 그쪽에 서봐. 내가 사진 찍어줄게."

서윤은 사진 찍는 것을 그리 좋아하지 않았지만, 연아의 신난 표정을 깨뜨리고 싶지 않아서 잠자코 포즈를 취했다. 그녀가 들고 있던 핸드폰으로 얼굴의 반을 장난스럽게 가린 순간, 현후와 시선이 마주쳐 버렸다. 왠지 모르게 부끄러워 서윤이 먼저 시선을 돌렸다.

"거기 엄청 시끄러운 아가씨랑 말괄량이 반장님, 둘이 나란히 서봐. 내가 찍어줄 테니까."

잘빠진 와인색 디카를 들고 있던 현후가 그들 곁으로 다가오며 말했다. 연아가 재빨리 서윤의 곁으로 다가와 팔짱을 끼고 남은 손으로 브이 자를 그렸다.

'예쁘게 찍혀야 하는데……'

서윤은 부릅뜨다시피 두 눈을 크게 뜨고 배에 힘을 꽉 준 채로 포즈를 잡았다. 입가에 억지로나마 미소를 띠는 것도 잊지 않았다. 현후가 조심스레 셔터를 눌렀다.

다 찍고 나서 연아와 함께 사진을 구경하면서 서윤은 오늘 한 화장이 정말 마음에 들지 않는다고 생각했다. 이럴 줄 알았다면, 그를 만나게 될 줄 알았다면 좀 더 신경 쓸걸.

저쪽의 눈꽃이 더 풍성하고 예쁘다며 서윤을 끌고 간 연아가 까치발을 들어 나뭇가지에 쌓인 눈을 조심스럽게 매만졌다. 따뜻한 체온 탓에 투명해진 눈이 그녀의 손바닥에 이슬처럼 맺혔다.

"얼마 전에 본 애니메이션 생각난다. 눈의 여왕 각색해서 만든 건데, 화면 속 풍경들이 지금처럼 진짜 예뻤거든."

"나도 한번 보고 싶었는데 어쩌다 보니 놓쳐 버렸어. 그래도 여기 와서 실물로 보니까 훨씬 좋네. 이렇게 아름다운 풍경을 보면 막 뭔가가 머릿속을 자극하면서 이야기들이 떠올라."

"정말? 이번에는 어떤 이야기? 궁금한데?"

할머니에게 옛날이야기를 들려달라고 조르는 어린아이처럼 연아가 눈을 반짝반짝 빛내는 모습이 조금 부담스러웠지만, 서윤은 천천히 이야기를 꺼냈다.

"사람들은 왜 한 해의 시작을 1월로 정했을까. 봄이 시작되는 3월을 기준으로 삼아도 됐을 텐데."

"듣고 보니 그러네."

"만물이 소생하는 봄을 1월이라 부를 수도 있었을 텐데, 겨울에 해당하는 이즈음을 굳이 1월로 삼은 게 신기하지 않아? 어쩌면 우리가 사는 이 세상의 시작은 '겨울'과 '얼음'에서 비롯된 것이 아닐까? 과거의 사람들은 추운 날씨에 익숙했고, 눈과 얼음의 마법을 부릴 줄 알았을 거야. 그런데 한 아이만 독특한 능력을 지니고 있던 거지. 그는 얼음을 녹이는 뜨거운 불의 기운을 다룰 수 있었어."

"클리셰적인 부분이 있지만 꽤 재밌는 생각인데요."

우진그룹의 자제라고 했던가. 그들의 이야기에 언제부터 귀를 기울이고 있었는지 민준이 살며시 웃으면서 끼어들었다.

"문학과 창작에 관심이 많으신가 봐요?"

은근히 기대에 찬 눈빛으로 물어오는 그의 말에 서윤이 고개를 끄덕였다.

"학창 시절부터 글 쓰는 것에 관심이 많았거든요. 최근 들어 창작 활동을 본격적으로 시작해 보고 싶기도 하고……."

"저와 비슷하네요. 이런 말 하면 안 믿을지도 모르겠지만, 학창 시절 나름 문학 소년이었거든요."

그와 이야기를 나눠보니 생각보다 서로 닮은 구석이 많아서 대화가 즐거워졌다. 물론 다른 점도 있었다. 서윤의 문학 세계가 현실과 사회 반영에 보다 초점을 맞추고 있다면, 그의 문학 세계는 환상과 새로운 세계의 창조에 의미를 두고 있었다. 민준은 서윤이 참가한 공모전에 자신도 참여했다며 비밀을 말하는 사람처럼 작게 속삭여 왔다.

"사실 이런 모임에 오는 것보단 소설을 한 글자라도 더 퇴고하고 싶었는데……. 아버지가 이 소릴 들으시면 저를 목 졸라 죽이려 할 겁니다."

"풋, 부모님 눈치 보는 것도 서로 닮았네요. 그럼 우리 경쟁하게 되는 건가요?"

"서윤이도 민준 씨도 두 사람 다 좋은 결과 있을 거예요."

그들의 대화를 가만히 듣고 있던 연아의 덕담에 세 사람은 서로 마주 보며 웃었다. 민준이 자신의 핸드폰을 서윤 앞으로 내밀었다.

"이런 곳에서 비슷한 취향을 가진 동지를 만날 거라곤 전혀 생각 못 했어요. 괜찮다면 서윤 씨와 연락을 주고받으면서 글에 대해 이야기를 나누고 싶은데요."

"좋아요. 저도 좋은 친구를 얻게 된 것 같아 기뻐요."

본래 서윤은 제 번호를 타인에게 알려주는 것을 꺼렸지만, 민준의 핸드폰에는 선뜻 번호를 입력했다. 둘의 곁에서 주변의 풍경을 이리저리 둘러보던 연아는 그들과 조금 떨어진 곳에 서 있는 현후와 무심코 시선을 마주쳤다가 심장이 떨어지는 줄 알았다.

까만 눈동자에서 거세게 일렁이고 있는 감정은 질투가 분명했다. 그는 서윤에게 접근하기 위해 온갖 머리를 짜내고 있는데, 민준은 '문학'이라는 주제 하나로 그녀에게 너무 쉽게 다가서는 것 같아 기분이 상하셨겠지. 저대로 조금만 내버려 두었다간 그가 뜬금없이 복수 전공으로 국문과를 선택하는 것은 아닐지 궁금해졌다.

'하여간 저 자식도 성격이 글러 먹었어요.'

연아는 속으로 작게 혀를 차면서 고개를 돌렸다. 현후만큼 마당발은 아니지만 부드럽고 섬세한 성격으로 비교적 좋은 인간관계를 유지하고 있는 민준도 사람들이 잘 따르는 편이었다. 민준과 서윤이 다정하게 이야기를 나누는 모습을 지켜보던 몇몇 자제들도 다가와서 대화에 동참했다.

서윤과 함께 그 무리에 껴서 대화를 이어 나가던 연아는 이내 지루함을 느끼고 자리에서 슬쩍 빠져나왔다. 그러다가 이번에는 '개새끼'라 정의 내린 태현과 시선이 마주쳤다.

'아, 기분 거지같아. 저 자식은 왜 이쪽을 쳐다보고 있는 거야?'

딱딱하게 굳은 표정과 일렁이는 시선. 그 모습이 흡사 현후와 비슷해 연아는 기가 막혔다.

'저 자식, 진짜 웃기네. 아무것도 아니라고 생각한 서윤에게 이 사람 저 사람 다가오니까 기분 나쁜가 보지? 지가 무슨 자격이 있다고.'

서윤은 학창 시절부터 보석처럼 반짝반짝 빛나는 사람이었다. 먼지가 끼면 그 빛이 잠시 가려질 순 있어도 보석이라는 사실 자체가 변하는 것은 아니다. 달라지기로 마음먹은 그녀는 이전의 빛을 조금씩 되찾아가고 있었다. 그 빛이 다른 사람들을 자꾸 끌어당기면서 태현의 마음도 여러모로 복잡해진 듯했다.

상대방에 대해 질투하거나 구속할 수 있는 권리는 부부에게 어느 정도 존재하는 부분이지만, 남편의 역할과 의무를 진즉 포기한 태현에게는 그 자격이 없었다. 자신은 이 여자 저 여자 마음대로 만나도 괜찮고, 서윤은 그 아닌 다른 사람들과 접촉하면 안 된다? 강태현 이 자식은 지금이 무슨 조선시대인 줄 아나. 너 같은 놈들 때문에 멀쩡한 남자들까지 쌍으로 욕을 먹는 거지. 연아는 그를 향해 입술을 천천히 벙긋거렸다.

'넌 이제 끝났어.'

태현의 눈꼬리가 올라갔다. 생각 같아선 연아를 향해 소리라도 지르고 싶었지만 근처에 서윤, 민준을 비롯하여 사람들이 너무 많이 모여 있었다. 연아도 그 사실을 잘 알기에 저리 약을 올리는 것이리라.

여러 사람들에게 둘러싸인 서윤은 무언가 분위기마저 달라진 듯했다. 처음에는 그런 상황 자체가 어색하게 다가왔으나 시간이 조금 지나니 처음부터 그랬던 것처럼 자연스럽게 느껴졌다. 사람들과 다양한 대화를 나누고 있는 서윤은 예전처럼 활기가 넘쳐 보였고, 은연중에 대화를 이끌어가는 리더의 역할을 하고 있는 듯했다. 태현은 그녀의 소소한 변화들을 바라보면서 더더욱 혼란스러워졌다.

서윤에게 사람들이 몰리면서 한결 자유로워진 현후는 현장에서 한발 뒤로 물러나 이 모든 상황을 지켜보고 있었다. 민준이 서윤에게 너무 가까이 다가서는 건 질투 났지만 한편으로는 태현에게 서윤이 반짝반짝 빛나고 있는 모습을, 그래서 그의 행동이 얼마나 잘못된 것인지를 보여줄 수 있게 되어 기뻤다. 코트 주머니에 넣어둔 현후의 핸드폰에서 진동이 짧게 느껴졌다.

—민준인가 뭔가에게 서윤이 글을 쓴다고 알려준 건 너지, 서현후?

발신인은 연아였다. 그는 굳이 답장할 필요성을 못 느꼈다. 문자를 본 순간 그의 입가에 피식 떠오른 미소가 이곳에서 조금 떨어진 연아의 눈에도 보였다면 충분한 답이 됐으리라.

천백고지에서 아름다운 설경을 즐기며 오후의 한때를 보냈다. 회식 자리처럼 술을 겸하게 될 저녁 식사 때까지는 시간이 어정쩡하게 남아 있는지라 빈 시간 동안 무얼 할지 사람들의 의견이 분분했다. 그러던 중 대헌그룹의 자제 희락이 이야기를 꺼냈다.

"여러분만 괜찮다면 저희 측에서 이번 1월 제주 오픈을 준비하고 있는 테마파크를 방문해 보는 것도 좋을 듯싶은데요. 여기서 그리 멀지 않거든요."

"아아, 그곳은 힐링과 휴식에 초점을 맞추었다고 들었는데요."

"힐링이 요즘 트렌드잖아요. 호기심, 흥미를 자극하는 박물관이나 테마파크는 기존에도 넘치도록 많았으니까 이번에는 이쪽을 공략해 본 것이죠."

현후가 관심을 보이자 그는 기쁜 듯했다. 현후가 연아와 서윤 쪽을 돌아보며 물었다.

"한번 가볼까? 연아도 그렇고 서윤이도 그렇고 요즘 힐링이 필요하잖아."

민준과 조금 전 문학에 대해 열을 올리며 이야기를 나눴기 때문일까. 평소라면 귀찮다고 생각될 일이 지금은 자신을 위해서도, 소설을 쓰기 위해서도 꼭 필요한 새로운 경험처럼 느껴져 서윤이 고개를 끄덕였다.

"그래, 좋아."

테마파크로 향하는 길은 천백고지에 올라올 때보다 마음이 덜 불편했다. 아마도 뒷좌석에 앉은 민준과 그의 여동생 민희 때문이리라. 그들이 타고 온 차에 이상이 생겨 더는 움직일 수 없게 되자 서윤은 함께 가자고 제안했고, 민준이 고맙다며 그 제안을 받아들였다. 때문에 서윤은 태현의 차에 올라타서도 민준과 대화를 계속 이어 나갈 수 있었다. 민희의 배려인지 우연의 일치인지는 잘 모르겠지만 그녀가 태현에게 가끔 말을 걸어주는 덕분에 분위기가 심각하게 싸해지는 일도 없었다.

마침내 도착한 테마파크는 기대한 만큼 특색 있는 곳은 아니었다. 제주도에 원래부터 존재하고 있던 여타의 식물원과 대동소이한 느낌이었다. 오픈 전이라서 손님이 단 한 명도 없었기 때문에 그곳을 통째로 빌린 양 느긋하게 구경할 수 있었다. 향기 좋은 허브가 가득한 허브동산과 때를 잊은 장미가 활짝 피어 있는 장미정원, 아이들이 호기심을 가질 법한 식충 식물전에서는 나름 즐거운 시간을 가질 수 있었다.

이곳에서도 현후의 장난기는 은근히 빛을 발했다. 서윤은 자신과 시선이 마주친 그가 입가에 조용히 손가락을 가져가 대는 모습을 보았다. 조용히 해달라는 부탁이다. 그리고 그가 파리지옥을 약 올리듯 반대쪽 손가락을 파리처럼 요리조리 움직이는데 그 모양새가 웃겨서 웃음을 참느라 혼났다.

테마파크까지 쭈욱 둘러보고 나자 주변이 꽤 어둑어둑해져 있었다. 실제 감상이 어땠는지는 몰라도 자제들은 희락에게 테마파크의 장점이나 밝은 전망에 대해서 덕담을 한마디씩 던졌고, 덕분에 분위기는 상당히 훈훈해졌다.

긴장감으로 온몸을 도배한 하루가 끝나가고 있었다. 점심을 먹었던 장소에서 해산물 위주의 화려한 저녁 만찬이 펼쳐졌다. 신선하게 만든 초밥과 각종 회, 삶은 대게와 그릴에 구운 새우 등이 커다란 접시와 쟁반에 푸짐하게 쌓여 있었다. 식사 시 해산물과 함께 곁들이면 딱 좋은 화이트 와인도 여러 병 준비되어 있었다.

따뜻한 날씨의 제주도라 해도 이곳의 위치가 바다와 가깝고 밤이 된 탓에 원래라면 상당히 추웠겠지만 야외 곳곳에 설치되어 있는 전기난로와 발열 기구 탓에 견딜 만했다. 서윤과 연아는 개인 접시에 초밥과 회를 조금씩 담아왔다. 밥의 양도 적당하고 생선도 싱싱한 것이 꽤 만족스러운 맛이다. 본디 게와 새우 등을 좋아하는 서윤은 이 접시를 비우고 나면 비록 껍질을 벗기는 게 귀찮고 손이 좀 더러워지더라도 게와 새우 공략에 적극적으로 나서야겠다고 생각했다.

"자, 그럼 이제 게를 뜯어볼까?"

"난 새우부터."

연아와 서윤이 전쟁을 앞둔 병사처럼 비장하게 돌격하려는 순간, 현후가 접시 두 개를 들고 그들 쪽으로 다가왔다. 거기에는 먹기 좋게 손질된 게와 새우가 담겨 있었다. 도도한 모델 걸음으로 그에게 다가선 연아가 접시들을 빠르게 낚아챘다.

"흐응, 말 안 해도 다 알아. 우리 것 맞지?"

반드시 그래야 한다는 무언의 압박이 담긴 태도에 옆에 있던 서윤이 피식 웃었다. 현후 또한 입꼬리를 조금 들어 올린 채 썩소를 지어 보였다. 잘생긴 놈은 인상을 써도 멋있다더니 정말 그랬다. 서윤은 조금 빠르게 두근거리기 시작한 심장박동을 숨기고자 노력해야 했다.

"야, 너 나한테 뭐 맡겨놓음?"

"응. 1박 2일간의 내 자유 시간."

"됐다, 됐어. 내가 말을 말지. 서윤이 봐서 그냥 넘어가는 줄 알아."

"흥, 남자가 쓸데없이 앙탈은. 어차피 서윤이 때문에 갖고 온 거면서."

연아가 놀리듯 중얼거린 마지막 말에 서윤의 얼굴도, 현후의 얼굴도 다소 붉어졌다.

"전기난로 온도를 좀 낮춰야 하지 않나. 계속 쬐고 있었더니 살짝 더운 것 같기도 하고."

"……그러게."

쓸데없이 난로 탓을 하는 서윤의 모습도, 평소와 달리 찍소리도 못 하고 침묵을 유지하는 현후의 모습도 연아에게는 여러모로 신선하게 다가왔다. 이들에게 이런 면도 있었구나. 둘 다 바보 같아 답답하면서도 한편으로는 사랑스러웠다.

'이 답답한 연애 초보들. 다 아는데 왜 서로만 모르니.'

좀 더 놀려볼까. 원래 이런 커플들은 주변에서 적당한 자극이 주어져야만 발전이 있는 타입이었다.

즐거운 고민에 빠져 있던 연아의 표정이 어느 순간 픽 일그러졌다. 민준과 이야기를 나누고 있어 한동안 다가올 일 없겠다 싶던 태현이 인상을 잔뜩 찌푸린 채 이쪽으로 걸어오고 있었기 때문이다.

"네가 내 아.내.까지 챙겨줄 필요는 없는데."

태현이 아내라는 단어에 악센트를 주며 입을 열었다. 서윤은 안절부절못하는 얼굴로 현후와 태현을 번갈아 쳐다보았지만, 연아는 전혀 걱정하지 않았다. 강태현 같은 놈한테 기 싸움에서, 말싸움에서 밀릴 만큼 제 사촌은 바보가 아니었다.

"내가 널 잘 알잖아. 남편이어도 이런 거 친절하게 챙겨주는 성격이 아니니까 내 사촌 챙기는 김에 겸사겸사 챙긴 거야."

현후가 무슨 문제 있느냐는 식으로 싱긋 웃으며 태현을 바라보았다.

"서윤아, 우린 챙길 거 다 챙겼으니까 자리로 돌아가자. 저 두 놈이 싸우든 말든 내 알 바 아니지."

그 상황에서도 먹을 것이 담긴 접시만큼은 안전하게 사수한 연아가 서윤을 이끌고 자리로 되돌아왔다. 맛있게 조리되고 더군다나 손질까지 된 게와 새우가 두둑하게 쌓여 있는데도 다른 곳에 시선이 팔린 서윤을 보며 연아가 조용히 속삭여 왔다.

"걱정할 필요 없다니까. 서현후 저 자식은 누군가에게 당하거나 깨지고는 절대 못 사는 타입이거든. 성질머리가 글러 먹어서."

"아, 아니, 난 그냥……."

"걔 걱정하는 거 아니면 말고. 너 그렇게 멍하니 있으면 내가 이거 다 먹어버린다?"

이후 왠지 모르게 입맛이 뚝 떨어져 서윤은 음식을 먹는 둥 마는 둥 했다. 입가심할 디저트를 한가득 쌓아 담아온 연아가 중얼거렸다.

"그런데 생각보다 그냥 일반 모임 같네. 음식이나 별장이 고급스럽고 화려한 것만 빼면."

"겉보기엔 그래도 다들 보이지 않게 조용히 물밑 작업에 들어간 걸요."

옅은 웃음기를 머금은 목소리가 들려오는 바람에 연아와 서윤은 깜짝 놀라 뒤를 돌아보았다. 낮에 대화를 나눈 민준, 민희 남매가 한 폭의 그림처럼 서 있었다. 그들은 능숙하게 직원들을 불러 서윤과 연아가 앉아 있던 자리에 의자를 두 개 추가시켰다.

단정하게 유니폼을 차려입은 여직원이 칵테일을 권유해 왔다. 칵테일 종류를 잘 모르는 서윤이 난감하다는 미소를 짓고 있을 때, 민준이 친절하게 물어왔다.

"취향을 말씀해 주시면 제가 서윤 씨가 좋아할 만한 칵테일을 추천해 드릴게요."

"제가 술을 잘 못 해서…… 술맛이나 향이 거의 안 나고 달달하면 좋을 것 같아요."

"그럼 블루 사파이어는 어떠세요? 도수도 그리 강하지 않고 달달하면서도 상큼한 맛이라 여성분들이 많이 좋아하더라고요. 민희가 제일 좋아하는 칵테일이기도 하고요."

"그럼 그걸로 부탁할게요."

얼마 후, 주문을 받은 여직원이 어여쁜 푸른빛을 띠고 있는 블루 사파이어 두 잔과 카시스 프라페, 마티니 한 잔씩을 트레이에 담아 가지고 왔다.

"우와, 그냥 음료수 같은 느낌인데요?"

"저도 그래서 이 칵테일을 좋아해요."

민희가 웃으면서 서윤의 말을 받아주었다. 오빠인 민준이 부드럽고 섬세한 사람이라는 느낌이 강하다면, 그녀는 우아하면서도 똑 부러진 아가씨라는 생각이 들었다. 서윤의 뇌리에 언젠가 현후가 지나치듯이 말한 그의 이상형 조건이 떠올랐다.

"난 똑 부러진 여자가 좋더라."

그 기억을 떠올리자 그녀도 모르게 민희를 더욱 유심히 바라보게 된다. 현후의 이상형은 역시 이런 여자겠지?

조금 전 연아가 던진 장난기 어린 말에 심장이 설레었던 것도 잠시, 서윤의 기분이 천천히 가라앉았다. 마침 그녀의 대각선 자리에 위치한 현후가 이랑과 무슨 이야기를 나누고 있는지 하하 호호 웃는 모습을 보니 더 그랬다. 그래서 민준이 추천해 준 칵테일이 입맛에 딱 맞는다는 핑계를 대며 직원에게 부탁하여 두 잔을 더 마셔 버렸다.

"서윤아, 너무 많이 마시는 거 아냐? 이거 도수가 낮다고 해도 엄연히 술이야."

"그래요. 서윤 씨가 술이 약하다고 했으니 두 잔까지만 마시는 게 좋을 것 같아요."

도중에 연아와 민준이 한마디씩 하며 말려왔지만, 서윤은 괜찮다는 말과 함께 블루 사파이어를 레모네이드 마시듯 들이켰다. 참 이상한 일이지. 알코올이 들어가면 들어갈수록 머릿속이 더 복잡해지는 기분이다.

곧 지나간 과거가 될 태현을 떠올리면 한없이 씁쓸했고, 현재 제 손을 잡고 있는 현후를 생각하면 심장이 쿵쾅거리면서도 콕콕 아파왔다. 12월 31일. 올해의 마지막 순간에 이르러서도 그녀의 마음에 부는 찬바람은 멈추지 못했다.

맛이 달콤하고 술맛이나 향도 거의 느껴지지 않는 탓에 마실 때는 잘 몰랐는데 잔을 다 비우고 나니 그제야 취기가 올라오는 듯 머리가 어질어질했다. 어, 이러면 안 되는데. 어느 순간, 연아를 비롯한 다른 사람들의 대화가 웅성거리는 소음으로 들려오더니 의식이 툭 끊겨 버렸다.

✠　　✠　　✠

"서윤아! 애 좀 봐. 그러니까 내가 아까 말릴 때 말 좀 듣지."

"안 좋은 일이나 기억이 떠올랐나 봐요. 조금 전부터 표정이 어두워진 것 같던데……."

"어쨌든 태현 씨를 불러서 방으로 데려가게 해야겠네요."

민희가 태현을 부르자 연아는 그녀의 입을 틀어막고 싶은 충동을 느꼈지만 어쩔 수 없었다. 어찌 됐든 서윤과 태현은 부부라는 이름으로 묶여 있고, 현 상황에서는 그를 부르는 게 상식적인 해결 방법이었다. 대신 연아는 서윤을 업고 방으로 발걸음을 옮기는 태현의 뒤를 졸래졸래 따라갔다.

"야! 따라오지 마!"

"웃기셔. 누가 너 좋아서 따라가는 줄 알아? 네가 서윤이에게 무슨 짓을 할까 봐 걱정돼서 쫓아가는 거거든!"

대부분의 사람들이 뜰에 나와 있는지라 별장 안은 조용했다. 때문에 두 사람은 이때가 말싸움하기 좋은 기회다 싶었는지 목청껏 떠들어댔다.

"너나 현후나 아주 지긋지긋해!"

"누가 할 소리를! 나는 강씨 성만 들어도 치가 떨려!"

"그나저나 넌 도대체 애 옆에서 뭐 했냐? 이렇게 될 때까지 말리지도 않고."

"말렸거든! 근데 네놈 생각하니 짜증 나서 마셨나 보지!"

티격태격하던 두 사람은 곧 수오그룹의 태현 내외에게 배정된 2층의 방 앞에 도착했다. 태현이 서윤을 조심스레 침대 위에 눕혔다. 방을 따로 쓰기 시작한 이후 잠든 그녀의 얼굴을 보는 것은 참 오랜만의 일이었다.

신혼 시절, 아침에 일어나 눈을 뜨면 서윤의 얼굴이 보이는 것에 행복해하던 순간들은 전부 꿈이었던 것일까. 발을 딛고 서 있는 현실이 꿈결처럼 불분명해진다. 언제부터 둘의 사이가 이렇게 멀어진 걸까.

일상의 사소한 말다툼, 눈에 잘 띄지 않는 것들에 대한 작은 의견 차이가 그 시작이었다. 자그마한 다툼들이 쌓이면서 답답하다는 생각이 들었고, 거기에 뭐든지 쉬이 질리는 성격마저 더해져 바람으로 이어졌다. 서윤의 마음에 상처가 생기고 있다는 사실을 알았지만 어느 순간부터는 스스로 멈출 수 없었고, 그것이 일상으로 굳어져 버리자 잘못했다는 의식조차 차츰 옅어져 갔다. 제 잘못을 전부 그녀의 탓으로 돌리고 안심하면서 스스로의 행동을 정당화해 나갔다. 그리고 어느새 그들은 끝을 바라보고 있었다.

죽을 때가 다 된 사람처럼 갑자기 파라노마처럼 스쳐 가는 기억에 태현은 당혹스러웠다. 심장이 새삼스럽게 쿵 내려앉았다.

"야, 그만 쳐다보고 나와. 서윤이 얼굴 닳거든?"

연아가 작은 손으로 태현의 옷자락을 질질 잡아당겼다. 이상하게도 태현은 서윤을 향한 시선을 쉬이 거둘 수 없었다. 닫혀 버린 문이 그녀와의 단절로 느껴지는 것 또한 오래간만의 일이었다.

✠　✖　✠

어느 순간 웃고 떠드는 소리들이 귓가에 희미하게 들려왔다. 서윤은 무거운 눈꺼풀을 들어 올렸다. 어지럽다 싶더니 결국은 취해서 잠들어 버렸나. 잠들기 전에 듣기 거북한 헛소리나 이상한 행동을 한 것은 아닌지 괜스레 걱정된다.

누가 옮겨놨는지는 모르겠지만, 그녀는 침대 위에 얌전히 누워 있었다. 조명이 꺼진 방 안은 어두컴컴했다. 하지만 침대 옆

창밖에서 까만 밤하늘을 배경으로 폭죽이 팡팡 터지고 있었기에 그리 무섭다는 느낌은 들지 않았다. 빨강, 파랑, 초록, 노랑 네 가지 색으로 피어나는 불꽃이 참 어여뻤다. 처음에는 이게 대체 뭔가 싶다가 이곳이 집이 아니라 사교 모임 장소였다는 사실을 기억해 내곤 행사 중의 일부이겠거니 했다.

창문 밑을 흘끗 내려다보니 아직도 많은 사람들이 뜰에 나와 있는 모습을 볼 수 있었다. 그녀를 깨운 소음은 바로 그곳에서부터 들려온 것이었다. 태현도, 현후도, 연아도 그 무리에 섞여 있었다. 서윤은 그중 누군가와 시선이 마주치기 전에 창가에 기대었던 몸을 바로 세우고 뒤돌아섰다. 방 안의 벽시계를 쳐다보니 12시가 조금 넘어 있다.

1월 1일 12시 3분. 술에 취해 맞이한 새해 첫날이라……. 그것참, 올해 운수는 안 봐도 뻔했다.

미쳤지, 미쳤어. 기분 좀 나쁘다고 칵테일을 홀랑홀랑 들이마시다니.

하지만 몇십 번을 자책한다고 해도 시간을 되돌릴 수는 없었다. 서윤은 입술을 잘근잘근 깨물다가 침대에 도로 누워버렸다. 잠은 깼지만 머리가 지끈거리고 팔다리가 추를 매단 것처럼 무거웠다. 차가운 물이라도 한 잔 마시고 싶은데, 밑으로 내려갔다가 다른 사람들과 얼굴을 마주치게 될까 봐 두려웠다.

어둠과 정적만이 가득한 방. 신경을 은근히 거슬리는 갈증을 참으며 누워 있은 지 얼마나 지난 것일까.

짧은 불꽃놀이를 끝으로 다들 별장 안에 들어온 모양인지 창문 쪽에선 더 이상 소리가 들려오지 않았다. 대신 가만히 귀를 기울이고 있노라니 2층으로 올라오는 발걸음 소리가 들려왔다. 때문에 서윤은 두 눈을 감고 그대로 자는 척했다.

잠시 후, 방문이 달칵 열리면서 태현이 들어왔다. 더불어 알싸하면서도 독한 알코올 향이 코를 찔러왔다. 불을 켤 법도 한데 어두운 방 안에서 비틀거리던 그가 서윤이 누워 있는 침대 곁으로 천천히 다가왔다.

"……무엇이 어디서부터 잘못된 걸까."

혀 꼬인 그의 목소리가 귓가를 어지럽혔고, 낯선 느낌의 손가락이 얼굴 위로 서늘히 와 닿았다. 서윤의 심장박동이 미묘하게 흐트러졌다. 혹시 그가 자신이 깨어 있다는 사실을 눈치채는 것은 아닐까.

긴장된 순간이 지나가고, 태현이 옆 침대에 풀썩 드러누웠을 때야 서윤은 조용히 눈을 뜰 수 있었다. 눈가가 따끔하고 특별한 이유 없이 서러웠다. 대체 누굴 위한 서러움일까. 과거를 되새기는 듯한 태현의 목소리가 서글프게 들렸지만 그뿐이었다. 그녀의 심장은 더 이상 그를 위해 뛰지 않았고, 정이라는 보이지 않는 끈에 얽매여 그들이 함께 살아가기엔 너무 먼 길을 와버렸다.

자신의 마음이 완전히 식어버리기 전에 태현이 조금만 더 일찍 정신을 차렸다면 그와 함께하는 미래를 꿈꿀 수 있었을까. 모르겠다, 모르겠어. 서윤은 양손으로 얼굴을 감쌌다.

이혼하기 전, 술에 잔뜩 취한 아버지가 어머니에게 이 말 저 말 중얼거리던 모습이 설핏 떠올라 서윤은 더더욱 서글퍼졌다. 남자들은 꼭 후회가 한 템포씩 늦어. 그리고 그 모든 불행의 결과는 이 사태를 끝까지 수용하지 못한 여자의 잘못으로 돌아가곤 하지. 서로 잘못했음에도 불구하고.

"……그래도 한 가지는 확실해. 어긋나 버린 톱니바퀴를 억지로 맞추려 들었다간 양쪽 모두 다친다는 것."

서윤은 어머니 인영을 떠올렸다. 아버지와 함께 살 때는 얼굴에 짙은 그늘이 드리워진 채 웃어도 웃는 것 같지 않던 그녀가 이혼 후 육체적으로는 힘들고 고될지 몰라도 밝게 웃는 일이 조금씩 생겨났다. 서윤의 아버지를 더 이상 사랑하지 않는데도 상처를 지속적으로 주는 그와 함께한다는 게 생각 이상으로 힘들었던 것이다.

태현과 서윤 또한 쓸데없는 오해나 사소한 갈등으로 힘들어하는 것이 아니었다. 짧은 시간 부부라는 이름으로 살며 두 사람 사이에선 애정뿐 아니라 신뢰도 사라져 버렸고, 각자의 삶의 방식, 가치관 등이 매우 다르다는 사실을 새로이 깨닫게 됐다. 지금 이 시점에서 과거에 대한 미련과 안타까움으로 결정을 미루거나 번복해 봤자 언젠가 비슷한 상황은 반복되고 상처만 더 크게 입을 것이란 사실을 서윤은 잘 알고 있었다. 불행하게도 그녀의 곁에는 비슷한 상황에 놓였던 롤 모델이 있었기에 더욱 확신할 수 있었다.

"……답답하다."

가슴이 꽉 막힌 듯 답답해져서 그런지 갈증이 더욱 심하게 느껴졌다. 취기 탓인지 속도 조금 메슥거리는 것 같았다. 물 한 컵 마시고 바깥바람 좀 쐬면 괜찮아지려나.

어쩔 수 없다는 듯 한숨을 내쉰 서윤은 코트를 챙겨 1층으로 내려갔다. 누구든 한 명쯤은 1층 응접실에서 만나지 않을까 싶었는데, 그곳은 약간의 조명만 켜진 채 텅 비어 있었다. 잘됐다 싶으면서도 묘하게 소름 끼치는 정적이 두렵게 느껴졌다.

"다들 자러 갔나."

아니면 바깥에 남아 있는 이들이 있을지도 몰랐다. 서윤은 냉수 한 잔을 벌컥벌컥 들이켜고 현관 쪽으로 다가가 살며시 문을 열었다. 뒤뜰은 어떤지 모르겠지만 적어도 문 앞의 작은 뜰에는 아무도 없었다.

서윤은 조심스레 문을 닫고 나갔다. 그녀가 발을 내딛자 사람이 있다는 사실을 인지한 조명들이 자동으로 켜졌다. 덕분에 주변이 어두워 아무것도 보이지 않는다고 우왕좌왕하지는 않았다. 맞은편에서 불어오는 바람이 상당히 차가웠다.

"그러고 보니 제주도에 와서 바다를 제대로 못 봤네."

물론 여기까지 오는 길에 차창 너머로 푸른 바다를 보기도 했고 이곳 별장에서도 바다 내음을 맡아가며 바다를 가까이서 바라볼 수 있었지만, 해변에서 직접 바라본 것만은 못 했다. 서윤의 뇌리로 문득 낮에 이빈이 한 말이 떠올랐다. 별장 주인인 그의 말로는 조명이 설치된 산책로를 10분 정도 걸어서 돌계단을 따라 내려가면 해변에 도착할 수 있다고 했다.

"조명도 설치되어 있다니 한번 가볼까? 울렁거리는 속도 좀 진정시킬 겸."

주위에서 까맣게 일렁이고 있는 어둠이 조금 두려웠지만, 늦가을 강릉에서 본 바다를 떠올리니 마음이 저절로 파래지는 게 속이 조금이나마 시원해지는 느낌이다. 낮에 보는 바다와 밤에 보는 바다는 그 느낌이 엄청 다르겠지? 두려움 반, 기대 반으로 서윤의 심장이 콩콩 뛰었다. 그때의 기억을 되살리며 그녀는 산책로를 걸어서 돌계단에 진입했다.

산책로와 달리 돌계단 쪽에 설치된 조명은 그 빛이 약해서 발걸음을 옮기는 것이 아슬아슬했다. 주변이 아예 안 보이는 것은 아니었지만 어둠이 더욱 짙게 다가왔다. 괜한 호기를 부렸다는 후회가 조금씩 치솟아올랐다.

"지금이라도 그냥 돌아갈까."

하지만 바다가 바로 코앞인데……. 이젠 비릿하면서도 시원한 바다 내음만 맡아지는 게 아니라 해변으로 밀려오는 물결 소리까지 고스란히 들려왔다. 그리고 구멍 송송 뚫린 현무암 위에 멍하니 서 있는 검은 그림자마저 보였다.

'검, 검은 그림자? 사람? 대체 누구지?'

그녀가 생각을 정리하기도 전에 바닷바람을 타고 익숙한 목소리가 들려왔다. 평상시보다 조금 잠겨 있는 상태이긴 하지만 그립다 느껴지는 그 음성이.

"서연아? 여기까지 쫓아온 거야? 그냥 잠깐 바람 좀 쐬고 들어가겠다니까."

"사람 잘못 보셨네요."

약간의 장난기를 담아 대꾸한 서윤의 말에 현후는 당황한 듯 보였다. 서윤은 좁은 모랫길을 지나 그가 서 있는 현무암 근처까지 다가갔다. 계단 쪽 조명이 없었다면 칠흑같이 어두웠을 이곳에서 둘은 그제야 서로의 얼굴을 간신히 확인할 수 있었다.

현후의 하얀 얼굴이 평소와 달리 조금 붉었다. 태현에게서 풍기던 그 알싸한 알코올 향이 느껴지는 걸 보니 현후 또한 술을 꽤 많이 마신 모양이었다. 술이 여러 사람 잡네, 잡아.

"잠든 거 아니었어?"

"아, 조금 전에 깼어. 속이 안 좋아서 산책 나왔는데 웬 섹시한 남자의 뒷모습이 눈에 들어오는 거야. 목소리를 들어보니…… 너네?"

현후를 다시 만났을 때 그가 제게 건넨 말을 비슷하게 흉내 내자 그의 입가에 아릿한 미소가 맺혔다. 웃는 것도 우는 것도 아닌 기묘한 표정이 신경 쓰여서 서윤은 저도 모르게 손을 뻗어 그의 볼을 매만졌다.

"왜, 무슨 일 있었어?"

"……아니. 그때를 떠올리니 기쁘고도 슬퍼서."

의미 모를 답변이 되돌아왔다. 그가 자신을 만나서 슬프다는 말을 한 건 오늘이 처음이다. 서윤의 눈동자가 해변으로 밀려오 는 물결처럼 거세게 흔들렸다.

"……잘은 모르겠지만, 내가 여러모로 널 힘들게 하는구나."

잠시간의 침묵 끝에 서윤이 천천히 입을 열었다. 제게는 한없 이 고맙고도 사랑스러운 그가 자신 때문에 힘들어한다는 사실 이 마음 아팠다. 그녀가 대체 어떻게 하면 좋을까. 인어공주도 아닌데, 이대로 물거품처럼 뿅 하고 사라질 수도 없고.

그의 볼을 매만진 손을 그대로 두기도, 거두기도 어정쩡했다. 시간이 지나 밑으로 자연스럽게 떨어지는 서윤의 팔을 현후가 단단히 붙잡아왔다. 흐릿한 미소를 지어 보인 그가 나지막한 목 소리로 속삭여 왔다. 그의 등 뒤편에서 불어오는 짭조름한 바닷 바람과 눈물을 담아.

"……널 좋아해. 그래서 내가…… 정말 미칠 것 같아."

현후가 지금 뭐라고 말한 거지? 폭탄 수십 개가 예고도 없이 그녀의 옆에서 팡 터져 버린 느낌이다. 시각도 청각도 일시적으로 마비된 듯하다. 뜻밖의 말에 서윤은 정신을 차리기 힘들었다.

그 순간, 현후의 입술이 그녀의 입술을 거칠게 탐해왔다. 그에게서 풍기는 진득한 알코올 향이 뇌리를 어지럽혔다. 갑작스러운 키스에 놀란 서윤이 작살을 맞은 물고기처럼 버둥거렸다. 하지만 현후의 억센 손이 그녀의 머리와 허리를 꽉 붙들고 놓아주지 않았다. 서윤에게 지금 키스하지 않으면 숨 막혀 죽겠다는 듯이.

바다 건너편에서 세차게 불어오는 바람은 손끝의 느낌을 사라지게 할 만큼 서늘하고 아렸지만 현후도, 서윤도 추운 줄을 몰랐다. 맞닿은 서로의 입술이 뜨거웠다. 서늘하면서도 따뜻한 감각이 현실을 잠시나마 잊게 만들었다. 꿈속에서 노니는 듯한 기분이 들었다.

한잠 자고 나서 술은 거의 다 깼다고 생각했는데, 그의 입술에서 묻어 나오는 알코올에 그녀 또한 다시 취해가는 것일까. 이상하게도 서윤은 지금 이 순간, 이 상황, 이 느낌이 그리 싫지만은 않았다. 그가 저를 한없이 갈구하는 느낌에 기분 좋았다.

제 입술을 탐하느라 정신없는 현후의 입술에선 그 어떤 달콤한 말도 쏟아지지 않았지만 그의 표정, 그의 몸짓 하나하나에서 말보다 강렬한 언어가 풍겨 나왔다. 서윤 그녀를 죽을 만큼 원한다고, 이 순간을 오래전부터 간절히 기다려 왔다고. 자신만의 착각이라 해도 좋았다.

마침내 한 발자국 용기를 낸 서윤이 제 혀로 그의 혀를 부드럽게 건드렸을 때, 즉각 화답해 오는 열렬한 반응은 무서울 정도였다. 혀와 혀가 뒤엉키고 그것이 전부 뽑혀 버릴 만큼 강렬한 키스가 이어졌다. 찌릿한 전류가 머리부터 발끝까지 반복적으로 흘렀다. 점차 숨 쉬기가 곤란해졌다. 아직은 키스보다 호흡이 먼저인 서윤이 현후의 가슴을 몇 번이나 팍팍 두드린 끝에야 둘은 떨어질 수 있었다.

"하아…… 하……."

하지만 그것도 잠시, 어린아이가 곰 인형을 끌어안듯이 그녀를 꽉 끌어안는 현후 때문에 서윤은 온몸의 뼈가 으스러지는 듯한 느낌이 들었다.

"사랑해, 서윤아. 이서윤."

"……서현후."

"강태현보다 내가 더 먼저 널 만났고, 내가 더 먼저 널…… 좋아했어."

서윤의 두 눈이 연속적으로 깜박거렸다. 아까부터 쏟아진 그의 말들이 뇌리에 쉬이 입력되지 않았다. 술에 젖은 그의 까만 눈동자는 흐린 밤하늘처럼 막막하여 그 속내를 도통 짐작할 수 없었다.

"날 좋아했다고?"

"그래, 이 둔팅이 반장님. 기껏 다니는 영어 학원 알아내서 같이 다니려고 했더니 얼마 뒤에 말없이 확 끊어버리고……. 진짜 사람이 그러는 거 아니에요. 응?"

머리가 멍하다. 자신은 지나간 시간 속에서 왜 단 한 번도 눈치채지 못했을까. 현후의 시선이 언제나 제게 향해 있었다는 것을. 스쳐 지나간 기억들을 빠르게 재조립해 본다. 현재 그녀를 뚫어져라 쳐다보고 있는 까만 눈동자를 되새겨 본다.

현후가 아주 오래전부터 자신을 지켜보고 있었다는 사실을, 그와 자신의 마음이 같다는 사실을 확인하고 나자 의미 모를 눈물이 왈칵 쏟아져 내렸다. 안도의 눈물일까, 아니면 어긋나 버린 시간들에 대한 안타까움의 눈물일까.

서윤의 눈물을 바라보는 현후의 눈동자는 참담하게 흔들리고 있다. 그녀가 울고 있다. 취기와 흥분과 긴장으로 뜨겁게 달구어졌던 머리와 심장이 불어오는 바람에 싸늘하게 식어가고 있었다. 이제 막 잠에서 깨어난 사람처럼 온몸이 으슬으슬해져 왔다.

실수한 거야, 서현후. 심장이 터지는 한이 있더라도 그 말을 내뱉어선 안 됐어. 다른 누구도 아닌 내가 서윤을 울린 거야. 내가 그녀를 더 아프게 만들었어. 격해진 감정을 이기지 못한 스스로를 자책하고 있던 현후의 귓가로 서윤의 목소리가 들려왔다.

"바보야, 그걸 왜 이제 말해! 너, 말 잘하면서…… 그러면서……."

"서윤아."

"너, 장난치는 거 아니지? 사람 심장 이렇게 떨리게 해놓고 장난이었다고 말하면 죽을 줄 알아. 그럼 다신 안 봐. 평생 안 봐."

"진심이야! 내가 지금 술 취해서 농담하는 줄 아나 본데, 내 정신 완전 또릿또릿하거든! 이 오빠, 못 믿어?"

심장이 쿵쾅쿵쾅 뛰고 마음이 다급해지자 말이 폭포수처럼 거침없이 쏟아져 나왔다. 그 탓에 끝에 가선 이 진지한 분위기를 와장창 깨뜨리는 말을 내뱉고 말았다. 망했다는 표정을 지은 현후가 어깨를 움찔거릴 때 서윤의 어깨 또한 움찔거렸다.

"진짜…… 서현후, 완전 무드 없어."

그녀도 모르게 웃음이 피식 흘러나왔다. 참 이상하지. 이 모든 상황이 잘 짜인 꿈 같아 불안했는데, 평소와 비슷하게 튀어나온 그의 말에 생동감 있는 현실이 되어서 서윤의 피부에 와 닿았다.

"아, 아니, 그게 그러니까……."

심각하게 당황해하는 현후의 얼굴이 꽤 귀엽다. 서윤은 매끄러운 도자기 같은 그의 볼을 다시 한 번 가만히 매만졌다. 그가 자신의 마음을 어렵게 고백했으니 그녀도 그에 대한 답을 들려줘야만 했다. 하지만 입술이 쉽사리 떨어지지 않았다.

부부라는 타이틀을 달고 한 가정에 매인 몸으로 그에게 사랑한다는 말을 내뱉기가 부끄러웠다. 그것은 현후에게도, 태현에게도 죄스러운 일이었다. 다른 이들이 뭐라 하든 서윤에게는 서윤 나름의 선이 존재했다. 적어도 지금 이 상태에서는 그에게 자신의 마음을 솔직하게 털어놓을 수 없었다. 태현과 완전히 갈라서기 전에는.

"……미안해."

아직은 말하지 못 하겠어. 하지만 정신을 제대로 차릴 수 없을 만큼,

"……기뻐."

네 말이.

복잡한 마음속 말이 제대로 정리되기는커녕 마구 뒤엉켜서 띄엄띄엄 튀어나왔다. 말하는 본인조차 무슨 소리인지 모를 만큼 헷갈릴 정도로. 지금 이 상황을 뭐라고 설명해야 할까. 적당한 말을 찾지 못하고 입술만 깨물고 있는데, 현후가 그녀의 손을 꽉 붙잡아온다. 일렁이는 까만 눈동자가 보석처럼 아름답다.

"나도 기뻐. 기다릴게, 다 정리될 때까지."

서윤의 마음을 고스란히 읽어낸 것처럼 대답하는 그 때문에 웃을 수도 울 수도 없었다. 다만 맞잡은 손이 핫팩처럼 따뜻해서 절대 놓치고 싶지 않았다.

서늘하고 어두운 겨울 밤바다, 그 끝에서 서윤과 현후는 안개처럼 희미하던 일상 속 감정들을 지나쳐 서로의 마음을 확인할 수 있었다. 상대방이 자신을 줄곧 쳐다보고 있었다는 사실 또한 깨닫게 되었다.

✠　　✸　　✠

"휘유, 돈 주고도 못 볼 구경인데?"

지금처럼 흐트러진 서현후 그의 모습은 확실히 보기 드문 광경이었다. 장난기 어린 목소리로 낄낄대는 이빈을 연아는 다소 떫은 표정으로 쳐다보았다. 끼리끼리 논다더니 그 말이 딱 맞았다. 여러 사람에게 둘러싸인 이빈과 일대일로 마주하는 이빈은 달라도 너무 달라 마치 다른 사람처럼 느껴졌다. 그 모습이 현후와 상당히 비슷하여 둘이 어쩌다가 친구가 되었는지 추측할 수 있게 해주었다.

"내일 아침 완전 발칵 뒤집어지겠다. 그치?"

"글쎄. 어쨌든 저 자식이 성급했던 건 사실이야. 나 아니었음 어쩔 뻔했어."

이빈은 묘하다는 시선으로 연아의 얼굴을 살펴보았다. 낮에 봤을 때는 명랑하고 고집 있는 아가씨로밖엔 안 보였는데, 지금 보여주는 모습은 과연 현후 사촌이라는 말이 저절로 튀어나올 정도로 냉정하고 침착했다.

이빈은 조금 전의 상황을 천천히 되짚어보았다. 연아가 술 취한 현후 녀석이 사라졌다며 자신의 방으로 찾아와서 둘이 별장과 뜰을 뒤지다가 바깥으로 나왔다. 두 사람 다 현후가 바다를 좋아한다는 사실을 잘 알고 있었기에 설마 하는 마음으로 이곳까지 왔다. 하지만 야밤의 해변에 무슨 모임이라도 열렸는지 그들보다 먼저 온 이들이 꽤 존재했다.

연아와 이빈은 해변에서 키스하고 있는 현후와 서윤의 모습을 볼 수 있었고, 돌계단 위에서 그들을 이글이글 타오르는 시선으로 바라보다가 뛰쳐나가려는 태현의 모습 또한 발견할 수 있었다. 연아의 눈짓에 이빈은 태현의 뒤로 조용히 다가가서 그를 기절시켰다. 태현이 술에 취해 정상인 상태가 아니었기에 상대하는 것이 쉬웠다.

"그나저나 저 여자도 어떤 의미에서는 대단하네. 강태현에 이어 서현후라…… 민준이도 상당히 관심 있는 눈치던데."

"시끄러워. 현후 앞에서 어디 한번 그딴 식으로 지껄여 봐."

"하하하, 사양할게. 서현후는 적으로 돌리면 조금 골치 아픈 타입이라서. 그리고 너도 그렇고."

빙글빙글 웃는 그의 모습은 장난기 가득한 악동 같아서 한 대 때리고 싶은 충동이 절로 들었으나, 연아는 덤덤하게 넘겼다. 그 정도 장난과 도발에 넘어가기엔 현후 덕분에 쌓인 내공이 컸다. 서현후 이 개자식, 넌 이런 식으로 도움이 되는구나. 너의 용도, 잘 알았다.

"태현이나 빨리 들어. 저 두 사람이 이쪽 쳐다보기 전에 자리 옮기자고."

"네네, 그러죠."

별장으로 발걸음을 옮기는 연아의 머릿속이 복잡해졌다. 사랑이라는 마약 같은 감정에 취해 있는 두 사람은 현재 아무런 생각도 없겠지만, 제정신인 연아는 태현이 조금 전 장면을 목격했기에 서윤의 이혼이 앞으로 더더욱 힘들어지리란 짐작을 쉬이 할 수 있었다.

"서현후 이 쓸모없는 놈."

"하하하, 너무 열 올리지 마. 능구렁이 같은 녀석이니까 어떻게든 하겠지."

"하여간 서윤이든 현후든 내 말을 들어먹는 애가 없어요. 둘 다 술 좀 마시지 말라니까!"

그들의 상황을 제 일인 양 안타까워하고 투덜거리는 연아의 모습이 어딘지 모르게 귀엽게 느껴져 이빈은 피식 웃었다. 가식과 형식이 판치는 이런 곳에서 제 감정에 솔직한 태도는 그 무엇보다도 신선하게 다가왔다.

13

사랑과 삶의 주체가 되어

현실이 영화 속 한 장면처럼 느껴졌다. 현후의 따뜻한 손을 붙잡고 별장까지 어떻게 걸어왔는지 기억나지 않는다. 하지만 자신을 바라보던 그의 뜨거운 시선, 제 입술에 와 닿던 부드럽고 따뜻한 감촉만큼은 똑똑히 기억하고 있었다.

널 사랑한다. 넌 사랑받고 있다. 이 한마디가 마음을 이렇게 뒤흔들어 놓을 줄이야.

아찔한 사랑이 더 짜릿하게 다가오는 것일까. 태현에게서 처음 좋아한다는 고백을 들었을 때보다 더 크고 강렬한 울림이 서윤의 심장 구석구석으로 퍼져 나갔다. 떨리는 가슴을 주체하기 힘들었다.

"강태현보다 내가 더 먼저 널 만났고, 내가 더 먼저 널…… 좋아했어.

"나도 기뻐. 기다릴게, 다 정리될 때까지……."

방에 들어와서도 도통 잠을 이룰 수 없었다. 그와 함께한 학창 시절의 기억과 최근의 기억이 마구 뒤섞여 머릿속을 어지럽혀 왔다. 그 안에서 현후가 저를 바라보고 있던 순간들을 찾아 헤매는 것만으로도 온몸에 정전기처럼 짜릿한 전류가 흘렀다.

사랑의 힘은 실로 놀라워서 마음 한구석에 똬리를 튼 죄책감을 잠시나마 잊게 만들었다. 이 세상에 자신과 현후 그 둘만 존재하는 것처럼 느껴졌다.

결국 날이 조금씩 밝아오는 새벽 무렵에야 간신히 눈을 붙일 수 있었다. 하지만 잠든 지 3시간도 채 못 되어 그녀를 우악스럽게 흔드는 손길에 서윤은 단잠에서 깨어나야만 했다.

"으음…… 뭐야."

서늘한 시선을 느꼈다. 일그러진 얼굴을 한 태현이 저를 노려보고 있는 모습에 서윤은 흠칫 놀랐다. 하마터면 다른 방에 들릴 만큼 소리를 크게 지를 뻔했다.

"대체 뭐 하는 짓이야?"

"너야말로 어젯밤…… 뭐 하는 짓이야?"

그가 서윤을 씹어 먹을 듯한 기세로 물어왔다. 봤구나, 현후와 키스한 것. 서윤의 심장이 몇 번 쿵쿵 울리긴 했지만 그뿐이었다. 심장은 차츰 평소의 박자를 되찾아갔다.

그래도 조금은 긴장한 탓인지 어깨와 팔 근육이 경직되었다. 서윤은 태현을 빤히 쳐다보았다. 서로의 입장이 뒤바뀌었다고 생각하니 기분이 굉장히 묘했다.

"그래, 어젠 내가 부주의했어. 이혼 서류에 아직 도장도 안 찍었는데 이런 모임에서 처신 잘못한 것에 대해서는 미안하게 생각해."

"뭐, 뭐라고? 그게 무슨 뜻이야? 그럼 보는 눈이 없었다면 괜찮았단 거야?"

서윤은 태현이 지금 보이는 모습이 좀처럼 이해되지 않았다. 제가 하면 로맨스고 남이 하면 불륜이라 이건가. 그는 밖에서 이 여자 저 여자 만나고 돌아다녀도 상관없지만, 아내인 자신은 그만 바라보고 있어야 한다는 조선시대 사고방식에 헛웃음이 터져 나오려고 했다.

"너도 나도 서로를 더 이상 사랑하지 않는단 걸 잘 알고 있는데, 나야말로 네가 굳이 이러는 이유를 모르겠어. 지금 우리가 함께하는 건 유예 기간 때문이잖아."

"어떻게 다른 남자와……."

듣자 듣자 하니 더는 참을 수 없었다. 미간을 찌푸린 서윤이 그의 말을 차갑게 잘랐다.

"내가 알고 있는 네 여자친구만 셋이 넘어."

딱히 반박할 내용을 찾지 못했는지 태현이 씩씩거리며 그녀를 노려보았다. 잠시 후, 거친 동작으로 코트를 챙겨 든 그가 서윤의 손목을 꽉 붙들었다.

"됐고, 일단 서울 올라가서 이야기해. 너랑 그 자식, 같은 공간에 있다는 사실만으로도 치가 떨리니까."

"미쳤어? 잠옷 차림으로 밖에 나가겠다고?"

서윤은 있는 힘껏 저항하며 그의 팔을 뿌리쳤다. 냉정하게 뒤돌아선 그녀는 갈아입을 옷을 가지고 욕실로 들어갔다. 간단히 씻고 옷을 갈아입고 나오니 태현이 가방에 짐을 아무렇게나 쑤셔 넣은 상태였다. 서윤은 죄인처럼 그에게 손목을 잡힌 채 1층으로 내려왔다.

8시가 조금 넘은 시각이라 응접실에 몇몇 사람이 나와 있었다. 그중에는 연아와 현후도 포함되어 있다. 그들은 서윤을 거칠게 다루는 태현의 모습을 보고 인상을 찌푸리며 가까이 다가오려 했다.

"야, 강태현! 너 죽을래? 서윤이에게 뭐 하는 짓이야?"

"연아야, 잠깐만. 내가 알아서 할게. 서울로 급히 올라가야 할 일이 생겨서 그래. 나중에 연락할게."

연아에게 이야기하는 듯했지만 서윤의 시선은 그녀의 뒤에서 있는 현후를 향해 있었다. 안 그래도 하얀 그의 얼굴이 더욱 새하얗게 질려 있었다. 까만 눈동자에 일렁이고 있는 감정은 죄책감과 후회. 예쁜 눈동자에 비친 서글픈 감정이 안쓰러웠다. 유달리 눈치 빠른 그이기에 태현이 이러는 이유를 짐작하고 스스로를 자책하고 있는 건지도 모르겠다.

"연아야, 부탁해."

서현후 그를. 뒷말은 속으로 삼켰다. 서윤이 앞쪽으로 시선을 돌렸다. 태현은 별장 주인인 이빈에게 일이 있어 돌아가겠다고 짤막하게 말을 남기고 차에 시동을 걸었다.

공항으로 향하는 도로가 평소보다 길게 느껴졌다. 차창을 닫았는데도 어디선가 찬바람이 쌩쌩 불어오는 듯했다. 이러다 사고가 나는 것은 아닐까 걱정될 정도로 핸들을 붙잡은 태현의 손길이 거칠었다. 침묵을 유지하고 있던 서윤의 미간이 저절로 찌푸려졌다.

"사고 내려고 작정했어?"

제 입술을 짓이기던 그가 갑자기 브레이크를 꽉 밟았다. 그 탓에 서윤의 상체가 심하게 출렁였다. 안전벨트를 매지 않았다면 머리를 부딪쳤을지도 모른다.

"네가 지금 소리 지를 입장이야?"

상처 입은 동물처럼 으르렁거리는 태현의 모습이 미안하게도 전혀 불쌍하게 느껴지지 않았다. 다만 우스웠다. 서윤도 과거에 태현이 다른 여자와 키스하는 모습을 목격했다. 그만큼 아팠으면 아팠지 결코 덜 아프지 않았다. 그리고 그때의 태현은 지금의 자신보다 더 뻔뻔하고 당당하게 굴었다.

"아닐 건 또 뭐야. 네가 예전에 그랬잖아, 강태현. 능력이 부족해서 대학 못 간 것도 내 책임, 그래서 네가 내게 흥미를 잃고 다른 여자와 바람피운 것도 내 책임이라고."

"야!"

"네가 어젯밤 그 모습을 목격하게 된 것도 떠나가는 내 마음 하나 제대로 관리 못 한 네 책임 아니겠어?"

무덤덤한 서윤의 말이 물 흐르듯 거침없이 쏟아졌다. 아직까지는 그의 법적인 아내로서 일말의 죄책감을 느끼는 것과 이서윤이란 한 사람으로서 그의 정곡을 찌르는 말을 내뱉는 것은 별개의 문제였다. 태현의 얼굴이 붉으락푸르락 달아올랐다.

1월 1일. 연휴라 그런지 서울로 올라가는 비행기 좌석을 구하는 것이 쉽지 않았다. 상당히 비싼 값을 지불하고 나서야 탑승한 시간 전에 취소된 좌석 두 개를 간신히 구할 수 있었다.

창밖으로 보이는 구름이 회색빛 이불처럼 뒤엉켜 있다. 복잡한 마음으로 하늘을 바라보고 있기 때문에 그렇게 느껴진 것일까. 차가운 오렌지주스를 벌컥 들이켠 태현이 옆에서 이를 갈며 중얼거리는 소리가 들려왔다.

"난 무슨 일이 있어도 이혼해 주지 않을 테니까 서현후에 대한 감정은 알아서 접어. 그 정도는 기다려 줄게."

"……넌 우리가 갈라설 수밖에 없는 본질적인 이유를 아직도 모르고 있구나? 그래 봤자 서로 불행해질 뿐이야."

무심히 대꾸한 그녀는 다시 창밖으로 시선을 돌렸다. 새해를 맞이하는 첫날, 하늘이 우중충하게 어두운 것이 불길한 징조처럼 느껴졌다.

'뭐든지 잘될 거라고 생각해도 벅찬 상황인데, 부정적인 생각을 하는 건 좋지 않아.'

서윤은 양 손바닥을 가만히 그러쥐었다. 힘을 내야만 했다. 추운 겨울이 지나가고 따스한 봄이 찾아오면 즐거운 마음으로 그 햇살을 만끽하기 위해서라도.

김포공항에 도착한 태현이 바깥에서 아침 겸 점심을 해결하자고 제안해 왔다. 채찍과 당근을 번갈아 내미는 그를 보며 서윤은 웃기지도 않다고 생각했다.

"스테이크 먹으러 갈까?"

"됐거든. 너나 가서 먹어."

서윤은 피곤하다고 거절하고는 집으로 돌아왔다. 오기가 생기는지 태현이 집에 도착하자마자 밥을 차려달라 해서 피곤한 몸으로 밥을 짓고 국을 끓였다.

두세 시간밖에 못 잔 탓인지 12시가 넘었는데도 뭔가 먹고 싶다는 생각이 들지 않았다. 서윤은 냉장고에 조금 남아 있는 오렌지주스를 해치우곤 침대 위에 드러누웠다. 마지막으로 본 현후의 얼굴이 그녀의 뇌리를 자꾸만 어지럽혔다. 그는 괜찮을까. 그래도 연아가 옆에 있으니 잘 돌봐주겠지.

현후의 고백을 받아들인 것도, 키스를 한 것도 그의 일방적인 행동이나 강요에 의한 것이 아니라 제 의사가 포함된 쌍방의 행동이니 부디 그가 스스로를 자책하지 않았으면 좋겠다.

"밥은 먹어."

반쯤 열린 방문으로 태현의 목소리가 들려왔다. 서윤은 지끈거리는 머리를 오른손으로 꾹꾹 누르며 답했다.

"부탁인데 잠 좀 자자. 머리 울리거든?"

"어젯밤 그놈 생각하느라 떨려서 한숨도 못 잤어?"

"그렇다고 대답해 주길 원해?"

서윤도 태현도 말싸움에서는 서윤이 한 수 위라는 사실을 잘 알고 있었다. 태현이 입을 다물었다. 이후 거실에서 그릇 부딪치는 소리만 간혹 들려올 뿐 고요한 침묵이 찾아왔다. 서윤은 제 기억이 끊임없이 뱅글뱅글 돌아가는 회전목마 위에 얹힌 듯한 느낌이 들었다.

어지럽다고 되뇌다가 어느 순간 잠이 든 모양이다. 깨어나 보니 오후 3시가 지나 있었다. 태현의 방문이 닫혀 있어서 처음에는 그가 방에 있는 줄 알았는데 현관을 쳐다보니 그의 구두가 사라져 있었다. 또 술을 마시러 나간 건가.

서윤은 텅 비어서 쓰디쓴 속에 냉수를 밀어 넣으며 핸드폰을 켰다. 핸드폰 액정이 부재중 전화 표시와 문자메시지, 음성메시지 표시로 어지러웠다.

걱정과 염려, 태현에 대한 분노가 담긴 연아의 메시지가 대부분이었다. 무슨 일인지는 모르겠지만, 잘 해결하고 나중에 연락 달라는 민준의 메시지도 하나 도착해 있었다. 서윤은 문자메시지를 대충 읽어 넘기며 현후가 보내온 음성메시지를 클릭했다.

무거운 침묵 끝에 깊이 가라앉은 목소리가 들려왔다.

[미안해, 서윤아.]

예상하고 있던 말이다. 서윤은 입술을 잘근잘근 깨문 채로 이어질 말을 기다렸다.

[그래도…… 사랑해.]

"나도."

지금 이 자리에 현후는 없지만 서윤은 작게 대답했다. 제 마음이 멀리 떨어져 있는 그에게 조금이나마 전해지길 바라며. 두 눈을 크게 떠서 눈가에 아슬아슬하게 맺힌 눈물을 가까스로 참아냈다.

[반드시…… 널 구해줄게. 그러기 위해 그 지옥을 버텨왔는 걸.]

그 역시 울음을 참는 듯한 목소리다. 짧은 메시지는 그것으로 끝났지만, 그 여운만큼은 서윤의 심장에 길게 와 닿았다.

"나도 내가 할 수 있는 것들을 해야겠지."

서윤은 컴퓨터를 켰다. 이력서를 첨부한 메일들이 제대로 수신되었는지 확인해 보고, 몇 개 점찍어두었던 원룸에 입주를 문의하는 쪽지와 메일 등을 보냈다. 구직 사이트에도 다시 접속해서 적당한 아르바이트나 일자리를 검색하는 데 상당한 시간을 쏟아부었다.

컴퓨터만 붙잡으면 시간이 빨리 흘러간다. 서윤은 온종일 거의 아무것도 먹지 않아 쓰라린 속을 달래기 위해서 죽을 끓였다. 야채와 참치를 넣은 담백한 죽으로 저녁을 간단하게 해결하고 나니 그래도 미운 정이 들었는지 태현의 생각이 났다. 적당히 마시고 알아서 들어오면 좋으련만.

자신처럼 입을 다물고 있다고 해서 상황은 나아지진 않는다. 태현처럼 술을 마신다고 해서, 현 상황에서 도피한다고 해서 문제가 해결되는 것도 아니다. 차라리 있는 힘껏 부딪쳐서 곪은 상처는 과감히 도려내는 것이 서로를 위해 좋지 않을까.

태현과 진지하게 대화를 나눠야만 했다. 서윤은 가능한 한 그와 원만하게 헤어지고 싶었다. 어찌 됐든 태현은 그녀의 첫사랑이었고, 같은 공간 및 시간을 공유한 남편이었다. 서로의 상처를 이 이상 늘리고 싶지 않았다.

한편, 술에 담뿍 취해서 바를 빠져나온 태현은 습관적으로 본가의 이 기사 전화번호를 눌렀다. 호출을 받은 운전기사가 그를 태우러 바 앞에 도착했다.

"어디로 모실까요?"

"수서…… 아니, 논현동으로."

논현동에는 그의 본가가 있다. 이 기사는 태현을 논현동 자택으로 데리고 왔고, 덕분에 늦은 시각 자택에서는 한바탕 소란이 일었다.

"아니, 얘가 웬 술을 이리 마셨어? 이 기사, 좀 더 잘 부축해 봐요. 아유, 진짜."

태현을 애지중지하는 그의 어머니 정 여사는 술에 취해 비틀거리는 아들의 모습을 보며 속상해했다. 그녀는 이 기사의 도움을 받아 2층에 있는 방으로 태현을 옮겼다. 퇴근한 지 얼마 안 된 강 회장은 그보다 조금 늦게 올라와서 침대 위에 널브러져 있는 태현을 바라보며 혀를 찼다. 잔뜩 찌푸려진 미간이 딱 봐도 그가 화난 상태임을 알려주었다.

"이놈이 여기가 어디라고 이런 모습으로 기어들어 와? 모임은 어쨌대?"

"아니, 당신은 얘한테 어떤 일이 있었는지 잘 알지도 못하면서 역정부터 내요? 뭔가 큰일이 있었겠죠."

강 회장과 정 여사가 말다툼을 벌이고 있는데, 태현의 입에서 옅은 신음 소리가 뒤섞인 중얼거림이 흘러나왔다.

"……절대 못 놔줘, 이서윤."

"얘, 너 서윤이랑 싸우고 속상해서 술 마신 거야?"

침대에 조금 걸터앉은 정 여사가 태현의 어깨를 가볍게 흔들며 물었다. 강 회장의 입술이 씰룩거렸다. 그는 무어라 말하고 싶은 듯했지만, 그대로 몸을 돌려 침실을 빠져나갔다.

강 회장은 가사도우미 아주머니에게 따뜻한 차 한 잔을 부탁한 후 서재로 들어갔다. 중요한 서류를 훑어보기 위해서 안경을 착용한 그의 눈동자에 '스마트폰 신 보안 시스템 개발에 대한 경쟁사 보고서'라는 글씨가 선명하게 들어왔다.

"……본색을 드러냈는가. 예상한 것보다 좀 이르군. 똑똑하다고 해도 결국 혈기는 못 누르는 애송이란 말이지. 조금 실망했네, 서현후 군."

강 회장의 입가에 재미있다는 미소가 걸렸다. 그의 뇌리에 일전에 파티에서 마주한 현후의 모습이 떠올랐다. 자신이 며느리 서윤에게 던진 말을 듣고서 잔뜩 동요하던 그 모습이. 하지만 그것도 잠시, 강 회장의 입에서 짙은 한숨이 흘러나왔다.

"그래도 그쪽이 아직 덜 익은 이삭이라면 이쪽은 뿌리까지 썩은 모종이 아닌가. 서 회장에 비하면 내가 자식 농사를 제대로 망쳤군."

막강한 재력과 사회적 위치, 그 모든 것을 손에 쥔 듯한 그도 가끔은 허무하다는 생각이 들곤 했다. 자신의 뒤를 이어받을 아들 태현을 생각하면 더더욱 그랬다.

어릴 때 총명한 모습을 보여 기대를 많이 한 아이지만, 그는 커갈수록 강 회장을 실망시키는 일이 잦아졌다. 기대는 실망이 되고 실망은 화를 불렀다. 강 회장이 엄하게 대할수록 태현은 더욱 엇나가기만 했다. 그래도 마지막 기회라 생각하고 태현의 의사를 존중하여 서윤과의 결혼을 허락해 줬건만, 한 가정을 제대로 꾸려 나가기엔 그는 아직 어리고 철도 없었다.

"이번이 녀석에게는 제대로 된 첫 시련인가. 이번에 제대로 혼이 나면 정신을 좀 차릴는지……."

태현과 서윤, 현후. 이 세 사람의 관계와 최근 그의 신경을 툭툭 건드려 오는 신 보안 시스템 개발에 관한 보고서가 강 회장의 뇌리에서 복잡하게 얽혀 들어갔다.

똑똑. 조심스럽게 노크를 하고 들어온 도우미 아주머니가 따뜻한 국화차가 담긴 잔을 내려놓고 나갔다. 쌉쌀한 향이 그의 머리를 조금이나마 맑게 만들어줬다.

다음 날, 논현동 강 회장의 저택은 아침 식사 도중 발칵 뒤집어졌다. 밥을 억지로 밀어 넣던 태현이 인상을 잔뜩 찌푸렸다.

술이 아직 덜 깼는지라 꼬치꼬치 따져 묻는 어머니의 질문에 별생각 없이 대꾸한 게 화근이었다. 서윤이 그와의 이혼을 원하고 있다는 사실을 알게 된 정 여사는 생각보다 훨씬 더 격렬한 반응을 보였다.

"아니, 아니, 걔는 도대체 어떻게 된 애가 그렇게 뻔뻔할 수 있니? 부족한 저랑 그 집안, 여태껏 뒷바라지 해줬더니 뭐가 어쩌고 어째? 이혼 소리를 네가 꺼냈다면 또 몰라. 내가 정말 기가 막혀서⋯⋯."

"그러게. 난 처음부터 이 결혼 마음에 안 들었어."

태현이 숟가락을 탁 내려놓으며 말하는 제 동생 아라를 쳐다봤다. 새침해 보이는 얼굴이 어딘지 모르게 얄미웠다.

"남 일에 신경 끄고 너나 잘해."

"이게 남 일이야? 어? 오빠랑 새언니 때문에 집이 하루도 조용한 날이 없잖아."

식구들이 툭탁거리는 소리가 듣기 싫었던 것일까. 강 회장도 보고 있던 신문을 거칠게 접으며 식탁에서 일어났다. 그는 자리를 떠나기 전, 정 여사와 아라를 향해 단호한 목소리로 입을 열었다.

"당신이랑 아라, 서윤이 불러서 괜히 뭐라고 들쑤셔 놓기만 해봐. 아직 확실하게 정해진 것도 없는데 제삼자는 가만있어."

"아니, 당신, 그게 대체 무슨 소리예요? 우리 태현이가 남이에요?"

"서윤이가 당신이랑 결혼했어? 일단은 둘이 대화하고, 집안이 개입하는 건 그 이후의 일이야!"

태현은 행여 강 회장과 시선이라도 마주칠까 봐 고개를 푹 수그리고 있었다. 뒤통수에 와 닿는 따가운 시선을 느꼈지만, 그는 물을 마시는 척 식탁에 붙어 있었다.

✠ ✠ ✠

아침이 되었는데도 태현은 집에 들어오지 않았다. 서윤은 어쩌면 그가 본가에 갔을 수도 있겠단 생각을 했다. 시댁에 전화를 걸어볼까 하다가 두려움에 그만두었다.

친정집이 좀처럼 팔리지 않으니 매매가를 낮춰볼까 싶어서 부랴부랴 외출 준비를 하기 시작했다. 베란다 쪽 유리창은 제대로 닫혔는지 점검해 보고 집을 나서려는데 식탁 위에 올려둔 핸드폰에서 진동이 느껴져 서윤은 서둘러 전화를 받아 들었다.

[나다. 신정은 잘 보냈는지 모르겠구나.]

"아, 아버님. 저는 잘…… 지냈습니다. 아버님께서도 신정 잘 쇠셨나요?"

[이곳이야 언제든 같지.]

서윤의 심장이 마구 두근거렸다. 커다란 맹수가 뒤에서 쫓아오는 기분이다. 정 여사가 독설에 가까운 말들을 내뱉기 때문에 마주하기 꺼려진다면, 강 회장은 시댁 식구들 중 유일하게 서윤에게 예의를 갖춰주는 인물이었으나 말이나 행동의 무게만큼은 그 누구보다도 무거웠기에 대하기 어려웠다.

[오늘 시간이 괜찮다면 얼굴 한번 보고 싶구나. 지난번의 답도 들을 겸 말이지.]

마침내 이 순간이 오고야 말았다. 상처를 내려는 듯 서윤의 손가락이 손바닥을 깊이 파고들었다. 산악처럼 느껴지는 강 회장 앞에서 자신이 뜻하는 바를 제대로 밝힐 수 있을까. 준비도 안 된 상태에서 부딪쳤다가 덫에 걸린 생쥐처럼 옴짝달싹 못하게 되진 않을까.

아냐, 잘 생각해 보자. 시아버님도 사람인데, 그분의 자존심 문제만 아니라면 저 같은 며느리가 뭐 예쁘다고 붙잡을까. 그 점을 잘 이용하면 되지 않을까. 차라리 잘되었다. 언제고 부딪칠 수밖에 없는 일이라면 차라리 일찌감치 부딪치는 편이 나을지도 모른다.

알겠다고 말씀드린 후 서윤은 부동산중개소로 옮기려던 발걸음을 돌려 서초역으로 향하는 2호선에 올라탔다. 바쁜 사람들로 가득한 지하철 내부를 보며 서윤은 제가 속한 세상이 바로 여기가 아닌가 싶었다. 물론 그녀도 사람인 이상 바글거리는 인파에 치이는 것은 그다지 기분 좋은 일이 아니었지만 대부분의 사람들이 그렇듯 그 정도는 가벼이 넘길 수 있는 불편함이었다. 반면 태현, 혹은 시댁의 값비싼 차에 올라타서 어딘가로 이동할 때는 제게 맞지 않는 옷을 입은 것처럼 답답함을 느꼈다.

수오그룹 본사 건물은 언제 봐도 높고 부담스러웠다. 서윤이 1층 로비에 제가 온 사실을 알리자 친절하게도 윤 비서가 마중을 나왔다.

"회장님, 며느님 오셨습니다."

"그래."

허락의 의미를 내포한 단답형의 대답이 떨어지고 나서야 서윤은 집무실 안으로 발을 들일 수 있었다.

"앉거라. 점심은 먹었느냐?"

"아침 겸 점심으로 간단히 먹었어요, 아버님."

서류를 살펴보고 있던 강 회장이 원목 책상 앞의 검은 가죽 소파를 가리키며 말했다. 생신 파티 이후 시아버님을 뵈는 건 처음이다. 회사 집무실에서 마주하는 강 회장은 평소보다 더 엄격하고 깐깐해 보였다. 심신을 억누르는 위압감이 느껴진다. 시선을 마주하는 것만으로도 이렇게 긴장되고 심장이 쿵쾅쿵쾅 뛰는데 그 자리를 거절하겠다는 답은 물론이요, 태현과 이혼하겠다는 말은 언제 어떻게 꺼내면 좋을까.

서윤은 마음을 차분하게 가라앉히고자 애썼다. 이 순간 먹물처럼 까만 눈동자와 눈처럼 하얀 얼굴을 지닌 서현후 그가 떠올랐다. 왠지 모르게 격려받는 느낌이 들었다. 몇 분이 지난 후, 강 회장이 묵직한 엉덩이를 떼서 그녀의 맞은편으로 자리를 옮겨왔다.

"잠시 실례하겠습니다."

똑똑. 문 두드리는 소리가 나더니 윤 비서가 옅은 붉은빛을 띠는 오미자차를 내왔다. 서윤이 그 차를 좋아한다는 사실을 어찌 알고 있는지 모르겠지만, 그녀는 서윤이 강 회장을 뵈러 올 일이 생기면 항상 그 차를 내오곤 했다.

강 회장은 서윤의 대답을 재촉하지 않았다. 그는 오미자차를 조금씩 들이켜고 있을 뿐이다. 핏기 잃은 입술을 몇 번이나 달싹이던 서윤이 마침내 입을 열었다.

"전에 말씀하신 그 자리, 제겐 어울리지 않는 것 같아요, 아버님."

"흐음, 그래?"

예상외로 평온한 답변에 서윤은 당혹스러움을 느꼈다. 그녀를 그냥 한번 떠본 말에 너무 예민하게 반응한 것일까. 하지만 그때 파티장에서 본 강 회장의 모습은 농담을 하고 있다기엔 한없이 진지해 보였다. 그녀의 머릿속이 복잡해지려는 순간, 강 회장의 입이 다시 열렸다.

"그 이유가 태현과 곧 갈라설 예정이기 때문인지, 그 자리를 정말 원치 않기 때문인지 궁금하구나."

"……!"

서윤이 해야 할 말을 강 회장이 먼저 꺼냈다. 역시 태현은 어젯밤 본가로 간 게 분명했다. 끝까지 속 썩이는 나쁜 놈, 미운 놈.

"……이미 다 알고 계시다니 솔직하게 말씀드릴게요. 저랑 태현 씨, 1년 넘게 별거하듯 지내왔어요. 태현 씨는 다른 여자들과 바람을 피우면서 제 신의를 저버렸고, 저 또한 무능하고 어리석었기에 그런 그를 말리거나 멈추게 하지 못했어요. 살아온 세계도, 성격도, 가치관도 너무 다른 두 사람을 연결해 주고 있던 애정과 신뢰가 완전히 사라져 버린 거죠. 이 이상 결혼 생활을 유지하는 것은 저뿐만 아니라 태현 씨에게도 불행한 일일 거예요."

속사포처럼 말을 마친 서윤은 침을 꼴깍 삼켰다. 심장이 극한 긴장으로 쿵쿵 뛰는 한편, 속 시원하게 모든 것을 털어놓고 나니 조금은 후련한 느낌이 들기도 했다.

강 회장의 표정에는 이렇다 저렇다 할 변화가 나타나지 않았다. 그의 앞에 놓인 찻잔이 반쯤 비워졌을 때에야 낮은 음성이 들려왔다.

"너무 솔직하게 말한 것은 아닌지 모르겠구나."

"……제가 할 수 있는 최선이라 생각해요."

"입에 발린 소리, 예쁘게 포장한 소리만 듣고 살다 보니 가끔은 이런 솔직함도 나쁘진 않군. 나도 네게 이야기할 사항이 몇 가지 있단다. 우선 지난번에 그 자리를 제안한 것은 충동적인 결정이 아니었다는 사실을 밝히고 싶구나."

서윤은 땀으로 자꾸만 젖어드는 손바닥을 어찌하면 좋을지 몰라 바지 자락을 꽉 움켜쥐었다.

"나는 네게 알맞은 힘과 자리를 주어야겠다고 생각했다. 제아무리 총명하고 똑똑한 사람이라 해도 주어진 권한 없이 무언가를 해 나가기는 힘들다는 사실을 뒤늦게 깨달았기 때문이지. 나는 분명 너와 태현의 결혼을 반대했다. 하지만 모든 부모들이 그러하듯 자식의 고집에 못 이겨 허락했을 때는 둘이 잘 살기를 바라지."

"……죄송합니다."

"그렇게 고개 숙일 필요 없다. 이 사태가 오롯이 너의 잘못만이라고는 생각하지 않으니까. 첫째는 자식을 잘못 가르치고 기른 내 잘못이요, 둘째는 평범한 집안에서 자라온 네게 아무런 힘도 쥐어주지 않은 나의 어리석음 때문이겠지."

"아버님."

서윤은 제가 한 발언 이상으로 강 회장 또한 자신의 속내를 지나치게 드러내고 있다고 생각했다. 언제 깨질지 모르는 아슬아슬한 살얼음판을 걷는 기분이었다.

"내 자식이지만 태현이 그놈이 타고난 집안 배경만 아니라면 네게 많이 부족한 놈이라는 사실을 잘 알고 있다."

"지나치게 겸손한 말씀이세요, 아버님. 태현 씨는 제가 처음으로 마음을 줄 만큼 충분히 매력적인 사람이라고 생각해요. 다만 저와 그가 앞으로 남은 시간들을 계속 함께하기에는 각자의 생각이나 가치관 등이 너무 다르다는 사실을 깨달았을 뿐이에요."

뒤돌아서고 헤어지는 순간까지 그를 헐뜯으며 쓸데없는 감정 싸움을 하고 싶지 않았다. 서윤은 나지막하나 또렷한 목소리로 자신의 의견을 밝혔다.

강 회장의 입가에 문득 씁쓸한 미소가 걸렸다. 현후부터 서윤까지 그와 생각이 다르다는 점만 제외한다면 참 똑 부러지는 사람들이고 누군가의 훌륭한 자식들이었다. 그에 비해 제 자식 태현은 생각하는 것만으로도 깊은 한숨이 흘러나왔다. 자식은 뜻대로 할 수 없는 유일한 존재라고 다들 이야기하더니만, 그게 본인의 이야기가 될 줄은 꿈에도 몰랐다.

"이미 한 이야기도, 앞으로 할 이야기도 한 그룹의 회장이라기보다는 한 아들의 아버지 입장에서 꺼낸 말이라 생각하고 들어줬으면 좋겠구나. 나는 두 사람이 이번 일로 갈라서기보다는 적절한 합의점을 찾아내기를 바란다. 물론 이혼을 생각할 정도로 깊은 골이 생긴 이상 당분간은 서로 얼굴 마주 보며 생활하기 힘들겠지. 개인적으로는 너나 태현 둘 중 한 사람이 외국에 나가 공부를 하면서 마음을 정리하는 것도 괜찮다고 생각하는데 어떠냐."

자존심 빼면 시체라는 말을 종종 듣곤 하는 시아버지인 만큼 그들의 이혼에 쉽게 동의하지 않을 것이란 예상은 했다. 하지만 유학 카드를 꺼내리라곤 미처 생각하지 못했다. 서윤은 애써 평온한 안색을 유지하고자 노력했지만 미간이 살짝 찌푸려지는 것은 어쩔 수 없었다.

"병원에 입원해 계신 어머니가 걱정되어 멀리 나가는 게 싫다면 태현이 외국으로 나가고 너는 국내 대학에서 공부하는 것도 좋은 방법이겠지."

그는 채찍과 당근을 교묘하게 숨긴 채 이야기를 이어 나갔다. 강 회장의 말은 서윤이 가슴 한편에 묻어두었던 어머니에 대한 걱정과 죄책감을 은근슬쩍 건드려 왔다. 어머니의 입원비와 치료비 부담은 예전부터 서윤이 태현과 이혼하는 것을 꺼리게 만드는 원인 1순위였다.

서윤이 강 회장에게 대꾸할 말을 고르느라 고심하고 있을 때, 노크 소리가 들리며 윤 비서가 들어왔다. 그녀는 강 회장의 곁으로 빠르게 다가가 무어라 작게 속삭였다. 서윤은 강 회장의 얼굴에 난감하다는 표정과 재미있다는 표정이 동시에 어리는 모습을 보며 대체 무슨 일이 일어난 것인지 궁금해졌다.

"허허, 거참, 요즘 아이들은 행동이 참 빠르기도 하지."

"어떻게 할까요, 회장님? 우선 신분이 신분이니만큼 제가 임의로 처리하기 곤란합니다."

"일단은 대기실에서 기다리게 하고, 15분 후에 들여보내게. 그 아가씨도 함께."

"네, 알겠습니다."

윤 비서가 나가자 서윤은 조심스러운 목소리로 물었다.

"무슨 급한 일이라도 생긴 건가요, 아버님?"

"급한 일이라기보다는 재미있는 일이지. 그나저나 오랜만에 너와 깊은 대화를 나눌 수 있어서 즐거웠단다. 조심해서 돌아가고, 오늘 내가 한 말에 대해서 곰곰이 생각해 보렴. 대부분의 세상 사람들이 자신이 원하는 선택만 하면서 살아가는 것은 아니란다. 불만족스러운 부분이 다소 있더라도 합의점을 찾아내서 절충하곤 하지."

대기하고 있는 손님이 누군지는 몰라도 강 회장의 말에는 명백한 축객령이 담겨 있었다. 서윤은 한발 물러날 때라고 생각했다. 친정집 매매도 아직 이루어지지 않은 상태에서 강 회장을 상대로 무리하게 언성을 높일 필요는 없었다.

"……네, 아버님. 나중에 다시 찾아뵙겠습니다."

"기사에게 데려다주라고 하마."

"아니에요. 배려는 정말 감사하지만, 생각도 정리할 겸 저 혼자 돌아갈게요."

인사를 마친 서윤이 허리를 꼿꼿하게 세우고 문을 향해 걸어나갔다. 그 모습을 다소 안타깝다는 시선으로 쳐다보던 강 회장이 평소의 무덤덤한 표정을 되찾은 것은 순식간의 일이었다.

서윤을 1층 로비까지 데려다주고 온 윤 비서가 조금 흐트러진 집무실의 테이블을 말끔하게 정리한 후 손님들을 들여보냈다. 하얀 피부와 까만 머리카락의 조화가 너무도 잘 어울리는 남자와 가녀려 보이는 체구와 달리 당찬 느낌을 주고 있는 여자가 나란히 걸어 들어왔다.

"지난번부터 느낀 거지만 생각보다 성질이 급한 친구구먼."

"은근히 다혈질이라는 소리를 자주 듣습니다, 강 회장님."

"안녕하세요, 태현 씨 아버님."

그를 향해 은은한 미소를 지어 보이고 있는 현후야 강 회장이 익히 잘 알고 있는 데다 안면도 몇 번 있었지만, 자신을 아버님이라 불러오는 당돌한 여자아이는 오늘 처음 보는 얼굴이었다. 그녀는 만약 지금 이 자리가 신입사원을 뽑는 면접 보는 자리라면 100%의 확률로 붙을 듯한 매력적인 미소를 입가에 머금었다.

"유부남인 태현 씨의 사기 연애 피해자 서연아입니다."

연아는 옆에 서 있는 현후의 어깨를 살짝 짚으며 말을 덧붙였다.

"그리고…… 여기 있는 현후의 사촌이자 섬영그룹 회장님의 사랑스러운 조카이기도 하죠."

현후는 강 회장의 눈동자가 잠깐이나마 흔들리는 순간을 놓치지 않았다. 일단 임팩트 있는 등장에는 성공한 것 같았다. 지금부터 시작하고자 하는 위험한 게임은 처음부터 끝까지 단 한 순간도 긴장을 놓을 수 없었기에 정신을 바짝 차려야 했다.

"그런가. 당당한 아가씨군. 앉아서 천천히 이야기를 나눠보도록 하지."

현후와 연아는 여유로워 보이는 동작으로 강 회장이 권하는 자리에 앉았다. 그들은 오늘의 작전명을 '호랑이 사냥'으로 정했다. 사납고 힘이 세어 사냥하기 꺼려지지만, 사냥 후에는 충분히 값진 전리품을 얻을 수 있다는 점에서 강 회장과 호랑이와의 공통점을 찾을 수 있었다.

그들이 원하는 것은 단 한 가지였다. 서윤의 뜻에 의한, 서윤을 위한, 서윤의 완전한 자유. 윤 비서가 내온 차로 입술을 살짝 적신 현후가 싱긋 웃으며 입을 열었다.

"시간은 누구에게나 소중하지만, 강 회장님처럼 바쁘신 분께는 더욱 중요한 재화라는 사실을 잘 알고 있습니다. 때문에 제가 지금부터 단도직입적으로 말하는 무례를 부디 넓은 아량으로 용서해 주시길 바랍니다."

"오늘의 트렌드는 솔직함인가? 허허, 어디 한번 말해보게나."

"약 6년 전, 이서윤에게 큰 빚을 진 서현후라는 사람의 입장에서 말씀드리겠습니다. 거래를 하나 제안하겠습니다. 서윤이 원한다면 그녀를 강씨 집안에서 벗어나게 해주십시오. 대신 섬영이 이번에 엔 테크놀로지와 합작하고 있는 스마트폰 신 보안 시스템 개발에 수오그룹을 정식으로 초청하겠습니다."

최근 강 회장의 골머리를 썩이고 있는 스마트폰 신 보안 시스템 개발 문제. 근래 새로운 정보통신법이 의회를 통과하면서 내년부터 생산하는 모든 스마트폰 제품에는 지금보다 업그레이드된 보안 시스템을 구축해 놓아야 한다. 하지만 이전부터 협력해 온 수앤비사와의 작업은 진행 과정이 지지부진할뿐더러 결과물 또한 그의 마음에 썩 만족스럽지 못했다. 새로운 돌파구를 찾아야 하지 않나 고민하고 있을 때, 현후가 그의 생각을 읽은 것처럼 이 말을 꺼내온다. 전자에서 손꼽히는 섬영과 수오그룹의 합작을.

아직 어리지만 당돌한 섬영의 후계자가 이곳까지 찾아왔을 때는 무언가 준비해 둔 패가 있으리라 생각했다. 하지만 그 패가 섬영전자와 수오전자의 미래에 영향을 끼칠 만큼 커다란 것이라고는 미처 예상하지 못했다.

"그런 제안을 꺼내기에는 자네 나이나 지위가 아직 불안정하다고 생각하네만……. 말은 책임질 수 있는 범위 내에서 해야 한다네."

"물론 제 아버지께는 이미 그 이상의 보상을 해드렸습니다.

저는 제 손에 확실하게 쥐어진 패를 가지고 거래를 논하는 것입니다."

그 아버지에 그 아들이라는 말은 이럴 때 쓰는 것일까. 강 회장은 비즈니스 거래에 충실한 미소를 짓고 있는 현후의 모습에서 서 회장의 얼굴을 선명하게 떠올려 낼 수 있었다.

"……제법이군. 내가 고민하고 있는 부분을 눈치챈 것도, 서 회장으로부터 허락을 얻어낸 것도."

"이 모든 것을 쉽게 이루어냈다고 생각하시면 조금 곤란합니다. 저로서는 전력을 다하고 있으니까요. 솔직히 말해 최근 2, 3년간 제대로 쉬어본 기억이 없습니다. 하루하루가 일이고 전쟁인 삶이었죠."

그리 말하는 현후의 얼굴에는 짙은 노곤함이 묻어 있었다. 이십대. 육체적으로도 정신적으로도 창창해야 할 제 아들 또래의 녀석이 지을 만한 표정은 아니라고 생각되었다.

"자네의 능력에 대해 감탄하고 인정하는 것과 거래를 수락하는 것은 별개의 문제이네."

"그러신가요. 그럼 저는 이곳까지 오는 동안 사람에게 어째서 한 손이 아닌 두 손이 존재하는지 생각해 본 이유를 말씀드려야 겠군요. 제가 강 회장님께 드릴 수 있는 건 달콤한 과실만이 아닙니다. 다른 손에는 과도를 준비했습니다. 과일을 깎아드리기 위해 준비한 이 칼은 작지만 위급한 상황에서는 무기로도 충분히 활용할 수 있죠."

'내 사촌이지만 저런 말을 웃으면서 참 잘한다니까. 것도 재능이지, 재능.'

연아는 자리가 자리인지라 겉으론 내색하지 않았지만 속으로 혀를 끌끌 찼다. 그가 어째서 서윤과 함께 있는 자리를 반드시 피하려고 했는지 그 이유가 이해됐다. 어지간한 여자들은 현후가 강 회장과 설전을 벌이는 모습을 보면서 두렵다 생각할 것이다.

'그녀에게만큼은 조금이라도 착한 인간으로 보이고 싶다 이거지. 웬만한 내숭은 저리 가라 할 정도야, 정말.'

하지만 참 안타깝게도 입과 마음이 따로 노는 것은 현후만이 아니었다. 연아 본인 또한 충분히 이중적인 존재가 될 수 있었다. 현후의 말이 끝나기 무섭게 그녀의 사랑스러워 보이는 입술이 열렸다.

"조금 전의 소개로 제가 오늘 이곳을 왜 찾아왔는지 충분히 짐작하셨으리라 생각해요, 아버님. 태현은 친절하고 유머 있는 남자였어요. 그래서 저는 그를 진심으로 사랑했죠. 그가 이미 결혼해서 아내가 있는 남자란 사실을 알기 전까지 말이에요. 애정과 증오는 동전의 양면과도 같다는 말이 있더군요. 태현을 사랑한 만큼 제가 느낀 배신감과 상처의 크기는 이루 말할 수 없을 정도예요. 사흘 내내 거의 아무것도 먹지 못했을 정도니까요. 때문에…… 우리가 다정하게 주고받았던 여러 문자, 서울 시내 호텔에서 둘이 함께 머물렀던 기록, 전 애인인 저의 증언 등을 합치면…… 간통죄로 고소하는 것은 불가능할지 몰라도 이혼 소송 정도는 충분히 유리하게 이끌어 나갈 수 있다고 생각합니다. 만약 그리된다면 재판에서 지든 이기든 제가 좋아하던 수오그룹의 단정한 이미지는 참 안타깝게도 그 과정에서 상당한 타격을 입게 되겠죠."

현후 못지않게 연아의 말도 흐르는 청산유수였다. 물론 일전에 둘이 호텔에 간 것은 그녀의 생일 축하 파티를 하기 위해서 였을 뿐 간통죄에 해당할 만큼의 진득한 스킨십은 전혀 없었지만 그런 건 아무래도 좋았다. 진드기 같은 태현을 떼어내고 서윤의 독립에 조금이나마 도움이 된다면 연아는 더러운 흙탕물이라도 기꺼이 뒤집어쓸 각오가 되어 있었다.

태현과 서윤의 이혼을 순순히 허락해 준다면 스마트폰 신 보안 시스템 개발에 한발 들여놓도록 해주겠다. 하지만 그렇지 않다면 상당히 시끄러운 이혼 소송을 겪게 될 것이다. 상대방을 배려해 주는 당근과 상대방을 위협하는 채찍. 이는 모든 거래에서 필수적으로 갖춰야 할 요소이다.

'아직 남은 하나의 패는 상대방의 반응을 보고 나서 내놓을지 말지 결정한다.'

'이쪽의 밑천을 굳이 다 보여줄 필요는 없으니까.'

입 밖으로 따로 내뱉지 않아도, 특별한 사인을 주고받지 않아도 현후와 연아의 생각은 일치했다. 제안을 한 보따리 던져 놓은 그들은 접대용 시선과 미소를 유지하며 흐트러짐 없이 앉아 있었다. 그동안 살아오면서 산전수전 다 겪어온 강 회장의 표정 역시 잔잔한 호수처럼 흔들림이 없었으나, 그의 머릿속만큼은 여러 가지 생각으로 복잡해졌다.

'이 여자와 서윤의 관계가 뭔지는 확실히 모르겠지만 놀랍구나. 타인에 불과한 두 사람이 고작 한 사람을 위해 이렇게까지 나설 수 있다는 사실이.'

"당근과 채찍이라……. 단순하면서도 효과적인 좋은 방법이지."

강 회장의 말 한 마디 한 마디에서 육중한 무게감이 느껴진다고 하면 그것은 너무 과장된 표현일까. 연아는 의중을 모르는 상대방의 더딘 반응이 답답해져 앞에 놓인 오미자차를 물처럼 들이켰다.

"그렇게만 생각하시면 섭섭합니다, 회장님. 오늘의 이야기가 서윤에게 초점이 맞추어져서 그렇지 태현의 철없는 행동이 제 사촌 연아에게 큰 상처를 주고 서씨 집안에 모욕을 안겨줬다는 사실 자체가 변하는 것은 아니니까요. 하지만 이 모든 일을 단 하나의 조건으로 끝내려는 것은…… 저와 섬영이 강 회장님과 수오그룹을 그만큼 중요하게 생각하고 있다는 반증이 아니겠습니까."

말 한 마디 한 마디마다 날카롭게 숨어 있는 가시. 서현후 그는 참 똑똑하고 담대했다. 그리고 그런 평가와 상반되게 일정 부분은 괘씸하고 뻔뻔하게 느껴지는 것도 사실이다.

"자신의 능력을 너무 지나치게 과신하는 것은 아닌가."

"그러는 회장님께서야말로 자신의 아들을 지나치게 보호하고 있다는 생각은 하지 않으십니까. 실례되는 말씀이지만 개인적으로 조사를 좀 했습니다. 때문에 서윤이 처음부터 회장님의 마음에 차지 않는 며느리였다는 사실을 잘 알고 있지요. 두 사람을 이혼시키지 않겠다. 이것도 어디까지나 태현을 위해서 내리신 결정이겠죠. 그렇다면 저도 태현을 위해서 처음이자 마지막으로 한 말씀 드리겠습니다. 그가 성장하기 위해서는 어느 정도의 시련도, 실패도 필요합니다. 그리고 무엇보다도 자신의 행동에 책임을 질 줄 알아야 하죠. 그의 철없고 무책임한 행동으로 갈라진 서윤과 태현, 두 사람의 사이를 회장님이 억지로 이어붙이려 한다면 서윤이 불행해지는 것만으로 끝나지 않을 겁니다. 자신의 행동에 책임지는 법을 모르는 그 또한 더 이상 성장하지 못하고 그 자리에 멈춰 있겠죠. 똑같은 실수를 반복하면서요."

강 회장의 입에서 처음으로 침통한 신음성이 흘러나왔다. 현후의 얼굴에서도 형식적으로나마 걸려 있던 미소가 깨끗이 사라지고 침착하게 가라앉은 까만 눈동자만이 형형히 빛나고 있다.

"시답잖은 어린아이가 내세우는 당근과 채찍을 떠나서 어떤 결정이 태현에게 더 도움이 될지 곰곰이 생각해 보십시오. 회장님께서도 정답을 이미 알고 계실 겁니다. 제가 오늘 이 자리에 온 것, 제안을 꺼낸 것은 단지 회장님의 결정이 빨라지도록 이익을 얻어 드리는 것뿐이니까요."

"……어?"

그의 마지막 말만큼은 잘 이해되지 않는다는 듯 연아가 고개를 갸웃거렸다. 할 말을 모두 마친 현후는 자리에서 일어났다. 두 사람의 눈치를 보던 연아도 따라 일어났다.

절도 있고 예의 바른 동작으로 인사를 마친 그는 연아와 함께 문을 향해 걸어갔다. 소파에 앉아 깊은 한숨을 내쉬던 강 회장이 천천히 입을 열었다.

"그만! 이리 와서 앉게. 적어도 대답은…… 듣고 가야 할 게 아닌가."

※　✖　※

한편, 서윤은 집으로 되돌아가는 지하철 안에서 강 회장과의 대화를 가만히 상기해 보았다. 생각하면 생각할수록 너른 백사장에서 하얀 구슬 하나를 찾아야 하는 것처럼 막막한 기분이 들었다.

"하아……."

그녀의 입에서 옅은 한숨이 흘러나왔다. 옆으로 슬쩍 흘러내리는 머리카락을 정리한 서윤은 강 회장의 집무실에 발을 디디면서 꺼두었던 핸드폰의 전원을 다시 켰다. 메시지 하나가 도착했다는 알람이 떴다.

"응? 뭐지?"

혹시 부동산중개소 아주머니가 보내온 것은 아닐까 싶어 서윤은 서둘러 메시지를 확인해 보았다. 발신인은 연아였다.

—서윤이 파이팅! 어떤 상황에서도 포기하지 마. 나는 항상 너를 응원하고 지지할 테니까.

추운 겨울날, 온종일 밖에 서 있다가 따뜻한 커피 한 잔을 들이켠 것처럼 몸 여기저기로 따스한 느낌이 퍼져 나갔다. 심장이 간질간질한 기분이다. 좀 쑥스럽긴 하지만, 자신을 응원해 주는 사람이 있다는 건 정말 기분 좋은 일이었다.

그 순간, 액정 위로 전화가 왔다는 표시가 떴다. 그녀가 오늘 한번 찾아가 볼까 하던 부동산중개소 아주머니의 번호였다. 서윤은 황급히 전화를 받았다.

"아주머니, 안녕하세요. 무슨 일이에요?"

[서윤 씨, 지금 통화해도 괜찮지? 있잖아, 오늘 오전에 한 남자가…….]

✠　✖　✠

"서윤아, 어쩌면 너는 정말 무서운 놈에게 찍힌 건지도 모르겠구나."

집무실의 일부분을 점거하고 있던 손님들이 되돌아가고 그 홀로 남게 되자 창가에 다가선 강 회장의 입에서 씁쓸함과 걱정이 뒤섞인 목소리가 흘러나왔다. 이전보다 흐릿해진 하늘은 금방이라도 비가 쏟아져 내릴 것 같았다.

타인의 속내와 의중을 헤아리는 혜안과 명석한 두뇌, 빠른 추진력과 과감한 행동력은 높이 살 만했으나 하나의 목표에 대한 그의 집요함과 집착만큼은 노련한 강 회장조차 조금 두렵게 느껴졌다.

"……네가 그에게 휘둘려 중심을 잃지 않으려면 지금보다 더 강해져야 하고 굳건해져야겠지. 나는 이제 그것만을 조용히 빌어주는 수밖에 없구나."

강 회장은 그간 지켜본 서윤의 모습을 하나하나 떠올려 보았다. 당당한 태도로 인사를 하러 온 첫 만남의 순간부터 기죽고 무기력하던 지난날의 모습, 생기를 조금씩 되찾고 있는 최근의 모습까지 전부.

언제부턴가 깨끗한 유리창에 물방울이 하나둘 들러붙기 시작했다. 하늘이 심상치 않다 싶더니 비가 오는 모양이다. 고층에서 내려다보니 거리의 사람들이 모자나 가방 등으로 머리를 가리며 근처 건물이나 편의점으로 뛰어가는 모습이 또렷하게 보였다.

"한잔하기 좋은 날씨군."

강 회장은 천천히 중얼거렸다. 서윤을, 그리고 현후와 연아를 상대하면서 심력을 쏟아부은 탓일까. 보통 사람들의 감성처럼 오늘은 왠지 노릇노릇한 파전에 막걸리가 생각났다.

똑똑.

정중한 노크 끝에 문이 열리고 윤 비서가 다가왔다.

"회장님, 30분 후에 회의 장소로 이동하셔야 합니다."

"알았네."

평소처럼 간결한 답이 돌아왔고, 그녀는 예를 갖춘 후 조용히 물러나고자 했다. 그 순간 망설이듯 덧붙이는 말이 들려왔다.

"태현에게 8시 휴원에서 보자고 좀 전해주게."

"알겠습니다, 회장님."

저녁 8시. VIP 고객들이 개인적으로 한잔하거나 손님을 대접할 때 주로 애용한다는 가게 중 하나인 휴원 앞. 벤츠의 문이 열리고 한 남자가 내렸다.

본래 오후쯤 서윤에게 돌아가려 한 태현은 윤 비서의 연락을 받은 후 본가에서 내내 뒹굴다가 이제야 밖으로 나왔다. 그의 표정은 조금 일그러져 있었다. 분명 서윤과의 이혼에 대해서 한 말씀 하려고 부르신 거겠지. 강 회장의 얼굴과 목소리를 떠올린 태현은 평소와 달리 조금 기죽은 모습으로 직원의 안내를 받아 예약된 룸으로 걸음을 옮겼다.

전통 한옥에서나 볼 수 있을 법한 문 앞에는 조선시대의 주막에 어울릴 듯한 작은 등불 두 개가 양측에서 은은한 빛을 뿌리며 매달려 있다. 직원이 조심스럽게 문을 열어주었다.

한국의 전통미를 현대적 관점에서 인테리어에 잘 접목시켰다는 평을 듣는 가게답게 룸 안도 멋스럽게 꾸며져 있었다. 장식용으로 위엄 있게 서 있는 병풍의 소나무 그림도 제법 봐줄 만했고, 커다란 상과 소품으로 놓인 작은 서랍장도 고급 원목으로 만들어진 것이었다. 매끄러운 비단이 사용된 붉은 방석 또한 그의 시선을 잠시나마 사로잡았다. 강 회장은 하얀 자기 주전자에 담긴 차를 따라 마시며 앉아 있었다.

"앉아라. 그렇잖아도 슬슬 음식이 나올 때가 됐구나."

이 세상 누구보다도 가까워야 할 부모 자식 관계지만, 태현에게 강 회장은 타인보다 더 어려운 존재였다. 그는 인상을 찌푸리지 않기 위해 노력하며 곧 나올 음식에 모든 신경을 집중하리라 다짐했다.

　고급스러운 백색과 청색 그릇에 담겨 나오는 음식의 수는 얼핏 보아도 20여 가지에 이르렀다. 황태구이와 신선로, 노릇노릇하게 잘 구워진 파전과 각종 전 등 보기만 해도 먹음직스러워 보이는 음식이 한 상 가득 펼쳐졌다. 서빙을 끝낸 직원들이 물러나자 강 회장이 백색 주전자에 담긴 막걸리를 태현의 잔에 그득 부어주었다.

　"오늘은 왠지 전과 막걸리가 생각나더구나."

　"······네. 저도 한잔 따라드릴게요."

　서로의 잔에 술을 채운 두 부자는 잠시 말이 없었다. 태현은 예전부터 이런 침묵이 숨 막히도록 답답하게 느껴졌다. 눈앞에 아무리 맛있는 진수성찬이 펼쳐져 있으면 뭐 하는가. 이 같은 분위기에서는 한 입만 먹어도 바로 체할 것 같은데.

　강 회장 역시 태현이 자신의 앞에만 서면 바짝 긴장하고 기가 죽는다는 사실을 어느 정도 눈치채고 있었다. 태현에게 조금만 상냥하게 대해 달라고 이야기하던 서윤과 아들을 너무 감싸고만 돌지 말라던 현후의 모습이 번갈아 떠올랐다.

　참 어렵다, 좋은 아버지가 된다는 건. 차라리 가면을 뒤집어 쓴 정·재계의 사람들을 수십 번 상대하는 일이 더 쉬울지도 모르겠다.

　지금 이 순간에도 강 회장은 좋은 아버지가 될 수 없었다. 철

없고 미성숙한 태현의 가슴에 다시 한 번 비수를 박아야 했으니까. 입안이 새삼 씁쓸해져 강 회장은 막걸리를 한 사발 들이켜고 입을 열었다.

"내가 무슨 이야기를 하고 싶어 하는지 너도 대강은 짐작하고 있으리라 생각한다."

"서윤이에겐 제대로 사과할 생각이에요. 지금은 분위기가 좀 안 좋지만 곧 괜찮아질 거예요. 신경 쓰지 마세요."

태현이 선수 치듯 빠르게 이야기했다. 강 회장은 여전히 굳은 표정으로 그의 얼굴을 바라보다가 입을 열었다.

"네가 그 애와의 결혼 허락을 받으려 할 때가 생각나더구나. 처음에 나는 네 엄마 못지않게 둘의 결혼을 반대하는 입장이었다. 서윤이가 딱히 밉거나 싫은 건 아니었다. 단순히 인물만 놓고 보자면 그 애가 너보다 뛰어난 점이 많았으면 많았지 모자라지는 않았으니까. 하지만 그 애의 집안이, 그 애가 여태껏 살아온 환경이 우리와 너무 많이 다르다는 점에서 걱정되었다. 이 세상 모든 부부에게 해당되는 말은 아니지만, 참 기묘하게도 부부라는 관계는 시간이 지나면 지날수록 상대방 자체를 본다기보다는 그 주변 환경과 조건을 보게 되더구나. 지금은 좋아서 어쩔 줄 모른다 해도 예정된 끝이 보이니까. 그게 싫었던 거지."

"……죄송합니다, 아버지."

"오늘 낮에 서윤이를 만났다. 그 애도 내게 그런 말을 하더구나."

"서윤이를요? 걔가 뭐, 뭐라고 했어요?"

"네가 충분히 매력적인 사람이라고 얘기하더구나. 그리고 너
와 앞으로 남은 시간을 함께하기에는 각자의 생각이나 가치관
등이 너무 다르다는 사실을 깨달았다고도 말했지."

"……."

"그리고 현후와 연아라는 아이도 만나봤다. 맹랑하게도 그 아
이들이 날 직접 찾아왔더구나."

"아버지, 잠깐만요! 걔네들은……."

"네가 친절하게 설명해 주지 않아도 이 아비도 대략의 사정은
알고 있단다. 두 사람 다 서윤의 이혼을 적극적으로 지지하고
있더구나."

"현후는 제게 처음부터 계획적으로 접근한 거예요. 연아 걔
도…… 저를 무슨 꿍꿍이로 만나왔는지 모르고요."

강 회장의 입에서 옅은 한숨이 흘러나왔다. 한숨을 쉬는 건
그리 좋지 못한 행동이라는 사실을 잘 알고 있지만, 지나간 자
신의 행동을 감추고 덮는 것에만 급급한 아들의 모습을 마주하
자니 가슴이 답답해서 어쩔 수 없었다.

현후와 연아가 돌아간 후 강 회장은 윤 비서를 시켜 연아에
대해 간단하게나마 알아오도록 지시했다. 현후가 제 아들에게
계획적으로 접근했다는 말에는 어느 정도 동의할 수 있었지만,

적어도 그녀가 태현을 만나온 것은 평범한 연애 목적에서였다.

"나는 네가 그 애를 처음 만났을 때 이미 결혼했다는 사실을 밝히지 않은 것으로 알고 있다만."

"그, 그건……."

"너와 서윤 사이에 문제가 생겼다는 사실은 진즉 눈치챘지만, 누구의 편도 들고 싶지 않아 그간 가만히 있었다. 하지만 그게 큰 실수였던 것 같구나. 나는 네 철없는 행동을 말리지 않았고, 너는 여전히 정신을 못 차렸으며, 서윤이는 완전히 지쳐 버렸지. 이런 상황에서는 불행하게도 내가 처음 한 말을 번복할 수밖에 없지."

"그게 무슨 뜻이에요?"

태현이 인상을 살짝 찌푸리며 반문했다. 일말의 망설임과 미련, 흔들림을 정리한 강 회장은 무덤덤한 얼굴로 입을 열었다.

"네 힘으로 서윤의 마음을 되돌리지 못한다면 나는 두 사람의 이혼을 허락할 생각이다."

✠　✠　✠

2개월 후.

춥던 날씨가 한풀 꺾이면서 시간은 어느덧 3월 말로 접어들었다. 조금은 부드러워진 바람이 봄이 한 발자국 성큼 다가왔음을 말해주고 있었다. 그래도 아침저녁에는 아직 1, 2월 못지않게 추웠다.

서윤은 가스, 조명 등을 마지막으로 한 번 더 점검하고 나서 집을 나섰다. 새로 이사한 원룸은 비좁긴 했지만 갖출 것은 다 갖추고 있어서 큰 불편함 없이 생활할 수 있었다. 보증금이 적고 월세가 싼 대신 지하철역이나 버스정류장이 조금 멀고 주변에 상권이 발달하지 않은 점은 불편했지만 그럭저럭 견딜 만했다.

"이번 버스 놓치면 늦는데……."

늦잠을 자는 바람에 아침밥을 못 챙겨 먹어 기운이 없었지만 그래도 열심히 뛴 덕분일까, 서윤은 막 떠나려는 버스에 간신히 몸을 실을 수 있었다. 출근하려는 사람들로 꽉 찬 버스가 금방이라도 터질 듯 위태로워 보였다.

"후아, 죽는 줄 알았네."

다섯 정거장 후에 내린 서윤이 교통카드를 주머니에 집어넣으며 중얼거렸다. 그녀는 동사무소의 문을 힘차게 열고 들어섰다.

"안녕하세요?"

서윤은 3월부터 이곳 동사무소에서 계약직 행정 보조로 약 1년간 근무하게 되었다. 내년 2월까지만 근무하는 임시직이지만, 집에서 가깝고 업무 수준이나 시간 대비 임금이 꽤 괜찮은 편이었다. 고졸 채용 바람이 불면서 공공기관에도 이처럼 고졸 출신을 우선적으로 뽑는 자리가 생겼기에 혹시나 싶은 마음에 지원했는데 다행히도 합격의 기쁨을 누릴 수 있었다.

"서윤 씨, 이것 각각 여덟 장씩만 복사해서 직원들에게 나눠 줄래?"

"네, 알겠어요."

행정 보조 일은 그다지 어렵지 않았다. 같이 근무하는 정직원들도 다들 성격이 무난하고 좋은 편이라 일에도, 근무 환경에도 빠르게 적응할 수 있었다. 서윤은 부탁받은 복사 일을 빠르게 마치고 자리에 앉았다. 계장님이 어제 부탁하신 서류 정리를 점심시간 전까지는 끝낼 생각이었다.

창 너머로 보이는 하늘이 푸르렀다. 오늘은 하루 종일 날씨가 좋을 것 같다. 이 일을 시작한 지 벌써 3주가 넘었다. 태현과 헤어진 지도 어느새 한 달이 됐다.

1, 2월 달에는 일일이 설명하기도 힘들 만큼 많은 일이 있었다. 우선 하늘이 도우셨는지 친정집이 거래가보다 조금 낮은 가격으로 매매가 이루어졌기에 서윤의 수중에 급한 상황을 타개할 만한 목돈이 쥐어졌다. 그녀는 태현과 협의 이혼 절차를 밟으면서 이혼 숙려 기간 동안 어머니의 병원을 옮기고 현재 거주하고 있는 원룸을 계약했다.

서윤과 강 회장의 의사가 적극 반영된 이혼을 앞두고 태현은 많이 힘들어했다. 그녀에게 불같이 화를 내기도 하고 애원하듯 사정하기도 하면서 그의 감정은 하루에도 몇 번씩 극과 극을 달렸다. 하지만 시간이 지나고 이혼 절차가 진행될수록 보다 명확하게 다가오는 현실 앞에서 그는 기어코 눈물을 보이고 말았다. 여태껏 태현을 알고 지내오면서 처음 보는 그의 눈물이었다.

서윤 또한 그 순간만큼은 함께 울었다. 그동안 고마웠고 원망했고 미안했다고 솔직하게 털어놓았다.

"내게 누군가를 사랑하는 기쁨을 알려줘서 고마워. 그리고…… 그 어느 순간에도 내가 사랑에서든 삶에서든 주체가 돼야 한다는 사실을 깨닫게 해줘서 고마워."

그 후 태현은 일주일간 여행을 떠났다가 서울로 돌아왔다. 헬쑥한 느낌의 얼굴은 복잡하던 마음이 어느 정도는 정리된 듯 한결 가벼워 보였다.

"그동안…… 순간순간의 내 마음, 내 생각이 제일 중요하다는 이유를 대면서 기분 내키는 대로 행동하고 철없이 굴었어. 미안해. 널…… 좀 더 성숙하게 아껴주고 사랑해 주지 못해서."

그는 다음 학기에 휴학을 하고 아버지인 강 회장과 제 미래에 대해서 제대로 된 이야기를 나누어보고 싶다고 했다. 과를 바꾸겠다는 말을 할 생각인가. 내용을 섣불리 짐작하는 것은 곤란했지만, 서윤은 정체된 현실에서 한 발자국 앞으로 나아가려는 그의 결정을 응원했다.

곰곰이 생각해 보면 이제 스물두 살. 서윤과 태현은 아직 어렸고, 지금까지 살아온 날보다 앞으로 살아갈 날이 훨씬 더 많았다. 자신이 잘못했다는 인식을 갖는 순간, 무언가 바꾸어보겠다고 마음먹는 순간 그들은 얼마든지 달라질 수 있었다.

서윤의 뇌리에서 끊임없이 흔들리던 미래는 어느새 일부나마 현실이 되어 일상으로 다가왔다.

동사무소에서 제공하는 오늘 점심은 시원한 콩나물국에 불고기, 오이무침과 건새우볶음으로 구성되어 있었다. 서윤은 급식판에 밥과 국, 반찬을 조금씩 덜어 가지고 자리에 앉았다. 그녀의 주변으로 다른 여직원들도 하나둘 앉으며 수다의 장이 펼쳐졌다.

"서윤 씨, 일하면서 공부하려면 엄청 힘들겠다. 진도는 잘 나가?"

"친구들이 여러모로 도와줘서 할 만해요. 계장님을 비롯해서 직원분들도 친절하게 대해주시고……. 고마운 사람들이 참 많아요."

친구들, 고마운 사람들. 이런 단어들을 자신 있게 말할 수 있다는 건 참 행복한 일이었다. 서윤의 뇌리로 현후와 연아, 설민의 얼굴이 차례차례 스쳐 지나갔다. 그리고 전 남편인 태현과 시아버지인 강 회장의 얼굴도 살며시 떠올랐다.

자신을 많이 힘들게 했지만, 나중에는 미안하다 사과하여 마음의 앙금을 깨끗이 씻어준 태현과 이혼 과정이 순조롭게 진행되도록 도와주고 어머니의 입원비 및 병원비 등을 고려하여 거액의 위자료를 안겨주려고 했던 시아버님. 그 과정에서 정 여사와 아라는 그녀를 못 잡아먹어 한이 맺힌 듯 길길이 날뛰어댔다.

서윤은 처음 생각대로 '그동안 어머니를 보살펴 주신 것만으로도 충분히 감사하게 생각하고 있으며, 이후까지 배려해 주신 따뜻한 마음만 감사히 받겠다'고 정중하게 말씀드리며 위자료 받는 것을 거절했다. 그럼에도 불구하고 강 회장은 서윤이 현재의 원룸을 구하고 계약할 때, 어머니를 다른 병원으로 옮길 때 윤 비서를 시켜 이런저런 도움을 많이 주었다. 한없이 부족하고 못난 며느리를 마지막까지 감싸 안아주시는 모습에 서윤은 정말 죄송스럽고 고마웠다.

6시, 직장인이라면 누구나 즐거워할 퇴근 시간이 되었다. 근무를 마친 서윤이 동사무소 문을 열고 나오니 익숙한 실루엣이 보인다.

"일 잘했어? 땡땡이는 안 쳤고?"

"내가 너니?"

"무슨 그런 섭한 말씀을. 내가 요즘 수업을 얼마나 열심히 듣고 있는데. 교수님들이 제일 예뻐하는 학생이 바로 나라니까. 저녁이나 먹으러 가자. 뭐 먹고 싶어?"

눈웃음을 실실 지으며 물어오는 현후의 하얀 얼굴이 오늘따라 더 잘나 보이는 것은 서윤의 착각일까. 나란히 걸어가는 두 사람의 뒤로 아직은 제법 서늘하지만 그 끝에 따스한 기운을 품고 있는 바람이 불어온다.

중요한 것은 그와 그녀가, 그들이 서로를 확실하게 인식하고 있다는 점. 새로운 인생을 설계하느라 바쁜 서윤과 그런 그녀를 말없이 지켜봐 주는 현후. 둘 중 누구도 서로를 재촉하지 않고 상대방을 구속하려 들지 않았다.

그저 믿고 기다릴 뿐이다. 서윤이 본인의 삶에서 다시 주체로 우뚝 설 때까지. 지난 사랑의 상처와 흔적을 정리하고 새로운 사랑을 시작할 준비가 될 때까지.

역 근처의 쌀국수 체인점 안.

"쌀국수 오랜만에 먹으니까 완전 맛있다."

"여기 국물 맛이 꽤 괜찮다니까. 가끔 생각나기도 하고. 아, 그나저나 전자책 준비는 잘 되어가고 있어?"

따뜻한 국물을 후르르 들이켠 현후가 기대감을 잔뜩 담은 눈동자로 물어왔다. 서윤은 조금 쑥스러운 기분이 들어 그의 시선을 살며시 피하며 입을 열었다.

"집에 들어가면 컴퓨터 앞에만 거의 매달려 있어. 생각보다 퇴고할 부분이 많더라고."

"처음이라 그럴 거야. 차츰 하다 보면 익숙해지고 요령도 생기겠지. 흠, 이제 좀 있으면 작가님이라고 불러야 하나?"

"어우, 야. 그러지 마. 닭살 돋아."

지난겨울 그녀가 참가한 소설 공모전은 2월 말에 수상자를 발표했다. 열 명 남짓한 수상자 목록에 서윤의 이름은 없었다. 많이 아쉽긴 했지만 첫 도전인 만큼 당연하다면 당연한 결과라 생각되었다.

현후와 연아, 설민은 앞으로 더 좋은 기회가 있을 거라며 격려해 주었다. 민준과는 탈락자들끼리 아쉬움을 달래는 조촐한 술자리를 갖기도 했다. 그로부터 일주일이 조금 지났을 때, 서윤은 한 통의 메일을 받았다.

―안녕하세요. 로맨틱팩토리의 콘텐츠팀 이지영 대리입니다. 오늘 메일을 드린 이유는 '나는 작가다' 장르소설 공모전에 출품하신 작품 '결혼을 반납하다'의 전자책 출간을 제안 드리기 위해서입니다.

저는 이번 장르소설 공모전 로맨스 분야의 심사위원으로 활동했으며, 이서윤님의 작품 또한 살펴볼 기회가 있었습니다. 비록 이번 공모전에서는 간발의 차로 아쉽게 수상작에 들지 못했지만 '결혼을 반납하다'는 담담한 문체로 주인공들의 심리를 섬세하게 표현한 점이 돋보이는 좋은 글이라 생각합니다. 저희 로맨틱팩토리의 출간 방향과도 잘 맞으며 앞으로의 가능성이 큰 작품이라고 생각하여 이렇게 출간 제안을 드리게 되었습니다.

작가님의 '결혼을 반납하다'를 로맨틱팩토리를 통해 출간할 의향이 있으신지 여쭙고 싶습니다. 만약 전자책 출간에 관심이 있으시다면 답장 주세요. 더 자세한 설명을 드리겠습니다.

전혀 예상하지 못했고 기대하지 않았던 메일. 서윤은 설레는 마음으로 답장을 보냈고, 담당자와 통화하면서 전자책 출간 과정을 자세하게 설명 들을 수 있었다. 그리고 이번 주 금요일까지 해당 출판사에 원고를 수정해서 보내주기로 했다.

요즘 같은 시대에 전자책 하나 출간하는 거야 어디 가서 명함도 못 내밀 일이라곤 하지만, 그래도 자신의 이름으로 낸 책이 세상에 존재한다는 사실이 한없이 신기하면서도 기쁘게 느껴졌다.

"원고 다 수정하고 나면 다시 열공해야 하는 거 알지? 요즘 너무 해이해졌어, 이서윤 학생."

"네, 네, 선생님. 알겠습니다."

괜찮다 하는데도 그는 오늘도 서윤을 집 앞까지 바래다주었다. 서윤은 원룸 건물 안으로 들어가는 척하다가 바깥으로 다시

나왔다. 오늘만큼은 자신이 그의 뒷모습을 바라봐 주고 싶었기 때문이다.

"아……!"

현후는 아직 그 자리에 서서 그녀의 방이 있는 3층을 올려다 보고 있었다. 당황해하던 서윤의 까만 눈동자와 시선이 마주쳐 버렸다. 피식 웃은 현후가 그녀의 곁으로 다가왔다.

"왜, 내가 보고 싶어서 다시 나왔어?"

"그렇다기보단……."

"흐음."

잠시 망설이는 듯하던 현후가 그녀의 이마에 입술을 살짝 부딪쳐 왔다. 서윤이 두 눈을 깜박이며 그의 얼굴을 빤히 쳐다보 자 하얀 얼굴이 조금씩 붉게 물들어갔다.

"어…… 그럼 난 이만 가볼게!"

말썽을 피운 어린아이가 현장에서 줄행랑치듯 그녀의 시야에 서 빠르게 사라져 가는 현후의 뒷모습. 어찌 됐든 처음 목적대 로 그의 뒷모습을 지켜볼 수 있었다. 서윤의 입가에는 옅은 미 소가, 볼에는 수줍은 홍조가 어렸다.

이제 집에 들어가서 씻고 커피나 한 잔 마실까나. 어쩌면 오 늘 원고 수정을 다 끝낼 수 있을지도 모르겠다. 밤새 설레서 잠 을 이루기 힘들 것 같은 느낌이 든다.

　　　　✠　　　✠　　　✠

　8개월 후. 전국의 고3들과 재수생들을 속박하고 압박하던 수능이 그 거대한 막을 내렸다.

　때문에 현후와 서윤, 연아, 설민은 모처럼 한자리에 뭉치게 되었다. 오늘 하루 종일 문제지와 씨름을 한 서윤과 설민의 노고를 기리고 그동안 공부하느라 애쓴 몸에 영양을 보충해 주기 위함이었다.

　"맛있겠다."

　그들은 현후가 미리 예약해 둔 유명한 샤브샤브 집에 자리를 잡았다. 육수가 보글보글 끓는 모습을 보며 연아가 입맛을 쩝쩝 다셨다. 맞은편에 앉아 있던 현후가 작게 핀잔을 주었다.

　"너는 뭐 한 게 있다고 배고픈데?"

　"어머, 어머, 애 좀 봐. 네가 지금 이 자리에 앉아 있는 것만으로도 내가 얼마나 많은 일을 했는지 모르겠어?"

　연아가 서윤과 현후의 얼굴을 번갈아 쳐다보며 말했다. 물을 마시고 있던 서윤은 하마터면 사레가 들릴 뻔했다. 현후는 조금 머쓱해진 얼굴로 인상을 찌푸린 채 연아를 뚫어져라 쳐다보았다.

　"……샤브샤브 먹으러 온 거 아니었어요?"

　맛있는 음식 목에 걸리게 하지 말고 신경전은 둘이 밖에 나가

서 오붓하게 벌이고 와요. 어딘지 모르게 뚱해 보이는 표정의 설민이 야채와 버섯을 육수에 집어 넣으며 말했다.

"그래."

서윤 또한 젓가락을 들어 숙주나물을 냄비에 한 움큼 집어 넣었다. 현후도 집게로 고기를 집어 넣으면서 말했다.

"둘 다 많이 먹어. 그동안 완전 수고했어."

현후답지 않은 상냥한 말투에 설민이 인상을 찌푸리며 그를 쳐다보았다. 그래, 지금 승자의 여유를 부린다 이거지.

하지만 게임은 아직 끝난 것이 아니었다. 축구도 후반전이 더 흥미진진하고 격렬하지 않은가. 자고로 사람은 가까이 있으면, 자주 보면 정든다고 했다. 설민이 착하고 귀여운 남동생의 얼굴을 한 채 서윤에게 말했다.

"서윤 누나, 나중에 가채점 하고 나면 둘이 함께 입시 전략 짜 봐요."

"네가 그렇게 말해주니 고마운데? 같이 머리 싸매고 노력해 보자. 요새는 수능 끝났다고 다 끝난 게 아니라니까. 입시 전략 설명회 쫓아다니고, 배치표 보는 것도 일이야, 일."

그녀가 옅게 웃으면서 화답해 왔다. 다 익은 야채와 고기를 각자의 접시에 덜어주던 현후가 넉살 좋게 웃으면서 끼어들었다.

"그런 일에 파워 브레인인 내가 빠질 수 없지. 둘 다 이 형님만 믿고 따라와."

"됐거든요. 하루가 멀다 하고 세부 요강이나 지원 조건이 바뀌는 게 입시인데, 한참 전에 수능을 본 현후 형이 무슨 도움이 되겠어요?"

설민이 여유로운 미소를 지어 보이며 대꾸했다. 연아는 서윤을 둘러싼 그들의 신경전을 재미있게 구경하며 야채와 고기를 칠리소스에 쿡 찍어 먹었다. 아, 맛있어. 재미난 구경까지 곁들이니 더 꿀맛이네.

혹자는 그래도 친동생이나 마찬가지인 설민이 이루어지지 못할 사랑에 목을 매고 있으니 누나로서 말려야 하는 거 아니냐고 말할지도 모르겠지만, 연아는 그럴 생각이 전혀 없었다. 사랑의 감정이라는 게 누군가 말려서 끝낼 수 있는 것도 아니고, 실연의 아픔이란 본인이 알아서 마음을 정리하거나 새로운 사랑을 찾을 때까지 누구나 한 번쯤은 앓게 되는 열병과도 같은 것이니까.

"수능이 끝나도 우리 서윤인 여전히 바쁘겠네. 동사무소 근무도 2월까지는 해야 하고, 또 다음 차기작도 슬슬 준비할 거라며? 우린 언제야 마음 놓고 함께 놀 수 있지?"

연아가 장난스럽게 입술을 삐죽이며 말했다.

"그러고 보니 궁금하네. 다음 작품은 어떤 콘셉트로 잡았어?"

호기심 어린 친구들과 설민의 시선에 서윤이 쑥스러워하며 답했다.

"이번에는 로맨스 판타지 작품을 하나 써볼까 해."

서윤의 첫 전자책 '결혼을 반납하다'는 소위 말해 대박을 치지는 못했다. 하지만 평균 이상의 판매량을 기록했고, 대체적으로 좋은 리뷰를 받았다는 점에서 고무될 만했다. 생각보다 나쁘지 않은 반응에 서윤은 자신감이 조금 붙은 상태였다. 이번 입시 난관을 잘 헤쳐 나가서 원래 계획대로 내년에 국문과나 문예창작과에 입학하게 된다면 앞으로 글을 써 나가는 데 큰 도움이 되리라.

그동안 밀린 이야기들을 나누며 소중한 사람들과 함께하는 저녁 식사는 그 어느 때보다도 맛있고 분위기 또한 즐겁고 따스했다. 불과 1년 전에는 상상하기조차 힘든 행복이다. 서윤은 다시 한 번 친구들 및 주변의 소중한 인연들에 대해 감사하는 마음을 되새겨 보았다.

✠　✖　✠

해를 넘겨서 다시 찾아온 2월. 오늘은 진명대학교 진무대강당에서 입학식이 열리는 날이었다. 새내기들의 설레는 마음에 찬물을 끼얹으려는 듯 조금 수그러들던 추위가 다시 기승을 부렸다. 때문에 서윤은 두툼한 코트를 걸치고 목도리와 장갑을 이용해서 바람을 최대한 차단한 상태이다.

그녀는 2월 월차를 사용해서 오늘은 근무를 쉬고 입학식에 참석했다. 교과서를 그대로 읽는 듯한 학교 설명 및 총장의 연설 등으로 상당히 지루할 법도 하련만, 바라던 대학교 중 하나에 입학했다는 기쁨과 설렘 때문인지 모든 과정이 다 좋게만 보였다.

12월 수능 시험 성적이 통보된 결과, 고등학교 1학년 때부터 수학과 영어를 비롯하여 전 과목에서 우수한 성적을 거두어온 설민은 이번 수능도 상당히 잘 치러냈다. 소위 말해 서울의 웬만한 대학은 입맛대로 골라서 갈 수준이었다.

서윤은 비록 그에 미치지는 못하지만 한창 공부하던 고등학교 시절 성적의 90%까지 점수를 끌어올리는 데 성공했다. 현후가 수학을, 설민이 영어를 틈틈이 도와준 덕분이다. 때문에 서윤은 다양한 학교에 원서를 접수할 수 있었다. 자신의 성적보다 커트라인이 훨씬 높은 한국대학교 국어국문과에 배짱 지원도 해보고, 성적 커트라인이 조금 못 미치는 진명대학교 문예창작과에 소신 지원도 해보고, 그녀의 성적보다 커트라인이 낮은 서한대학교 국어국문과에 하향 지원도 해보았다.

진명대학교 문예창작과의 경우, 수능 성적뿐만 아니라 실기 및 면접 성적을 함께 반영하기 때문에 서윤은 어느 정도 가능성이 있다고 보았다. 그녀는 남은 기간 동안 실기와 면접을 성실하게 준비했고, 그 과정에서 전자책을 출간한 경험은 꽤 도움이 되었다.

결국 그녀는 현후가 재학하고 있는 한국대학교 합격은 실패했지만 연아가 재학하고 있는 진명대학교, 합격선 안에 들었던 서한대학교에는 거뜬히 합격하여 대학 입학의 기쁨을 누릴 수 있었다. 언론 분야의 진로를 생각하고 있는 설민은 한참 고민한 끝에 한국대학교 커뮤니케이션 학부에 들어갔다.

입학식이 끝나고 난 후 그녀는 주변 건물들을 둘러보며 남다른 감회에 젖어들었다. 작년 2월에는 어긋나 버린 인연을 정리하기 위해 발버둥 쳤다면, 올 2월에는 본인의 노력과 주변 사람들의 도움 덕분에 새로운 경험과 인연의 장(場)에 발을 당당히 내디딜 수 있게 되었다. 잃어버린 채 방치해 둔 삶의 주도권을 조금이나마 되찾은 기분이다.

"아, 진짜 좋다."

살짝 비탈진 언덕길을 내려가다 말고 몸을 돌려 대학 건물을 다시 한 번 바라본 서윤이 작게 중얼거렸다. 그 순간 익숙하면서도 장난스럽고, 그렇다 해서 장난이라 치부하기에는 진지한 음성이 그녀의 귓가에 와 닿았다.

"저기요, 예쁜 아가씨. 뒷모습이 아주 섹시해서 그런데, 전화번호 좀 알려주시겠어요?"

서윤이 뒤를 돌아보자 찬바람 쌩쌩 부는 겨울 날씨와 어울리지 않게 흐드러지게 핀 분홍 장미 꽃다발이 보인다. 꽃다발을 든 남자는 하얀 얼굴 가득 장난기 어린 미소를 머금고 있었다.

잘난 외모를 지닌 그가 세미 정장 느낌으로 쫙 빼입은 채 꽃다발을 건네고 있기 때문인지 입학식에 참석한 새내기들이 그 근처를 지나가며 힐끔힐끔 시선을 보내왔다. 서로 친분이 있는 듯한 몇몇 여자애는 저희들끼리 수군거리며 그들만의 상상을 펼쳐 나가기도 했다.

"……서현후."

"보자마자 이런 말 하는 건 좀 실례지만, 사귀어주시면 더욱 좋고요."

이 연극의 막을 아직 내릴 생각이 없다는 듯 능청스레 말을 이어가는 녀석 때문에 서윤의 입가에도 미소가 피식 어렸다. 오후의 찬란한 햇빛이 분홍 장미꽃 위에 뿌려진 황금빛 펄을 더욱 반짝반짝 빛나게 만들어주었다.

그동안 기회를 엿보며 무수한 시간 속에서 가만히 숨죽이고 있던 현후는 뛰어난 사냥 감각을 지닌 맹수답게 마침내 찾아온 절호의 순간을 놓치지 않았다. 모든 신경을 쏟아부은 수능이 끝났고, 서윤과 그의 마음에도 이제 한결 여유가 생겼다. 그리고 그들의 노력이 아름다운 결실로 현실화되는 대학 입학식 날, 현후는 가장 완벽한 모습으로 서윤에게 로맨틱하게 다가와 말했다.

"만약 거절하면 어떻게 되죠?"

"다시 한 번 확실하게 말할 건데요. 사귀자, 이서윤."

달콤한 그의 목소리가 주변의 싸늘한 공기에 부드럽게 녹아들었다.

서로의 마음은 진즉부터 알고 있었다. 그들에게 필요한 것은 과거를 정리하고 새로운 미래를 준비하는 시간과 적절한 타이밍뿐.

　서윤은 천천히, 그리고 우아한 동작으로 꽃다발을 받아 들었다. 은은한 향이 그녀의 후각을 부드럽게 자극해 왔다.

　"개강해서 과 남자 동기들 얼굴도 제대로 살펴보기 전에 교제를 허락하는 것은 제게 엄청난 손해인 것 같지만, 장미 꽃다발이 아름다우니까 어쩔 수 없죠."

　"그 사실을 잘 아니까 입학식 날 이렇게 선수 치는 거죠. 정말 안됐지만 한 번 허락한 이상 이서윤은 제 여잡니다. 대학 생활하는 동안 시끄러운 소란이 일어나는 것을 원치 않으신다면 다른 남자들에게는 완전히 관심 꺼두는 게 좋을 거예요."

　중세 귀족들의 담화 같은 진지하고도 우스꽝스러운 둘의 대화에 주변 사람들의 수군거림이 점점 더 커져 갔다. 하지만 현후도 서윤도 크게 개의치 않았다. 지금 이 순간만큼은 이 세상에 단둘만 존재하는 것 같은 착각에 빠져 있으니까.

　어느 겨울, 찬란한 오후의 고백. 두 사람이 함께 걷는 새로운 미래는 지금부터 시작이었다.

에필로그

◆ ◆◆ ◆

오랜만에

5월 말. 이번 여름은 유독 더우리란 징조인지 벌써부터 날씨가 꽤 더웠다. 무더운 길거리를 걷다가 카페 안으로 들어오니 살짝 틀어놓은 에어컨 덕분에 등에 조금 맺혀 있던 땀방울이 한 번에 싹 마르는 느낌이다.

"서윤이는 평소처럼 아메리카노? 오늘은 날씨가 좀 더우니까 아이스로 주문할까?"

"그럼 나야 고맙지."

"야, 난 왜 안 물어봐? 사람 차별해, 지금?"

서윤에게만 의사를 물어본 후 카운터로 달려가는 현후를 향해 연아가 신경질적인 목소리로 외쳤다. 그가 한 대 때려주고 싶을 만큼 얄미운 얼굴로 대꾸했다.

"넌 네가 알아서 시켜 먹어."

"아오, 저걸 그냥 콱!"

"뭐 시킬 건데, 연아야?"

둘의 모습을 가만히 지켜보고 있던 서윤이 옅게 웃으면서 연아에게 물었다. 그녀가 현후 들으란 듯이 큰 소리로 말했다.

"생크림 잔뜩 얹은 아이스초코!"

"현후야, 간 김에 그것도 부탁해."

부드럽게 내뱉은 서윤의 말에 현후가 인상을 슬쩍 찌푸렸지만, 그는 그 부탁을 거절할 만큼 대담하지 못했다. 현후는 결국 연아의 음료까지 주문해 놓고 진동 벨을 받아 자리로 돌아왔다.

"후후후, 서윤이가 내 편인 이상 넌 나한테 절대 안 돼."

연아가 의기양양한 표정으로 손가락을 까딱까딱 흔들며 입을 열었다. 현후가 짐짓 짓궂게 대꾸했다.

"흥이네요. 저번에 너한테 빌린 오천 원, 이걸로 쌤쌤이다?"

"뭐, 이 자식아!"

여느 때처럼 현후와 연아 사이에서 작은 실랑이가 벌어지는 동안 주문한 음료가 나와 서윤이 이를 받아가지고 왔다. 그녀가 제각기 다르게 주문한 음료들을 앞에 내려놓고 쟁반을 옆으로 치우는 순간, 하얀 카페 문에 붙어 있는 작은 종이 청량한 음성을 뽐내더니 한적하던 카페 안에 누군가가 들어왔다. 그들이 면

저 도착해서 기다리고 있던 인물이다.

"태현아."

서윤의 부름에 그가 이쪽을 향해 곧장 걸어왔다. 태현이 들어
온 사실을 인지하자마자 연아와 현후의 다툼이 거짓말처럼 뚝
멈추었다. 그들은 공동의 적 앞에서 일시적으로 휴전을 선언했
다. 참으로 놀라운 단합력이었다.

"오랜만이야, 다들."

보일락 말락 한 옅은 미소를 입가에 띠운 그가 인사말을 건넸
다. 옅은 갈색 머리카락을 검은색으로 재염색한 태현은 이전보
다 한층 더 차분하고 성숙진 모습이었다. 서윤은 예전의 갈색
머리카락도 좋았지만 지금의 까만색 머리카락도 그에게 참 잘
어울린다고 생각했다.

"머리 염색했네? 잘 어울려."

"너도 좋아 보여. 그동안 잘 지낸 것 같아 다행이야."

"……너를 보기 전까진 서윤이는 엄청 잘 지냈지."

옆에서 비꼬듯 작게 들려오는 목소리에 서윤과 태현의 시선이
그쪽으로 향했다. 날이 서 있는 연아의 볼이 통통 불어 있다. 현
후가 그랬다면 서윤이 그의 옆구리라도 한번 꼬집었을 테지만,
상대가 연아다 보니 난감한 표정으로 그냥 웃을 수밖에 없었다.

내 이럴 줄 알았지. 그러니까 저 혼자 만나겠다고 했는데.

태현과 다시 만나는 것은 약 1년 3개월 만의 일이다. 서윤이

여느 때처럼 연아, 현후와 함께 진명대학교 근처에 있는 아담한 카페에서 산더미처럼 쌓인 과제를 하고 있는데 전화 한 통이 걸려왔다. 발신인은 태현. 옆에 있던 연아와 현후의 얼굴이 험악하게 일그러지며 서윤의 핸드폰을 당장에라도 집어 던질 것처럼 노려보았지만, 그녀는 능숙한 태도로 둘을 진정시키고 전화를 받아 들었다.

"여보세요."
[어…… 오랜만이야. 잘 지내?]

조금 떨리는 목소리로 안부를 물어온 태현은 서윤의 시간이 괜찮다면 한번 만나기를 청해왔다. 그 말이 떨어지자마자 연아와 현후가 어찌나 큰 목소리로 안 된다고 외쳤는지 수화기 너머의 그가 곤란해하는 모습이 저절로 연상되었다.

"그래. 한번 보는 것도 나쁘지 않겠지. 시간 언제 괜찮아?"

연아와 현후의 기대를 깨부수는 서윤의 대답에 둘은 절망하다가 자신들도 그 자리에 함께하겠다는 조건을 내세웠다. 태현이 상관없다고 하자 서윤은 그들의 행동을 더 이상 뜯어말리지 않았다. 그리하여 과거 복잡한 인연으로 얽혀 있던 네 사람은 오랜만에 다시 만나게 되었다.

"진명대학교 문예창작과에 합격했다는 소식은 들었어. 축하해."

"고마워. 주변 사람들이 많이 도와주기도 했고 운도 따라준 덕분인걸."

대학에 합격한 후 알고 지내던 주변 사람들에게 축하한다는 소리를 수도 없이 들어왔지만, 태현이 해주는 축하는 조금 더 특별하게 들렸다. 서윤의 입가에 옅은 미소가 걸렸다.

"넌 어떻게 지내?"

현후에게서 그가 경영학과를 그만두고 다른 과로 옮겼다는 이야기는 들었다. 하지만 본인에게서 직접 듣고 싶은지라 서윤은 궁금한 사항들을 뭉뚱그려 물었다.

"나야 뭐……. 내게 경영학과가 잘 안 맞았던 건 너도 알고 있지? 부모님이랑 한동안 대화하고 나서 심리학과로 전과했어. 교양 수업 들으면서 그쪽 분야에 관심이 생겼거든. 이상하게도 아버지를 설득하는 건 생각보다 어렵지 않았는데 어머니가 완고하셔서 진땀 좀 뺐지."

그때의 기억이 떠오르는지 인상을 슬쩍 찌푸리는 태현의 얼굴을 바라보면서 서윤은 그녀가 기억하고 있는 강 회장의 모습을 머릿속으로 찬찬히 그려보았다. 시아버님도 그날 이후 달라지고자 많이 노력하시는 것 같았다.

변화란 어느 한 사람만 바뀐다고 해서 이루어지는 것이 아니다. 모두가 함께 움직여야만, 함께 달라져야만 진정으로 바뀔 수 있었다.

"바꾼 과는 너에게 잘 맞나 봐? 좋아 보이네."

"어. 공부하는 것도 예전보다 즐겁고 마음도 편하고."

정말 잘됐다고 말해주니 태현이 씨익 웃어 보인다. 그 모습을 현후와 연아가 다소 아니꼽다는 시선으로 쳐다보고 있었다.

서윤은 현재의 상황이 문득 꿈처럼 느껴졌다. 자신을 저버린 그를 원망하면서 눈물을 흘리던 일이 엊그제 같은데, 이제는 서로에 대한 나쁜 감정을 조금씩 털어버리고 오래된 친구처럼 이야기를 나누고 있다니.

카페의 잔잔한 음악이 그런 몽롱한 느낌을 한층 더해주었다. 그녀는 앞에 놓인 아이스아메리카노 한 모금을 홀짝 들이켰다.

"아, 맞다. 나, 네가 쓴 책 읽어봤어."

태현이 다소 상기된 목소리로 입을 열었다. 평온하던 서윤의 얼굴이 생각지 못한 당혹감으로 일순 흐트러졌다. 전자책으로 출간된 그녀의 로맨스소설 '결혼을 반납하다' 는 본인과 현후, 태현의 복잡하던 상황을 주요 모티브와 소재로 삼고 있는지라 가슴 한구석이 조금 찔리기도 했고, 그가 그 글을 읽으면서 어떤 생각을 했을지 짐작하는 것이 두렵기도 했다.

"아, 그래? 그거 로맨스소설이라 남자들 취향은 아니었을 텐데."

"문학에 안목이 있는 건 아니라서 뭐라 평가하기 곤란하지만, 장르소설보다는 일반 문학 느낌이 많이 나서 독특하게 느껴지더라고. 등장인물들 심리 묘사도 세세해서 인상적이었고."

"……그렇구나."

문체가 간결하고 단정하다. 심리 묘사가 세세하다. 이런 평은 그녀의 글을 읽은 대부분의 독자에게서 들은 말이지만, 소설의 주요 인물 중 하나인 K의 모티브가 된 태현이 그리 말해주니 새삼 다르게 다가왔다.

서윤의 얼굴이 다소 붉게 물든 가운데 옆자리에 앉은 현후가 그녀의 손을 가만히 붙잡아왔다. 평소보다 힘이 좀 더 들어가 있는 걸 보니 현재의 상황이 어지간히도 마음에 안 드는 듯했다.

"나, 배고파. 서로 뭐 하고 지내는지도 알았으니까 이제 굿바이 인사하고 저녁이나 먹으러 가자."

서윤이 핸드폰의 시계를 쳐다보았다. 5시가 조금 넘어 있다. 저녁을 먹기에는 상식적으로 이른 시각. 더군다나 오늘 점심은 비빔밥으로 든든하게 먹었기 때문에 그리 배고프지도 않을 터이다.

결국 답은 하나다. 현후는 이 자리에서 벗어나 밖으로 나가고 싶은 것이다. 서윤과 태현을 번갈아 쳐다보는 그의 시선이 이글이글 뜨겁다.

이러다가 얼굴 닳겠네. 이보세요, 이거 설마 질투인가요?

서윤의 입에서 옅은 한숨이 흘러나왔다. 남자는 애라더니, 대체 누가 그 말을 했는지 모르겠지만 정말 정답이다.

'뭐, 그래도 예전보다는 사람이 많이 물렁해진 느낌이랄까.'

마음이 참 복잡 미묘했다. 심술 난 어린애 같은 그의 모습이 상당히 어색하면서도 때로는 반갑게 느껴졌다. 이전의 현후는 대부분의 경우 웃고 있었지만, 희로애락의 감정이 잘 드러나지 않았기에 잘 만들어진 인형 같은 느낌이 들었다. 하지만 지금의 그는 보통 사람들처럼 화도 낼 줄 알고 자신의 감정 표현에 보다 충실해졌다.

"분위기가 많이 바뀐 것 같네, 서현후."

태현도 그리 생각했는지 망설이다가 조심스레 운을 뗐다. 그에 비해 현후는 그다지 거리낄 바 없다는 표정으로 시니컬하게 대꾸했다.

"나는 원래 이랬거든. 너야말로 좀 변한 것 같네. 이제는 정신 좀 차렸을라나?"

태현의 속을 대놓고 박박 긁어대는 현후의 모습에 서윤은 무어라 한마디 해줘야 할지 난감해졌다. 연아가 쌤통이라는 듯 입꼬리를 미묘하게 올려 웃고 있다.

하지만 태현의 표정에는 별다른 변화가 나타나지 않았다. 영화나 소설 속 설정처럼 현후와 태현 둘의 영혼이 뒤바뀐 것 같다는 생각을 하며 서윤은 화제를 돌릴 말을 찾기 위해 생각에 잠겼다. 그 순간, 옅은 웃음기를 머금은 태현의 목소리가 들려왔다.

"심리학과 전공 수업을 듣다 보면 재미있는 용어들을 꽤 많이 접하게 돼. 예전에는 미처 인지하지 못했지만 지금 생각해 보니 내 무책임한 행동이나 미성숙한 생각들은 파랑새증후군이나 피터팬증후군과 일맥상통하는 부분이 있더라고."

"그래서 어쩌라고?"

"심리학과 수업을 들으면서 네 생각도 가끔 났어. 너는 다방면으로 아는 게 많으니까 한 번쯤 들어봤을 텐데. 스마일마스크증후군이라고. 항상 밝은 모습을 보여야 한다는 강박감에 사로잡혀 화가 나거나 슬플 때도 무조건 웃는 증상 말이야. 그 증상이 그동안 네가 보여준 모습들과 일치하는 부분이 많다는 사실을 알고 좀 걱정됐는데 오늘 보니 괜한 걱정이었던 것 같네. 다행이야."

그 말을 들은 현후는 할 말을 잃어버린 표정으로 태현을 쳐다보았다. 서윤과 연아도 몇 번이나 두 눈을 깜박였다.

태현이 현후의 말에 이성적으로 대응했을 뿐만 아니라 그에게 말로써 크게 한 방 먹이다니 참으로 놀랄 만한 변화였다. 어쩌면 이 넷 중에서 가장 많이 변한 사람은 태현일지도 모르겠다.

"호오, 대단하네. 현후에게 한 방 먹이다니."

연아가 넋을 살짝 놓은 듯한 현후의 얼굴 앞에 손바닥을 몇 번 흔들어보더니 태현을 향해 말했다. 태현의 얼굴이 조금 경직되는가 싶더니 그가 힘겹게 입을 열었다.

"······하하, 그런가. 있잖아, 조금 뜬금없을지도 모르겠지만······ 다시 만나게 되면 네게 미안하다는 사과를 꼭 하고 싶었어."

서윤은 그제야 태현이 어째서 현후와 연아가 동행해도 괜찮다고 말했는지 알 수 있을 것 같았다. 그는 1년 반 전에는 쓸데없는 자존심과 오기 때문에 인정하지 못한 자신의 잘못을 그녀에게 진심으로 사과하고 싶었던 것이다.

서윤이 바라본 연아의 하얀 얼굴은 밀랍 인형처럼 딱딱하게 굳어 있었다. 예상치 못하고 기대하지 않은 말을 들어서 상당히 놀란 듯했다. 그래도 그녀는 현후와 달리 자신의 표정을 금세 수습했다.

"조금이나마 인간이 돼서 다행이네. 심리학과가 개과천선에 좋긴 좋나봐. 앞으로 내 주변에 너처럼 빌어먹을 놈이 생긴다면 심리학과 전과를 강추해야겠어."

연아의 앙증맞은 입술에서는 평소와 마찬가지로 쿨하고 무심한 대답이 흘러나왔다. 하지만 그녀의 눈동자는 잘게 흔들리고 있었다.

애써 쿨한 척, 아무렇지도 않은 척했어도 연아 또한 태현의 철없는 행동에 깊은 상처를 입었다는 사실을 서윤은 잘 알고 있었다. 다만 속 깊은 그녀는 서윤의 앞에서 그런 감정을 드러내지 않기 위해 무던히 애써왔다. 친구의 따뜻한 배려가 늘 고맙고도 미안했다. 많이 늦긴 했지만 진심 어린 태현의 사과가 연아의 아픈 상처가 빨리 아무는 데 도움이 되었으면 좋겠다.

"그러게. 심리학과가 네게 여러모로 도움도 되고 적성에도 잘 맞는 것처럼 보여."

서윤의 말에 어깨를 한번 으쓱한 태현이 말을 이어 나갔다.

"사실 걱정이 좀 되긴 해. 이쪽은 석사, 박사까지 공부해야 전공을 살려서 일할 수 있다고 들었거든. 하지만 너도 잘 알다시피 내가 끈기도 없고 인내심도 약하잖아. 학사 과정도 무사히 끝마칠 수 있을까 걱정되는데, 석사나 박사까지 공부할 수 있을지 의문이야."

"지금처럼 조금씩 나아지면 되지."

"그렇겠지?"

그리 되묻는 태현의 얼굴에서는 이전에 없던 진지함이 묻어 나왔다.

"나도 언제까지나 생각 없고 철없는 어린애로 존재할 순 없으니까. 너와 헤어진 건 여전히 가슴 아프고 안타까운 일로 남아 있지만, 그래도 그걸 계기로 내가 조금이나마 정신 차리게 되었다는 점은 부정 못 하겠어."

태현이 씁쓸한 미소를 지어 보였다. 폭신한 카페 의자 위에 살포시 놓인 서윤의 손 위로 힘이 바짝 들어간 현후의 손바닥이 올려졌다. 서로를 그리워하는 손가락과 손가락이 만나 깍지를 이뤘다. 그 모습을 확인한 연아가 나지막하게 입을 열었다.

"네게도 더 멋진 인연이 나타날 거야."

"어쩌면 그 인연이 외국인이 될 수도 있겠다. 중간에 미국으로 유학 갈 수도 있거든."

태현이 애써 장난스러운 어조로 대꾸했다.

"너 거기서도 사기 치고 돌아다니면 국제적 범죄자가 되는 거야."

연아가 다소 삐뚠 표정으로 턱을 괸 채 도발적으로 말을 던졌다.

"암, 나라 망신이지."

현후도 한마디 짧게 덧붙였다. 정말이지 죽이 잘 맞는 사촌지간이다.

아슬아슬한 살얼음판을 걷는 것처럼 위태로운 느낌이 감돌던 대화는 6시가 조금 넘어서 끝을 맺었다. 자리에서 일어나기 전 태현은 앞으로도 그녀의 작품 활동을 쭉 응원하겠다면서 서윤이 운영하는 블로그에 이웃을 신청했고, 서윤은 그를 흔쾌히 받아들였다.

네 사람이 자리에서 일어났을 때는 처음 마주하던 순간보다 분위기가 조금 더 누그러져 있었다. 태현을 향한 연아와 현후의 시선은 여전히 곱지 않았지만, 그래도 길을 걷다 우연히 마주치게 되면 떨떠름하게나마 눈길을 던져 줄 분위기였다.

뭐, 그래도 이 정도면 괜찮지 않나? 한 번에 너무 많은 것을 바랄 수는 없다고 서윤은 생각했다.

혹시 못 견딜 정도로 불편하면 어쩌나 걱정한 태현과의 만남은 생각보다 괜찮았다. 비 온 뒤 땅이 더 단단하게 굳는 것처럼 그들 모두 한차례 큰일을 겪고 나서 나름대로 수확을 거두고 한 뼘 더 성장한 것 같았다.

카페 문을 열고 바깥으로 나서자 해가 저물어 주홍과 남색, 보라색이 아름답게 뒤섞인 한 폭의 그림 같은 하늘이 그들을 맞아주었다. 어디선가 제법 선선한 바람도 불어왔다.

"오늘 만나서 정말 반가웠어, 서윤아. 고마워."

"나도 반가웠어. 기말시험 잘 봐."

"응, 너도."

태현과 서윤, 연아, 현후는 짧게 인사를 마치고 각자 가야 할 방향으로 뒤돌아섰다. 이렇게 그들의 과거는 새로운 기억들에 조금씩 묻혀갔다. 그리고 새로운 내일이, 새로운 6월이 그들을 기다리고 있었다.

외전 1

◆━◆◆◆━◆

내 남자친구의 소유욕과 질투에 관한 고찰

━Q. 제 남자친구는 제가 중고등학교 남자 동창들과 카톡을 하거나 전화를 하거나 만나는 꼴을 도통 못 봐요. 대학 친구들도 마찬가지고요. 질투하는 모습이 가끔은 귀엽게 느껴지기도 하지만, 어떤 때는 좀 답답하게 다가와요. 대체 어떻게 하면 좋을까요?

"이런 문제는 서로 적당히 타협하고 조율해야지, 뭐."

인터넷 서핑을 하다가 모 사이트 고민 톡에 올라온 연애 관련 글을 스쳐 지나가듯 접했을 때만 하더라도 서윤은 자신과는 전혀 상관없는 다른 세계의 이야기인 줄 알았다. 그런데 쓸데없다고 생각한 그 고민이 얼마 후 제게도 닥쳐올 줄이야.

그러게 사람은 말 함부로 하는 거 아니랬다.

❈　✠　❈

적어도 서현후라는 인간에게 있어 생애 첫 연애란 그의 삶을 상당 부분 뒤바꿔 놓은 혁명적인 사건이었다. 때문에 자신의 학교도 아닌 진명대학교 캠퍼스 지리와 건물 및 강의실 위치를 바삭하게 꿰뚫고 있는 것쯤이야 아무것도 아닌 일이었다.

서윤과 연아에게 한바탕 쪼이고 난 후 현후가 제 수업을 땡땡이치고 진명대학교에 찾아오는 일은 사라졌지만, 그가 서윤의 시간표를 아주 철저하게 분석해서 일주일에 두 번 정도는 교양이든 전공이든 그녀의 수업이 끝날 때쯤 마중 나오듯 학교로 찾아오는 일은 기말고사가 다가오고 있는 6월까지 쭈욱 지속되었다. 때문에 진명대학교 문예창작과에서 서윤의 남자친구인 서현후를 모르는 사람은 거의 존재하지 않았다. 사교성이 뛰어난 그와 꽤 친해진 몇몇 이들은 현후에게 이 기회에 진명대학교로 편입하라고 농담 삼아 권유할 정도였다.

진명대학교 문예창작과 1학년 전공 시험이 시작되기 이틀 전, 그날도 현후는 서윤의 수업이 끝나는 시간에 맞춰 강의실 앞에 와 있었다. 잠시 후, 강의가 끝나고 뒷문으로 한 무리의 학생들이 우르르 빠져나왔다. 그중에 서윤이 보이지 않자 현후는 강의실 내부를 슬쩍 들여다보았다.

"필기 빨리 끝내. 기다리는 사람 있단 말이야."

"잠깐만요, 누나. 10분만, 아니, 5분만."

"5분 넘기면 내일 음료수 쏘는 거다?"

"그런 게 어딨어요? 누나가 사랑스러운 후배에게 사주지는 못할망정."

"야, 이놈 자식아. 우리 서윤 님이 필기를 보여주시는데 지가 먼저 사주겠다는 소리는 못할망정."

"형이 서윤 누나 편들어봤자 아무 소용 없거든요. 이미 임자 있는데, 뭐. 게다가 그 상대가 형보다 훨씬 잘생겼잖아요."

"골키퍼 있다고 공 안 들어가냐, 자식아."

가방을 챙기고 있는 서윤의 주변에 서너 명의 동기, 혹은 선배가 있었다. 그들은 현후의 존재 따위는 전혀 눈치채지 못한 듯 농담을 주고받으며 장난기 넘치는 대화를 이어 나가고 있었다.

그들에게 둘러싸인 채 웃고 있는 서윤의 모습이 오늘따라 더욱 예쁘게 느껴졌다. 현후의 미간이 슬며시 찌푸려졌다. 꽁꽁 숨겨두었던 소중한 보물이 마구 파헤쳐져 다른 사람들이 전부 보게 된 듯한 기분이 든다.

"이서윤."

중얼거리다시피 낮게 부른 그 이름에 서윤이 반응하며 뒤를 돌아보았다.

"어, 왔어? 야, 한승윤. 빨리 베껴! 나 진짜 가봐야 한다니까!"

"에이, 남친 왔다고 너무 짜게 군다, 누나. 현후 형, 나 이거 베낄 시간 주면 좋은 정보 알려줄게요. 어때요?"

"뭔데?"

"지훈이 형이 서윤 누나 꼬시겠대요."

안 그래도 아까 들어서 알고 있단다, 아가야. 그리 생각하면서도 현후는 문창과 3학년 지훈을 향해 곱지 않은 시선을 던졌다. 입가에는 여전히 대외용 미소를 유지한 채로.

그를 잘 모르는 타인이 보면 아무렇지도 않은 얼굴이라 생각하겠지만, 서윤의 시선에는 그의 심통 난 마음이 그대로 들여다보여 난감했다. 그녀가 현후의 손등을 은근슬쩍 꼬집었다.

"아."

짧은 신음성을 내뱉는 현후의 까만 눈동자와 시선이 마주쳤다. 억울함이 가득한 눈빛에 애처롭다기보다는 혀를 끌끌 차게 된다. 세상에, 장난에 진심으로 반응하는 인간이 어딨어?

그들이 강의실을 빠져나온 것은 10분이 지난 후에야 가능했다. 녹음이 푸르른 캠퍼스 내를 걷던 현후가 문득 멈추어 섰다.

"왜, 무슨 일이야?"

"생각하면 생각할수록 마음에 걸려서. 아까 그 자식들, 대체 뭐야?"

찌푸려진 미간과 씰룩거리는 입술이 꼭 투정부리는 아이의 모습 같았다. 서윤이 까치발을 살짝 들어 그의 까만 머리카락을 쓰담쓰담 해주었다.

"우리 현후, 누나가 다른 남자랑 대화하니까 질투 났어요?"

"어. 엄청 거슬려."

농담처럼 던진 말에 직설적인 대답이 직구로 날아오자 서윤은 당황했다. 잠시 멈칫하던 그녀가 피식 웃으면서 입을 열었다.

"뭘 그렇게 진지하게 대답해. 누가 들으면 엄청……."

"장난 아닌데. 진심인데."

"같은 과 동기끼리 그 정도 대화도 못 해? 너도 과 여자애들이랑 그 정도는 이야기할 거 아냐."

서윤이 역지사지를 들먹이며 이야기했다. 현후가 까만 눈동자 가득 진지한 빛을 담고서 그녀의 얼굴을 쳐다보았다.

"네가 원한다면 지시어, 전달어 외에 걔네들이랑 단 한 마디도 안 섞을 수 있어."

완전히 정색하고 있는 그의 하얀 얼굴을 바라보고 있자니 장난기인지 심술인지 모를 묘한 감정이 서윤의 가슴을 쿡쿡 찔러왔다.

"진짜? 정말?"

"당연하지. 내기해도 좋아."

"내기? 후회하지 않겠어?"

"내 사전에 후회란 절대 없음."

자신만만한 그의 태도가 왠지 모르게 얄밉게 느껴져서 서윤이 뾰로통한 목소리로 대꾸했다.

"그럼 좋아. 일주일간 네가 과 여자 동기들이랑 지시어, 전달어 외에 다른 말을 한마디도 안 할 수 있는지 어디 한번 지켜보자고. 그런데 나랑 네가 다른 학교니까 24시간 내내 지켜볼 수 없잖아. 네가 안 보이는 곳에서 다른 말을 슬쩍 내뱉을지 어떻게 알아?"

"핸드폰 녹음 고고?"

"그건 너뿐만 아니라 다른 애들 사생활도 침해하는 준범죄적 행동인걸. 아, 맞다! 설민이에게 부탁하면 되겠다! 둘이 같은 학교잖아. 미스터리 쇼퍼처럼 시간 나는 틈틈이 너 좀 찾아가 보라고 해야겠어. 걔가 언제 어디서 나타날지 알 수 없으니까 그편이 오히려 더 긴장감 있고 진실된 모습을 캐치할 수 있을 것 같은데?"

"흐음……."

"그리고 성민이도 있잖아. 생각해 보니까 나한테 보고해 줄 사람이 엄청 많네~ 서현후 씨, 조심하지 않으면 첫날에 바로 게임 오버당하겠어."

"왜 이래. 난 한다면 제대로 하는 사람이라니까. 그나저나 내기를 하려면 상벌이 있어야지?"

"가능한 범위 내에서 상대방의 소원 한 가지씩 들어주기. 어때?"

"좋아. 이서윤, 준비하고 있어."

입술을 살짝 삐죽이는 그의 모습이 꽤 귀엽다 생각했을 뿐, 이때까지만 해도 서윤은 알지 못했다. 그녀가 얼마나 위험한 인물과 말도 안 되는 내기를 한 것인지.

서윤과 현후의 내기 시작 첫째 날, 한국대학교 경영학과.

보통 기말고사를 앞둔 강의실은 평소와 달리 차분한 분위기를 띠게 마련이다. 하지만 경영학과 4학년 수업에 들어온 교수들은 무언가 미묘한 위화감을 느끼고 수업 중간중간마다 강의실을 훑어보았다. 경영학과 강인환 교수도 그중 하나였다.

눈치가 상당한 그는 어렵지 않게 답을 찾아낼 수 있었다. 상당수 학생들이 수업 진행자이자 시험 문제 출제자인 교수님이 아니라 한 학생에게 시선을 흘끗흘끗 던지고 있었던 것이다.

'아니, 이것들이! 이번 시험에서 단체로 F를 받을 계획인가? 대학 생활 마지막을 화려하게 F로 장식하고 싶은가 보지?'

그것이 학생들의 소원이라면 못 들어줄 것도 없었지만, 그는 최대한 인내심을 발휘하여 마음을 다스리고 자신의 학생이기 전에 조카 되는 현후를 지그시 노려봐 주었다. 그의 뜨거운 시선을 한 몸에 받고 있지만 현후는 아무 일도 없는 것처럼 무심하기 짝이 없는 표정인데, 옆에 앉은 친구 성민이 되레 안절부절못해한다.

어허, 통재라. 그와 현후 사이에 학생들이라는 장애물만 없다면 한달음에 달려가 머리를 몇 대라도 쥐어박고 싶은 심정이었다.

무슨 엄청난 일이라도 생긴 것처럼 무표정한 얼굴을 하고 있는 현후. 평소 사근사근하고 미소 가득한 그의 모습만을 봐오던 과 동기들의 시선이 일제히 쏠릴 수밖에 없는 이유다. 그나마 남학생들은 시간이 지나면 지날수록 그에게 신경을 끄는 모습이었지만 여학생들은 달랐다. 웬만한 남자 아이돌 그룹을 대하는 것 이상의 뜨거운 시선들을 그에게 보내고 있었다. 강 교수의 손에 들린 하얀 분필이 파르르 떨리고 있다.

'저 자식, 지 여자친구와 어제 대판 싸웠나 보지? 이따 수업만 끝나 봐라. 강의실 분위기 흐리는 것, 이번에는 그냥 안 넘어간다.'

강 교수는 벼르고 또 별렀다. 마침내 70분가량의 수업을 마친 후 10분간 쉬는 시간이 찾아왔다. 교수가 눈짓으로 현후를 강의실 바깥으로 불러내기도 전에 그의 주변으로 과 동기들이 다가와 이런저런 말을 건네기 시작했다.

"무슨 일 있어?"

"오늘따라 표정이 완전 안 좋아 보이는데."

평소라면 설사 기분 상하는 일이 있더라도 현후는 입가에 억지로나마 미소를 띠우면서 괜찮다고, 아무 일도 없다고 답했을 것이다. 하지만 그가 오늘 보여주는 반응은 사뭇 달랐다.

"별일 아니야. 신경 쓰지 않아도 돼."

여전히 무표정한 얼굴로 내뱉은 그의 말에는 왠지 모를 유리 벽이 쳐져 있었다. 이를테면 내게서 신경 꺼달라는 그런 느낌이다. 현후의 진실된 성격과 어제 있었던 속사정을 전혀 모르는 친구들은 하루아침에 달라진 그의 태도를 보면서 상당히 당혹스러워했다. 다만 이 모든 일의 전말을 제대로 알고 있는 성민은 도 닦는 스님의 심정이 되어 현후의 옆자리에서 한숨만 푹푹 내쉴 뿐이었다.

서윤을 오롯이 갖기 위해서라면, 그녀의 시선을 제게만 붙들어 둘 수만 있다면 이제껏 애써 쌓아 올린 인간관계도 현후에게는 한낱 휴짓조각에 불과했다. 그는 아무렇지도 않게 제 주변의 인간관계를 단절할 수 있었다.

성민은 지금이라도 서윤에게 전화를 걸어 그와의 내기를 취소하라고 말해야 하는 것은 아닌지 고민스러웠다. 이러다가 이 자식, 과에서 고립되게 생겼다.

�֎　✖　✖

내기에 진지하게 임하고 있는 현후와 달리 서윤의 뇌리에서 내기는 별 비중 없이 존재하고 있었다. 애초 장난삼아 꺼낸 말이었기 때문이다.

어제 현후와 함께 카페에 있을 때, 각각 설민과 성민에게 전화를 걸어 그들의 내기에 대해 설명하고 협조를 구하긴 했지만 그뿐이었다. 서윤의 가슴 한구석에는 설마 하는 마음이 도사리고 있었다. 현후는 학과 내에서도 알아주는 마당발이었고, 제아무리 노력해 봤자 쓸데없는 말을 많이 내뱉을 수밖에 없는 입장이었다.

아침 9시부터 시작한 서윤의 문예창작과 전공 수업은 11시 50분에 정확히 끝났다. 어떤 교수님들은 학생들 점심 먹으라고 11시 반쯤 수업을 마치는 경우도 있다고 들었는데, 이 수업을 맡고 있는 교수는 깐깐하기로 유명한지라 어림 반 푼어치도 없는 이야기였다.

서윤은 강의실 앞에서 자신을 기다리고 있던 연아와 합류해 학교 정문을 빠져나왔다. 서윤과 연아는 비록 과는 다르지만 같은 학교에 다니고 있기에 수업 시간만 비슷하게 맞추면 얼마든지 점심 식사를 함께 할 수 있었다.

그들이 정한 오늘의 점심 메뉴는 학교 앞 분식점, '모모의 밥상'의 치즈돌솥비빔밥과 데리야끼 치킨덮밥. 식사를 하면서 서윤은 어제 현후와 했던 내기의 내용을 농담처럼 늘어놓았다.

"서윤아."

"으응?"

뭔가 심상치 않아 보이는 연아의 표정에 서윤이 의아하다는 듯 대꾸했다.

"걔하고는 종목이나 이유가 뭐가 됐든 내기를 하면 절대 안 돼."

"아니, 딱히 내기를 하고 싶어서라기보다는…… 걔가 자꾸 억지를 부리니까 제약 속에서 생활하며 역지사지를 한번 체험해 보라는 차원에서……."

서윤의 말과 의도는 한없이 순수했다. 때문에 연아의 입에서 더더욱 혀 차는 소리가 흘러나올 수밖에 없었다.

"서윤아, 세상은 네 생각대로만 돌아가지 않아. 서현후 그 자식, 성격이 얼마나 지랄 맞은데. 걔는 승부욕이 쩔어서 내기를 하면 꼭 이기려 들거든. 인간이 어찌나 집요하고 독한지 수단과 방법을 가리지 않아."

"정말?"

"그래. 잘해봤자 본전치기라니까."

연아가 눈앞의 냉수를 벌컥벌컥 들이켜며 말을 이어 나갔다. 그녀는 어리석은 중생에게 진리를 설파하는 부처의 심정이 되어 현후와 그녀, 현후와 설민 사이에 있었던 에피소드들을 하나둘씩 풀어놓기 시작했다.

"고등학교 때 말이야, 그 자식이 영어 점수 잘 나왔다고 내 앞에서 완전 뻗대서 문학 기말고사 점수 내기를 했었거든."

"응? 갑자기 웬 문학?"

"영어는 내가 걔한테 상대가 안 되니까. 그래도 국어는 내가 걔보다 성적이 잘 나올 때도 있었고."

"흐음, 그래서?"

내 남자의 숨겨진 이야기를 듣는 건 언제나 흥미롭다. 서윤이 눈을 빛내며 연아를 쳐다보았다.

"나 문학에 완전 몰빵했거든. 다음날에 문학 말고도 세계사랑 한문 시험 있었는데 걔네들은 그냥 버렸어. 그래도 97점을 받아서 아, 내가 비록 세계사랑 한문은 싹싹 말아먹었지만 그 빌어먹을 새끼는 이겼겠구나 싶었지."

"97점이면 상당히 잘 받은 거잖아? 한 문제밖에 안 놓친 거니까."

"그니까! 근데 이 빌어먹을 놈은 만점을 받았더라고. 여태까지 문학에선 단 한 번도 만점을 받은 적 없는 놈이 글쎄, 내기를 하니까 만점을 받아. 그래서 너 뭐냐고, 대체 뭔 짓을 했길래 문학 점수가 그렇게 나왔냐고 물었더니 밤을 꼬박 새워 책이랑 참고서를 일곱 번 넘게 봤대. 커피도 넉 잔이나 마셨다는 거야."

"하하하…… 대, 대단하네."

결혼을 반대해

"그래서 이 자식이 아주 의기양양해져 가지곤 나한테 떡볶이, 순대, 튀김, 김밥, 어묵 5종 세트를 갈취해 갔어. 아, 지금 다시 생각해도 짜증 나네. 그뿐만 아니라 설민이랑 내기했을 때는……."

짜증 섞인 연아의 에피소드를 듣고 있자니 서윤의 심장이 철렁 내려앉았다. 뭐야, 이거 장난 아니잖아. 설마 그가 이번 내기에도 그렇게 목숨 걸고 임하는 것은 아니겠지? 반은 농담으로 시작한 건데.

어느 순간, 연아의 이야기에 완전히 몰입한 서윤의 숟가락질이 차츰 느려졌다. 그리고 그날 저녁부터 이틀에 걸쳐 서윤은 설민과 성민으로부터 이 내기의 진행 상황을 자세히 전달받을 수 있었다.

설민에게서 걸려온 전화를 받을 때만 하더라도 서윤은 비교적 평정을 유지할 수 있었다.

[누나, 나 조금 거칠게 표현해도 돼요?]

서로의 안부를 간략하게 물은 후 일전에 부탁한 내기의 상황을 보고해 달라는 말에 이르렀을 때 설민이 조심스레 물어왔다. 의아해진 서윤은 애가 왜 이럴까 싶어 고개를 갸웃거리면서도 편하게 말하라고 답해주었다.

[현후 형, 미친 것 같아요.]

"응? 그게 갑자기 무슨 소리야?"

[있잖아요, 경영학과 수업이 있는 태하관으로 동태를 잠깐 살펴보러 갔는데요, 마침 오전 전공 수업 끝날 시간이고 점심시간 즈음이라서 현후 형도, 아, 그 성민 형이라고 했나. 그 사람이랑 함께 강의실 나서고 있었거든요. 근데 어떤 여자애 두 명이 다가와서 말을 거는 거예요. 기말고사 끝나고 종강 파티에 참여할 것인지 물어보려고요.]

"응, 그래서?"

[그런데 이 형이 무슨 투명인간이라도 마주한 것처럼 쓰윽 지나가 버리는 거예요. 여자애들은 영문을 몰라 당황해하고, 옆의 성민 형은 어쩔 줄 몰라 하고.]

"……도대체 뭐니, 걔? 네가 지켜보는 거 알고 괜히 그런 거야?"

[아닐걸요. 현후 형 위치에서는 제 모습이 안 보였을 거예요.]

"아, 정말……."

[현후 형은 사라지고, 성민 형이 완전 쩔쩔매면서 여자애들에게 얘가 오늘 기분이 많이 안 좋은가 보다고 변명 늘어놓으면서 사과하는데, 좀 불쌍해 보였어요.]

"항상 생각하는 바지만, 성민이가 참 불쌍한 것 같아."

그리고 대단하지. 이 세상 어디에도 그런 친구 또 없을 거야. 서윤이 그의 얼굴을 떠올리며 중얼거렸다. 성격 나쁜 현후 옆에서 제일 친한 단짝의 역할을 수행해 낸다는 것은 보통의 성격과 인내심을 가지고서는 불가능한 일이다.

"안 그래도 연아가 내게 쓸데없는 짓 했다고 하더라. 예전에 연아랑 너랑 현후와 내기했다가 크게 한 번 당했다면서."

[그 형은 진짜…… 내기라는 말만 들으면 미치는 것 같아요. 좀 애 같달까요? 어휴.]

답답하다는 심정을 가득 담은 설민의 한숨이 사랑스럽게 느껴졌다. 서윤이 볼 때는 정말 애인 설민이 그 소리를 아무렇지도 않게 하자 입가에 미소가 저절로 그려진다. 설민도 애고 현후도 애다. 남자는 나이를 아무리 먹어도 애라더니 그 말이 정말 딱 맞는 듯하다.

[오늘은 제가 수업이 많아서 한 번밖에 못 가봤는데, 내일은 좀 한가하니까 소식 더 전할 거 있으면 다시 전화할게요.]

"그래, 고마워. 나중에 맛있는 거 사줄게."

[고기 사줘요. 후후.]

"응, 접수 완료."

그리고 몇 시간 후, 밤 11시가 조금 넘은 시각에 서윤의 원룸에서 핸드폰 벨 소리가 시끄럽게 울려 퍼졌다. 서윤은 황급히 전화를 받아 들었다.

"여보세요."

[살려줘, 이서윤!]

금방이라도 쓰러질 것처럼 지친 목소리가 들려왔다. 발신인은 현후와 정식으로 사귀기 시작한 이후 많이 친해진 그의 친구 성민이었다.

"왜 그래? 무슨 일이야?"

[그 내기, 네가 그냥 포기해 주면 안 될까? 응?]

"서현후가 그렇게 말하라고 시켰어? 그렇다면 진짜 실망인데."

[아니. 내가 죽을 것 같아서 그래. 내가 속 터져 죽든가, 다른 사람들 시선에 찔려 죽든가 그럴 판이라고!]

"무슨 일이 있었길래……."

[나 오늘 죽는 줄 알았어. 내가 서현후 대변인도 아니고 정말 이게 대체 뭐야. 과 여자애들이 걔 왜 그러냐고 나에게 수십 번도 더 물어보지를 않나, 우리 과 여자 조교랑 시비 붙어서 싸움 날 뻔하지를 않나. 게다가 여자 교수님이 그냥 인사로 건네시는 말에 고개만 까딱 하고 지나가서 내가 완전 당혹스러워서 죽는 줄 알았어!]

"……이제 곧 학교 그만둘 거래? 올해 수능 다시 봐서 다른 학교 들어갈 예정이야? 아니면 내가 다니는 진명대학교로 기어이 편입하고 싶대? 1학년부터 다시 다니려면 참 힘들겠다, 우리 현후."

[야, 야, 야! 누가 서현후 애인 아니랄까 봐 그런 소리를 아무

렇지도 않게 하고 있어. 니들 고래 내기에 나 같은 새우가 등 터진다고! 나 진짜 내일도 이러면 울 거야.]

"그러든가 말든가. 뭐, 우리가 같은 학교도 아닌데~"

[야, 이서윤!]

서윤은 애써 태연을 가장하며 성민을 가볍게 놀려먹고 전화를 끊었다. 통화를 끝내자마자 그녀의 입술에서 쏟아지는 것은 짙은 한숨.

"내가 정말이지, 너 때문에 못산다, 못살어, 서현후."

질투심 끝내주고 실행력 최강인 남친과 사귀는 것은 생각보다 피곤한 일이었다. 그래도 하루 만에 그에게 백기를 드는 것은 서윤의 자존심이 허락지 않았다. 그래, 이틀이나 삼 일만 더 지켜보자. 그리 생각하며 서윤은 그날 밤 가까스로 눈을 붙일 수 있었다.

내기 이틀째.

그날 저녁에도 서윤은 설민과 성민에게서 각각 보고 및 하소연을 들을 수 있었다.

[현후 형, 내기의 본질을 잊어버리고 목상이나 석상이 될 생각인가 봐요. 그냥 입을 다물고 있어요. 입을 다물고 있으면 쓸데없는 말을 최대한 안 할 수 있다고 생각하나 보죠? 그 형, 4학년 1학기인데 혹시 학교 그만둔다고 말했어요? 외국 유학이라

도 갈 계획인가? 아하, 그냥 이번 기회에 뻥 차버리면 되겠네요, 서윤 누나.]

[나 너랑 현후 둘 다 싫어. 나 기말고사 끝나고 잠수 타면 찾지 마. 영원히 찾지 마. 잠수 타서 너희 커플을 아주 그냥 저주할 테다.]

에휴. 서윤은 가볍게 혀를 찼다. 내일 하루만 더 버텨보려고 했더니 그랬다간 성민이 정말로 잠수 타버릴 기세다. 성민마저 없으면 성격 나쁜 서현후 씨가 힘들 때 기댈 수 있는 친구란 그의 인생에서 영영 자취를 감춰 버리겠지.

너그럽고 자비로운 제가 이 사태를 마무리 지어야겠다고 생각하며 서윤은 현후에게 전화를 걸었다. 잠깐의 신호음 끝에 그가 전화를 받아 들었다.

"뭐 해?"

[나야 당연히 네 생각하고 있지.]

주변 사람들의 걱정스러운 반응과 달리 너무도 상큼 발랄해 보이는 그의 목소리가 참으로 얄미웠다. 이대로 전화를 끊어버릴까 하다가 미운 놈 떡 하나 더 준다는 옛 속담이 떠올랐다.

"나, 아이스카페라떼 마시고 싶어."

[내가 집 앞 카페로 갈게.]

연인으로서 사귄 기간은 약 4개월에 불과하지만 서윤과 그는 별다른 설명이나 이유를 갖다 붙이지 않아도 대화가 잘 통하는 커플이었다. 서윤이 머리 스타일을 간단히 정리하고 가벼운 옷차림으로 집 앞 카페 '소리'로 나가자 현후는 이미 자리까지 잡아놓고 앉아 있었다.

"벌써 왔어?"

"내가 좀 행동력이 빠르잖아."

서윤은 아이스카페라떼를, 현후는 아이스아메리카노를 주문했다. 서윤이 테이블 위에 가볍게 올려놓은 손을 현후가 냉큼 잡아다가 재미난 장난감처럼 가지고 놀았다. 어리다 어려. 그러면서도 그 행동에 마음이 설레는 본인 또한 한없이 유치하고 어린 거겠지.

"네가 이겼어."

"응?"

무슨 말인지 똑똑히 알아들었으면서도 모르는 척 시치미 떼기는. 서윤은 그의 볼을 찹쌀떡처럼 쭈욱 늘려보고 싶다는 생각을 하며 다시 한 번 입을 열었다.

"우리 내기, 너 님이 이기셨다고요."

"훗."

오른손으로 작게 브이 자를 그려 보이는 이 남자. 씨익 웃는 그의 하얀 얼굴이 참 예뻐서 서윤도 피식 따라 웃고 말았다.

"내 소원은 당연히! 네가 과 남자 동기들이랑 놀지 않는 것!"

아아, 역시나 예상한 답변이고 짐작 가능한 그의 소원이었다.

"이보세요, 지금도 따로 만나 논 적 단 한 번도 없거든요."

"학교 내에서도 친하게 붙어 있지 마. 그거 엄청 거슬리거든."

"뭐, 얼마나 붙어 있었다고. 네가 우리 학교로 출근 도장 찍는 바람에 애들이 알아서 슬슬 나 피해 다녀."

"저번에 승윤이도 그랬잖아. 지훈인가 뭔가 하는 놈이 네게 마음 있다고."

"그 농담을 그대로 믿고 있었어요? 보기보다 순진하시네, 우리 현후 어린이."

"아, 진짜 그게 농담이 아니라니까!"

또래와의 싸움에서 지고 온 어린아이처럼 씩씩거리는 그의 모습이 귀여웠다. 서윤이 그의 손에 가만히 깍지를 꼈다. 그러자 그의 기세가 조금씩 누그러져 종국에는 순한 양 한 마리가 그녀의 앞에서 실실거리고 앉아 있었다. 어찌 보면 참 단순하다, 단순해.

"너는 내가 믿음직스럽지 못한 걸까?"

"아, 아니, 그게 아니라……."

"나는 서현후 외에 다른 남자를 내 곁에 두는 상상 해본 적 없는데."

서윤은 그저 현후라는 잘 삐치는 어린애를 달래기 위한 수단이라고 말했지만, 그런 그녀의 모습을 본 연아와 성민은 딱 잘라 '여우 짓'이라고 표현하곤 했다. 서윤의 말에 현후의 입술이 한껏 삐죽이고 있었지만, 어느새 그의 표정은 많이 풀려 있었다.

"그리고 나는 앞으로도 글을 계속 써나가는 작가이고 싶은데, 다른 사람들과의 교류나 대화 없이 어떻게 좋은 글이 나오겠어? 안 그래?"

"그건 그렇지만……."

"네 기분이 상했다면 그 부분에서는 내가 조금 더 주의할게. 하지만 너도 이틀간 느꼈잖아. 우리가 사회에 발을 디디고 있는 이상 다른 사람들과의 대화나 교류는 어느 정도 필요한 부분이고 세상 인구의 반은 이성(異性)이라는 것을. 그렇다고 너, 대학을 1학년부터 다시 다닐 수도 없고. 성민이가 못살겠다고 야단이더라."

서윤이 아이를 타이르듯 조곤조곤 말을 이어 나갔다.

"걔는 맨날 못살겠대."

현후가 투덜거리듯 작게 중얼거렸다. 알겠다는 대답 한마디 없었지만, 그게 그만의 알겠다는 대답인 것을 서윤은 잘 알고 있었다. 어느 순간, 화해를 청하는 입술과 입술이 가볍게 맞닿았다가 떨어졌다.

어머, 어쩌지. 이 카페 아르바이트생과 눈이 잠깐 마주친 것도 같고. 한동안 이 카페에는 발걸음을 못 할 듯하다.

이렇게 짧은 내기와 소동이 한여름 밤의 꿈처럼 막을 내렸다. 연아와 설민은 서윤이 현후에게 너무 무르게 대한다며 옆에서 계속 투덜거렸다. 성민은 한동안 삐쳐 있었지만, 뒤늦게 이 소식을 접한 솔아 누나가 현후를 마구 갈구는 모습을 보고는 기분이 조금 풀린 모양이다.

과에서 고립될 위기에 놓이고 조교 및 교수님들과도 작은 마찰을 빚은 현후는 그 특유의 능청스러움으로 이 일련의 사태들을 전부 '여자친구와의 내기' 때문에 어쩔 수 없었다며 구렁이 담 넘어가듯 그냥 넘겼다고 한다. 성민 말로는 서윤이 일찍 포기해 줬으니 망정이지 그렇지 않았다면 그의 남은 학교생활이 상당히 고달파졌을 거라고.

그렇게 그들의 연애사 한 페이지를 장식할 작은 소동은 완전히 마무리되었다.

너의 생일

가을이 끝나가는 11월 중순의 중학교 3학년 교실은 그야말로 프리했다. 물론 12월에 이번 학기의 마지막 관문인 공포의 기말고사가 남아 있긴 하지만, 그것만으로는 특목고 진학 준비 및 원서 접수를 거의 끝마쳐 마음이 해이해진 아이들과 이제 곧 고등학생이 된다는 생각에 마지막으로 있는 힘껏 놀 준비를 하고 있는 아이들의 마음을 교실에 붙잡아두기엔 한없이 부족했다.

다소 뺀질거리는 것이 흠이긴 하지만 잘 웃고 사교적인 성격을 지닌 서현후, 그는 교실에서 심심하다 외치는 모든 학생들의 주목을 받고 있었다. 현후가 교탁 앞에서 독사라 불리는 학생주임의 성대모사를 완벽하게 펼쳐 내는 바람에 남자아이들은 물론이고 여자아이들마저 낄낄거리며 웃고 있었다.

그 학생들 중에는 서윤도 포함되어 있었다. 그녀가 자신을 바라보고 있다는 사실에 묘하게 기분이 좋아진 그가 연속 콤보로 불곰이라 칭해지는 영어쌤의 흉내를 내고 있을 때, 교실 앞문이 드르륵 열렸다. 안경을 낀 담임선생님의 미간이 곱게 찌푸려져 있다.

"서현후 너 이 자식……!"

"하하하. 사랑하는 쌤, 손에 들고 계신 통신문은 제가 친구들에게 나눠 줄게요."

담임선생님의 질책을 곱게 차단하며 현후가 통신문을 받아 들었다. 그의 눈이 곧 동그랗게 커졌다.

"어라? 체험학습? 저희 소풍 가요, 쌤?"

"그래, 이 녀석아. 11월 말에 3학년 **월드 가기로 결정 났어."

현후와 담임선생님의 대화를 듣고 있던 학생들이 일제히 환호성을 내질렀다. 이런 내용의 통신문이라면 얼마든지 받아도 좋았다.

앞줄 학생들에게 통신문을 몇 장씩 나누어 준 현후가 제 몫의 통신문을 챙기며 자리에 앉기 전, 그는 자신도 모르게 무의식적으로 서윤이 앉아 있는 곳을 바라보았다. 통신문을 배부받은 그녀는 친구들과 즐겁게 이야기를 나누고 있었다. 그날 제일 먼저 어떤 놀이기구를 탈 것인가, 도시락은 뭘 싸올 것인가 등등 소소하면서도 재미난 주제들을 가지고.

'……그날 함께 다니자고 말해볼까.'

물론 둘이서만 다니자는 얘기가 아닌, 제 친구 그룹과 서윤의 친구 그룹이 함께 다니자는 제안이었지만 어쩐지 그 말을 꺼내기가 부끄러웠다. 10대 사춘기 남학생에겐 의외로 소심한 부분이 존재한다. 현후도 그 점에선 크게 벗어나지 않았다.

'아, 몰라, 몰라! 당일 날 어떻게든 되겠지.'

하루에도 몇 번씩 그 말을 꺼내볼까 말까 고민하는 사이 시간은 빠르게 지나가 체험학습 당일이 찾아왔다. 평소보다 힘을 더 준 현후의 사복 차림. 서윤은 과연 그 이유를 알고 있을까.

"지금부터 해산해서 각자 자유롭게 놀되 12시에 이곳에서 다시 모여 인원 체크할 거야. 알겠지? 12시까지 이곳으로 꼭 와야 한다? 한 사람이라도 늦게 와서 인원 체크 늦어지면 우리 반 점심시간은 그만큼 늦춰지게 되겠지. 이상 끝! 가서 놀아라!"

간단명료한 담임선생님의 말을 끝으로 학생들은 물 만난 물고기처럼 신나게 흩어졌다.

"야, 빨리 가자!"

현후도 친구들의 손에 이끌리다시피 자리를 뜨게 되었다. 그의 시야에 저처럼 친구들에게 이끌려 저 멀리 사라지는 서윤의 모습이 보였다.

'아, 이 도움이 안 되는 웬수 새끼들!'

그의 친구들은 **월드에 왔으면 바이킹을 먼저 타야 한다느니 롤러코스터를 먼저 타야 한다느니 의견이 나뉘어 한바탕 말싸움을 벌이고 있었다. 그러면서도 그들의 발걸음은 본능처럼 가까운 놀이기구 앞으로 향하고 있었다.

'돌아다니다 보면 언젠가 한 번은 부딪치겠지. 설사 못 마주친다 해도 이따 집합 시간에는 볼 수 있잖아?'

그리 생각하니 현후의 마음이 조금 편해졌다. 평일 오전이라서 그런지 놀이기구를 타기 위해 줄 서서 기다려야만 하는 시간이 그리 길진 않았다. 바이킹, **라이드로 몸을 가볍게 풀어주고 나니 오전 10시 반이 다 되어 있었다.

현후가 포함된 무리는 각자 음료수 한 병씩을 챙겨 들고 그다음 놀이기구를 타기 위해서 걸음을 바삐 옮겼다. 그러다가 나무 벤치에 앉아 있는 같은 반 여학생 서너 명과 마주하게 되었다. 오늘은 현후에게 운이 좀 따르는지 그녀들은 서윤이 포함된 그룹의 아이들이었다. 그런데 이상하게도 서윤의 모습만 보이지 않는다.

"너네는 여기서 뭐 해?"

현후가 그 특유의 사교성을 발휘해서 여자아이들에게 살랑살랑 다가섰다. 저희들끼리 뭔가 열심히 이야기를 나누고 있던 그들이 그제야 그를 쳐다보았다.

"잠깐 쉬고 있었어. 니들은? 놀이기구 많이 탔어?"

"우리는 바이킹이랑 **라이드 타고 왔지. 너흰?"

"우리는 **특급이랑 파도타기 타고 왔는데. 이따 오후 되면 바깥으로 나가기 귀찮잖아."

"근데 이서윤은 어디 갔어?"

"음료수 사온다고 민지랑 저쪽에 가 있는데, 왜?"

"아, 안 보이길래 니들 또 싸웠나 싶어서."

현후가 아무렇지도 않다는 듯 어깨를 으쓱거리며 대꾸했다. 그러자 머리카락을 하나로 단정하게 묶은 미정이 입술을 삐죽이며 말했다.

"야, 니들이나 이곳에서 시끄럽게 싸우지 마."

"근데 무슨 얘기를 그렇게 열심히 하고 있던 거야?"

"오늘 서윤이 생일이잖아. 그래서 이따가 간단하게나마 생일 파티 해주려고."

"아, 오늘 걔 생일이었어?"

정말 몰랐다. 현후는 순간적으로 가슴이 철렁 내려앉는 것을 느꼈다. 뭔가 중요한 것을 놓쳐 버린 기분이랄까.

"얘들아! 어라? 현후네? 야아, 교실 바깥에서 보니까 얼굴이 아주 살판났네, 살판났어."

"사돈 남 말 하시네."

그때, 민지와 함께 양팔 가득 음료수를 들고 온 서윤이 벤치로 되돌아왔다. 반가운 그녀의 목소리에 툴툴거리며 대꾸하면서도 현후의 뇌리에는 오늘이 서윤의 생일인데 아무것도 모르고 있었다는 사실만이 계속 맴돌고 있었다. 아, 어쩌지? 제 생일날, 센스 있게 쪽지를 건네준 그녀와 달리 자신은 미리 알고 준비해 둔 것이 아무것도 없는데.

"야, 서현후, 빨리 가자. 아니면 너 걔네들 사이에 껴서 같이 타던가."

"청일점, 완전 좋겠네."

친구들이 합심하여 그를 놀리는 목소리가 들려왔다. 서윤 주변의 여자애들도 키득거리고 있었다. 서윤 또한 '그럴래?' 하고 농담을 던지며 옅은 미소를 띠고 있는데 그 모습이 꽤 예뻤다. 난감해진 현후가 인상을 슬쩍 찌푸리며 친구들의 성화에 못 이긴 척 그 자리를 떴다.

"현후 정도면 그냥 여기 있어도 됐는데."

"그러게. 당황해하면서 도망치는 모습 은근 귀엽다."

남자애들이 떠나고 나서도 여자애들은 한동안 현후에 대해 이야기했다. 서윤은 그런 친구들의 이야기를 묵묵히 듣고 있다가 때때로 그에 동의하듯 옅은 미소를 그려내곤 했다. 어차피 반 친구들이 그에 대해 무어라 떠들던 저처럼 그의 숨겨진 모습을 일부나마 본 사람은 극히 드물 터였다.

영화나 소설 속 한 장면처럼 넓다면 넓은 이 놀이공원 안에서 서윤을 우연히 만나게 된다면 기분이 상당히 좋을 거라 생각했다. 하지만 어쩐지 그녀를 만나고 나서 현후의 마음은 설렘보다 혼란으로 가득 차버렸다.

'생일이라니…… 난 전혀 몰랐단 말야!'

가만히 생각해 보니 중학교 3학년이 다 끝나가는 현재까지 그는 서윤에 대해 아무것도 모르고 있는 것 같았다. 그 점이 왠지 모르게 부끄러워졌다. 제가 그녀에게 관심이 있긴 한 걸까.

영혼이 잠시 가출한 상태에서 친구들에게 질질 끌려 다니다가 점심시간이 다 되자 약속된 집합 장소에 모였다. 서윤과 그녀의 친구들은 이미 도착해 있었다. 그의 속은 하나도 모른 채 친구들과 이야기하며 밝게 웃고 있는 그녀의 모습을 보자니,

'……예쁘네.'

아, 이게 아닌데. 현후의 미간이 곱게 찌푸려졌다. 제가 평범한 또래와는 격이 달라도 한참 다르다고 생각하는데 서윤 앞에만 서면 어쩐지 바보가 되는 기분이다.

혹시 그녀는 마법이나 주술을 부릴 줄 아는 마녀가 아닐까. 그러니까 사람 마음을 이렇게 복잡하게 만들어놓지.

"쌤, 우리가 점찍어둔 햄버거 가게에 사람들 몰리니까 빨리 가야 해요. 출석 체크 빨리요!"

학생들의 성화 덕분에 출석 체크는 빠른 시간 내에 마무리되었다. 그들은 다시 그룹별로 흩어졌다. 현후는 제 옆을 스쳐 지

나간 서윤과 그녀의 친구들이 피자 가게에 대해 이야기하는 것을 들었다.

"야, 우리는 점심 뭐 먹지?"

현후가 속한 그룹의 아이들은 이제야 슬슬 먹을거리를 정하려는 참이었다.

"그냥 햄버거 포장해서 벤치 같은 데서 대충 먹고 놀이기구 타러 가자. 이따 오후 되면 사람들 더 몰릴 텐데 그럼 짜증 나잖아."

"여기까지 와서 햄버거 먹는 건 좀 그렇지 않아? 그건 동네에서도 먹을 수 있잖아."

"그럼 피자나 짜장면은 동네에서 못 먹냐?"

"야, 됐고, 그냥 아무거나 먹어. 아무 데나 빨리 가자, 좀."

"그럼 다수결로 정하면 되지. 근데 아까 보니까 피자 가게에서 4인 이상 입장 시 5% 할인해 준다더라."

현후가 싱글거리며 입을 열었다. 그는 마음속으로 이미 정해둔 장소가 있었고, 어떻게든 그곳에 갈 참이었다.

아니나 다를까, 5% 할인이라는 미묘한 문구에 아이들의 마음이 그곳으로 쏠렸다. 피자, 짜장면, 햄버거라는 선택지 앞에서 3:1:2로 의견이 나뉘었다. 결국 현후의 생각대로 그들의 점심은 피자로 당첨되었다.

또래 사이에서 여론을 조작하는 일은 생각보다 간단했다. 그냥 아무렇지도 않은 척 가만히 있다가 그들이 혹할 만한 이야기

몇 개만 흘려주면 그만이다.

"어, 너희들도 여기 옴?"

피자 가게에 들어섰더니 먼저 자리 잡은 서윤 일행이 그들을 보고 아는 척을 한다. 현후 역시 살짝 놀랍다는 표정으로 그들에게 다가갔다.

"와, 걸음 진짜 빠르네. 너희 우리보다 늦게 출발하지 않았어? 역시 먹을 것 앞에서는 아주 그냥 날아다니지."

"웃기셔. 니들이 아까 뭐 먹을지 고민하고 있는 거 다 봤거든."

그들은 서윤 일행의 옆 테이블에 자리 잡게 되었다. 그곳에 먼저 자리 잡고 있던 커플이 그들이 같은 반 친구들임을 알고 고맙게도 자리를 양보해 주었기 때문이다. 거기에 작은 테이블 하나를 더 갖다 붙이고 의자를 더 가져다가 열두 명이 앉을 수 있는 자리를 가까스로 만들어냈다.

한창 식욕 왕성한 남중생 여섯에 여중생 여섯인 파티라서 그들은 피자 세 판과 사이드 메뉴인 파스타 두 개, 치킨텐더 열두 조각을 주문했다. 주문한 음식이 나오기 전까지 그들은 이야기 꽃을 피워냈다. 물론 대화의 중심은 남녀를 불문하고 그들의 화젯거리와 이슈를 모두 아우를 줄 아는 현후였다. 대다수의 아이들이 현후를 주목하고 있었지만, 정작 그의 시선을 차지하고 있는 이는 단 한 사람이었다.

마침내 피자와 파스타, 치킨 텐더가 먹음직스러운 냄새를 풍기며 테이블 위로 올라왔다. 떠들썩하게 대화를 나누던 아이들이 각자 끌리는 음식을 하나씩 집어 들자 테이블은 순식간에 조용해졌다.

"야, 우리 갑자기 너무 조용해졌어."

"당연하지. 먹을 게 나왔는데."

"아, 웃겨."

그 대화를 기점으로 테이블은 다시 활기를 되찾았다. 열심히 먹고 떠드느라 아이들은 입이 두 개라도 모자를 지경이었다. 어느 순간, 현후가 자리에서 슬쩍 일어났다.

"어디 가?"

옆에 있던 친구 녀석의 물음에 현후가 씨익 웃으며 답했다.

"토일렛님이 부르시는데?"

"밥 먹는데, 아, 드러워."

여자애들 한둘이 농담 삼아 툴툴거렸다. 현후는 실실 쪼개며 가게를 빠져나왔다. 그리고 뒤도 돌아보지 않고 어디론가 뛰어갔다. 그의 발걸음이 풍선, 머리띠 등을 비롯하여 작은 소품 및 기념품을 파는 가게 앞에서 멈추었다. 현후에게 주어진 시간은 별로 없었다. 그의 눈동자가 그곳을 재빠르게 스캔했다.

현후의 레이더망에 포착된 물건은 바로 토끼 모양의 핸드폰 고리였다. 제법 귀엽게 생겼고, 점퍼 주머니에 숨기기 좋게 작앉으며, 소소한 생일 선물로 건네주기 딱 좋은 상품. 그래, 너로 정했다!

분홍색과 하늘색 두 가지 색상이 있었는데 현후는 각각 하나씩 골라 계산대 위에 올려놨다. 점원에게 분홍색 핸드폰 고리는 포장해 주고 하늘색 핸드폰 고리는 그냥 달라고 부탁했다. 계산을 끝마친 물건을 점퍼 주머니에 하나씩 쑤셔 넣고 피자 가게로 다시 부리나케 뛰어가는데, 어째서인지 심장이 마구 두근거렸다.

'왠지 커플 물건 고르는 것 같아. 아니지. 내가 지금 뭔 생각을 하고 있는 거야.'

나름 서둘렀다고 생각했는데 생각보다 시간이 꽤 흘러 있었다. 들어가면 아이들에게 뭐라 변명해야 하나 고민되었다.

"야, 너 하도 늦게 와서 화장실에 빠져 죽은 줄 앎."

"네 피자는 이미 사라졌다."

피자 가게는 여전히 많은 사람들로 붐비고 있었다. 남자아이들이 약간의 질책을 섞어 시답잖은 농을 건넸다. 다행이다. 덕분에 그냥 조용히 묻어갈 수 있겠다.

"나 화장실 갔다 오는 길에 완전 대박! 김태희급 미녀 발견했어. 와아, 덕분에 눈이 멀어서 늦게 돌아온 거야."

"야, 이거 몇 개?"

"안 보이는데 어떻게 알아? 시력 되찾으려면 시간이 좀 걸리지."

그들의 농에 아무렇지도 않게 대꾸한 현후가 자리에 앉았다. 그의 몫마저 다 먹어치웠다고 말했지만, 현후 몫의 피자 한 조각과 치킨 텐더가 남아 있었다. 얼마 지나지 않아 테이블 위의 음식이 깨끗이 자취를 감췄다. 현후가 제법 기다란 계산서를 팔락거리며 중얼거렸다.

"총 7만 6천 원인데 4인 이상 그룹은 5% 할인해 주니까 대충 7만 2천 원 정도 돼. 일인당 6천 원씩 내면 될 듯?"

"어, 생각보다 싸네."

"근데 돈 누구한테 몰아줘?"

"야, 여기 전 학기 회장이랑 부회장이 있는데, 당연히 그들이 책임지고 계산해야지."

재욱이 서윤과 현후의 얼굴을 한 번씩 쳐다보며 말했다. 현후는 저놈이 웬일로 제 인생에 도움이 되나 싶었다.

"나 지금은 회장 아닌데?"

서윤이 새침하게 대꾸했으나 상당수 아이들이 그녀와 현후에게 돈을 건네고 있었다. 돈을 낸 아이들이 먼저 일어났다.

"사람 많으니까 우리는 밖에 나가서 기다릴게."

"전 학기 회장, 부회장이 껴 있으니까 이런 건 좀 편하네."

멀어지는 그들의 뒷모습을 보며 서윤의 미간이 곱게 찌푸려졌다.

"아, 저 웬수들."

"뭐 어때? 그렇게 어려운 일도 아닌데."

"밖에 나오니까 사람이 참 너그러워지셨어요, 서현후 님."

날이 살짝 선 말을 내뱉으면서도 서윤은 제게 들어온 돈의 액수를 꼼꼼하게 살피고 있었다. 마침내 아이들이 모두 바깥으로 나가고 수금된 액수를 확인한 서윤 또한 계산대로 향하려 할 때, 현후가 그녀의 이름을 작게 불렀다.

"이서윤."

"왜?"

"이거 전에 건네준 쪽지에 대한 보답."

현후는 점퍼 주머니에서 곱게 포장된 분홍색 토끼 모양의 핸드폰 고리를 꺼내 들었다. 급하게 구한 티가 나는 물건이라서 그녀의 생일 선물이라고 말하기에는 어쩐지 쑥스러웠다. 현후의 말이 다소 뜻밖이었는지 서윤이 눈을 깜박이며 그를 쳐다보고 있다.

"……아까 화장실 간 거 아니었구나?"

"아, 아닌데! 그냥 내 것 산 김에 생각나서 하나 더 산 건데? 내가 핸드폰 고리가 급하게 하나 필요했거든. 그래서…….."

자신이 지금 뭐라고 떠드는지 모르겠다. 서윤의 말에 당황한 그는 반대쪽 주머니에서 하늘색 핸드폰 고리까지 꺼내 흔들며 황급히 변명을 늘어놓았다. 서윤의 입가에 옅은 미소가 떠올랐다.

"그래, 알겠어. 고마워."

그 찰나의 시간이 왜 이렇게 길게만 느껴진 것인지. 현후가 정신을 차렸을 때는 그의 손바닥에서 핸드폰 고리가 사라져 있고, 계산서를 든 서윤 또한 사라지고 없다. 멍해 있는 그를 대신해 계산대 앞에서 계산하는 서윤의 모습이 보인다.

'내년에는…… 내년에는 좀 더 일찍 준비해 둬야지. 생일 선물.'

그리 생각하는 현후의 귓가로 서윤의 목소리가 와 닿았다.

"가자. 애들 목 빠지겠다."

부드러운 그녀의 손이 현후의 손을 붙잡았다. 까슬까슬한 느낌의 무언가가 그의 손바닥 위에 올려졌다. 계산대 앞 플라스틱 통에 들어 있던 하얀 박하사탕이다. 껍질을 까서 입에 쏙 집어넣으면 그녀처럼 청량한 향이 입안 가득 맴돌겠지?

단지 그것만으로도 충분했다. 비록 점심을 부실하게 먹게 됐지만 보람은 충분히 있었다. 현후의 하얀 손가락이 점퍼 주머니 안 핸드폰 고리를 만지작거렸다.

바깥으로 나오자 저들끼리 한창 이야기를 나누고 있는 친구들이 보인다. 그늘 없이 쏟아지는 햇빛이 제법 눈부시다. 이제 오후로 넘어가는 늦가을의 햇살이 참 간지러웠다.

외전 3

나라에 남친을 맡겨두는 시간

'최악의 폭염'이라는 타이틀로 수많은 사람들을 괴롭히던 무더운 여름도 그 기세가 조금씩 누그러지고 있었다. 마주 불어오는 바람에서 열기가 옅어지고 서늘한 기운이 맴돌기 시작했다. 미약한 물비린내와 습기를 머금고 있던 공기의 냄새도 다소 바뀌었다.

전국의 대학은 2학기를 맞이했고, 진명대학교를 반 학기 다닌 서윤도 대학 생활에 서서히 적응해 갔다. 다만 최근 빈 옆자리 탓에 그녀는 생각보다 짙은 허전함을 느끼고 있었다.

남들은 대학교 1학년 1학기, 혹은 2학기를 마치고 나서 바로 다녀오는 군대를 그녀의 연인 서현후란 놈은 4학년 1학기가 끝나고 나서야 도살장에 끌려가는 소처럼 가게 되었다. 이 자식이 일찍 좀 다녀오지. 서윤은 아무렇지도 않은 척 애써 쿨한 모습으로 그를 떠나보냈다.

여태껏 서현후의 미친 행동들을 감시하느라 그의 옆에 찰싹 들러붙어 있던 성민 또한 홀가분한 마음으로 군대에 가버려 허전함이 더한 듯했다. 연인과 친한 친구가 동시에 떠나 버렸으니까. 서로 편지를 주고받고 통화 또한 할 수 있다고 해도 학교 내에서, 혹은 길거리에서 얼굴 한번 자연스레 보느니만 못했다.

그래도 서윤의 곁에 연아와 설민이 있어줘서 외로움이 최고조에 이르지는 않았다. 특히 연아는 기회는 이때다 싶었는지 서윤에게 이런저런 제안을 해오곤 했다.

"드디어 진정한 프리가 된 서윤아, 우리 3:3 소개팅 나가지 않을래? 서한대 미디어 커뮤니케이션 학부 애들이래. 얼굴도 꽤 된다던데."

"됐어."

"왜? 서현후 그 자식에 대한 의리 때문에 그래? 괜찮아, 괜찮아. 짱박혀 있는 놈이 뭘 알겠어. 걔 없을 때 너도 즐거운 대학 생활을 만끽할 권리가 있다고!"

"난 정말 괜찮다니까."

"너무 어릴 때부터 한 사람에게 정착하는 것은 좋지 않아. 이 사람 저 사람 만나봐야 네게 딱 맞는 사람을 알지."

가을을 반납하다

당연한 말이지만 서윤이 아무 관심 없다는 듯 시큰둥한 반응을 보이자 연아는 현후가 순진한 그녀를 세뇌시켜 놨느니 어쩌니 하며 훌쩍여 댔다. 그 모든 반응이 현후가 군대에 가기 전 제게 신신당부하던 내용과 별다를 바 없어서 지켜보는 서윤의 입가에 옅은 미소가 떠올랐다.

"있잖아, 서윤아. 몇 가지만 약속해 줄래? 나 그러면 군 생활 엄청 씩씩하고 무사히 잘하고 돌아올 것 같아."

무려 2년에 달하는 군 생활은 남자에게 매우 중요한 의미를 지니고 있다. 평소와 달리 수줍어하면서도 진지하게 말을 꺼내는 그의 모습에 서윤은 어린아이의 투정을 받아주는 엄마처럼 고개를 끄덕였다. 그의 어머니는 상당히 오래전 돌아가셨기 때문에 그 빈자리를 조금이나마 메워주고 싶다는 무의식이 작용한 탓도 있을 테다.

"뭔데? 말해봐."

기다렸다는 듯 서윤의 손을 낚아채서 하얀 손가락 하나를 구부리며 그가 말했다.

"첫째, 편지나 전화는 아무리 적어도 삼, 아니, 일주일에 한 번씩은 하기."

3일에 한 번이라고 말하려다가 그녀의 눈치를 살피고는 말을 재빨리 바꾼다.

"알겠어. 그런데 대체 몇 가지나 말하려고 숫자까지 세는 거야?"

"어허, 가만있어 봐. 둘째, 서연아가 정말 좋은 소개팅이나 미팅 자리가 있다고 꼬셔도 따라 나가지 말기. 내 자랑 좀 하자면, 아마 나만큼 널 샅샅이 알고 있는 사람은 없을 거야. 딴 사람 만나 봐도 다 거기서 거기일 거란 말씀!"

"흐음……."

"이번에는 왜 답이 없어?"

"근데 진짜진짜 좋은 자리면?"

"야! 나 그럼 탈영할 거야! 그 뒤는 상상에 맡길게."

"얘는 무슨 농담도 못 해."

삐쳤는지 볼을 살짝 부풀린 현후가 서윤의 중지마저 밑으로 천천히 끌어 내렸다.

"셋째, 네 마음에서 첫 번째 자리, 다른 사람에게 내어주지 않기."

"이보세요, 그건 내 마음에서 네가 첫 번째라는 사실을 기본 전제로 깐 듯한 명제인데?"

"에이, 맞잖아. 네 눈동자만 봐도 알 수 있어."

"아니면 어떻게 하려고?"

"진짜? 진짜 아냐?"

현후가 입술을 삐죽 내밀었다. 손가락까지 하나하나 꼽아가며 저 세 가지 바람을 이야기했을 때 그의 눈동자는 매우 불안하게 흔들리고 있었다. 때문에 서윤은 그와 맞잡은 손에 조금 더 힘을 주며 대꾸했다.

"여태까지 내가 그렇게 믿음을 못 주는 행동을 하고 다녔나?"

"그, 그게 아니라 네 인기가 너무 좋아서 그래. 우리 서윤이가 조금만 덜 예쁘고 조금만 덜 매력적이었다면 내가 이렇게 안 불안해해도 되는데."

"외모가 중요한 여자한테 너무 악담을 퍼붓는 거 아냐?"

둘이서 그 이야기를 나누던 때는 제아무리 닭살 돋는 커플이라 해도 옆에 꼭 들러붙어 있으면 더워서 짜증이 나는 어느 여름날. 캄캄한 저녁임에도 불구하고 열기가 채 식지 않은 아스팔트 위에서 입술과 입술이 조심스레 맞부딪쳤다.

지나다니는 이가 매우 드문 한적한 골목길. 구경꾼을 군이 꼽아보자면 먹을 것이 없는지 쓰레기통 주변을 어슬렁거리던 길고양이 한 마리와 아주 약하게 부는 바람 정도일까. 그때의 키스는 열기를 머금은 뜨거운 바람과 비슷한 느낌이었다. 그리고 얼마 후 그는 나라의 부름을 받아 서윤의 곁을 떠났다.

현후 덕분에 서윤은 요새 손글씨가 많이 늘었다. 고등학교를 졸업하고 나서는 글을 쓸 일이 거의 없었고, 그나마도 핸드폰의 자판이나 컴퓨터의 키보드로 대체되는 경우가 흔했기 때문에 군대에 있는 그에게 첫 편지를 보낼 때는 손이 정말 떨렸다.

'군대에 편지가 도착하면 다른 사람들이 장난으로 슬쩍 훔쳐볼 수도 있다고 들었는데, 글씨가 삐뚤빼뚤하면 창피할 거야.'

얼마 전까지만 해도 자유로운 입장인 현후가 한 가정에 묶여 있던 그녀를 묵묵히 기다려 주었다. 하지만 이제는 서윤이 그를 기다리는 입장이 되었다.

2년. 숫자로만 보면 제법 긴 시간일지도 모르겠지만 이제껏 그가 그녀를 기다려 온 시간에 비하면 아무것도 아니었다.

"……아주 지극정성이네. 서현후 그 자식, 일생의 행운을 애인 쪽에 몰빵했나 봐."

현후와 주고받은 편지 및 통화에 대한 이야기를 가만히 듣고 있던 연아가 아이스크림콘을 싹싹 핥으며 말했다. 이제 날씨가 조금만 더 서늘해지면 길거리에서 이런 군것질도 할 수 없다 생각하니 그 맛이 더더욱 달게 느껴졌다. 물론 그때가 되면 붕어빵이나 계란빵, 어묵 등의 음식이 아이스크림의 빈자리를 자연스레 메워주겠지만.

"너도 시간 되면 걔한테 편지 한 통 써줘."

"흐음, 한번 생각해 보고."

연아가 건성으로 대꾸했다. 서윤은 어제 반쯤 써둔 편지의 뒷

부분을 어떤 내용으로 채울까 고민하느라 친구의 눈동자에 가득 어린 장난기를 미처 발견하지 못했다.

※　❇　※

며칠 후. 현후가 입대한 부대에 편지 하나가 도착했다.

선임이 한껏 장난스러운 표정으로 건네주는 편지를 와락 뺏어온 현후는 예상치 못한 발신인의 이름을 보곤 깜짝 놀랐다. 그가 기다리고 기다리던 서윤이 아닌 생뚱맞은 연아의 편지.

혹시 서윤에게 무슨 일이 생긴 것은 아닐까. 초조해진 그가 서둘러 편지봉투를 뜯었다.

─안녕, 서현후 군인 아저씨. 잘 지내냐는 인사는 우리 사이에 가벼이 생략할게요.

그럼 바로 본론으로 들어가서⋯⋯ 어이, 당신! 혹시 지금 골키퍼가 있다고 안심하고 있나요? 객관적인 제삼자가 실시하는 골망 위험도 체크 테스트, 지금부터 시작합니다.

첫 문구부터 심상치 않은 포스에 현후의 얼굴이 조금씩 굳어져 갔다.

—8월 25일:서윤이가 설민이와 함께 영화 관람♡

9월 3일:민준 씨가 서윤에게 2학기가 시작됐으니 얼굴 한번 보자고 연락해 옴.

9월 4일:서윤이 문창과 2학기 개강 파티에 참석. 물론 대다수 남학생들도 참가함.

9월 9일:그 과의 지훈 선배가 서윤이와 나에게 맛있는 점심 사줌. 아마도 서윤이에게 잘 보이려는 목적이겠지?

9월 14일:9월 14일은 포토데이. 나와 설민이, 서윤이 셋이서 기념사진 찰칵. 나님이 특별히 서윤이 옆에 설민이 세워줌. 둘이 잘 어울리더라? ♡ 케미 굿굿!

9월 18일:서윤이 도서관에서 잠시 자리를 비운 사이 누가 커피에 쪽지 붙여서 갖다 놨음.

쪽지 내용은 '방학 때 도서관에서 우연히 마주친 후 이곳에 올 때마다 지켜보고 있었습니다. 제 전화번호는 O10-****-****입니다. 연락 기다릴게요'였음. 역시 우리 서윤이는 인기녀야. ㅎㅎ

9월 27일:서윤이랑 설민이랑 나랑 셋이서 캐주얼한 분위기의 바에 칵테일 마시러 갔는데 어떤 남자가 작업 걸어옴. 물론 설민이가 처리해 줬고, 서윤이가 설민이 보고 듬직하다고 칭찬해 줌.

서윤이 워낙 착한 데다가 당신의 끈질긴 세뇌 효과 때문에 골망이 몇 달간은 안전할 수 있겠죠. 하지만 세상은 넓고 남자는 많습니다. 서

현후 군. 게다가 성격 나쁜 그쪽보다 능력 좋고 마음씨 고운 사람들이 수두룩해요. 위의 사항을 꼼꼼히 읽어보고 마음을 차분하게 다스리며 군대에서 성격 개조에 힘쓰시길 바랍니다. 이상 끝!

연아의 편지는 서윤의 일상 보고를 가장하여 현후의 질투심을 이끌어낼 만한 내용으로 가득 채워져 있었다. 다 읽은 편지지는 일그러진 그의 얼굴처럼 처참히 구겨졌다.

'침착하자, 침착해. 이건 서연아의 못된 장난일 뿐이야. 걔는 날 골탕 먹이는 데 아주 그냥 환장한 애잖아?'

이 말을 반복적으로 되뇌며 스스로를 다독여 봐도 마음 한구석이 조금씩 불편해지더니 급기야는 불안감이 밀물처럼 밀려들어 왔다.

'하긴, 우리 서윤이가 좀 매력적이야? 민준이 그 자식, 내가 서윤이 문학 친구 해주랬지 누가 임자 있는 여자에게 함부로 찝쩍대라고 했나. 이 자식을 손보고 군대에 왔어야 하는데 큰 실수했네. 설민이 이 자식은 1학기만 마치고 군대나 후딱 다녀올 것이지, 뭣 하러 아직까지 학교에 남아 있어? 유지훈 그 자식은 아직도 정신을 못 차렸나? 선배면 말이야, 공부나 열심히 해서 장학금 받을 생각을 해야지 어디 감히 임자 있는 여자를 넘봐? 이번 학기, 그냥 확 망해 버려라. 커피에 쪽지 붙여놓은 놈이랑 바에서 작업 건 놈은 오늘 집에 돌아가는 길에 전봇대에 팍 부

딧쳐 버리라지.'

분노를 일으킨 자들에 대해 불평불만을 늘어놓고 마음속으로 소소하게 저주를 거는 것만으론 그의 마음이 개운해지지 않았다. 그러고 보니 서윤의 편지가 마지막으로 도착한 때가 언제더라? 통화는 언제 했지? 날짜를 따져보던 현후의 얼굴이 점점 창백하게 질려갔다.

"벌써 3일째 편지도 전화도 주고받지 않았어! 서윤이에게 무슨 일이 생겼나? 아니면…… 으아악!"

뒷말은 상상하기조차 싫었다. 편지를 읽고 나서 머리를 마구 헝클어뜨리는 현후의 모습을 발견한 상병이 그의 동료들에게 물어왔다.

"저놈 왜 저래?"

"딱 보면 모르시겠습니까. 그는 위로가 절실히 필요한 시점입니다. 외부에서 온 편지를 읽고 저러는 것은 십중팔구 차인 겁니다."

남의 일 같지 않은 상황에 상병이 혀를 가볍게 찼다.

"쟤는 여기 들어온 지 얼마나 됐다고 벌써 차이냐. 차이는 속도가 아주 그냥 LTE 급이네. 알아서 잘 달래라."

"넵, 알겠습니다!"

대답하는 동료들의 음성에 평소보다 힘이 더 실린 듯한 느낌은 자신만의 착각이겠지. 상병은 쓸쓸한 웃음을 지으며 뒤돌아섰다. 질문을 던진 그 또한 군 내에 소문이 자자한 현후의 애인 사랑에 대해서는 익히 알고 있었다. 애인 이름이…… 그래, 서윤이라고 했던가.

그녀는 아마 모를 것이다. 현후가 끔찍이 생각하는 그녀의 이름 석 자를 알아내기 위해서 그의 이등병 동료들이 FBI의 첩보 작전을 방불케 하는 괴롭힘으로 그를 얼마나 볶아댔는지.

그의 이등병 동료들의 행동이 너무하다고 탓할 수만도 없는 게 현후가 솔로들의 염장을 볶고 지지기 위해서인지 애인 있는 티를 너무 팍팍 냈다. 고된 훈련을 마치고 나서 서윤의 편지를 받아보거나 그녀와 전화 통화를 하게 되면 싱글싱글 웃는 모습이 어찌나 얄미운지. 때로는 어울리지 않게 약한 척을 하면서 그녀에게 훈련이 힘들다고 징징대는 모습을 보면 더도 말고 덜도 말고 딱 한 대만 때려주고 싶었다.

그것도 이제 다 옛 추억이 되겠구나. 상병은 그리 생각하며 가던 길을 마저 갔다. 현후는 그때쯤에야 이성을 조금씩 되찾아가고 있었다.

"아, 그래, 전화! 전화해야겠다. 지금 당장."

서윤과 통화를 하다 보면 연아의 편지로 인해 피폐해진 마음이 조금이나마 안정을 되찾을 수 있을 것 같았다. 현후는 대중목욕탕에서 빠져나와 유레카를 외치던 아르키메데스처럼 다급한 모습으로 전화기를 찾았다.

"야, 쫓아!"

본인의 연애사도 아니건만 관심 충만한 동료들이 그의 뒤를 따라왔다. 저녁 식사 직전이라 한바탕 웃고 떠들 만한 여유가 있기 때문일 것이다. 현후가 거친 손길로 전화기를 들고 전화카드를 쑤셔 넣었을 때, 제일 먼저 도착한 동료 한 명이 그의 손을 황급히 붙들었다.

"아, 왜? 뭐?"

"야, 전우로서 충고해 주는 건데, 이러지 마. 너 나중에 분명히 이불 안에서 하이킥한다? 여자들은 찌질하게 매달리는 남자 싫어한단 말이야. 여친이 헤어지자는 편지를 보냈으면 가슴이 아프고 쓰리더라도 쿨하게 보내주고 잊어야지."

"뭔 개소리를 하는 거야?"

"조금 전 애인에게서 온 결별 편지 보고 이러는 거 아냐?"

"아니거든!"

눈을 부릅뜨며 소리를 빽 지르는 모습이 제법 사나운 맹수 같아서 동료는 뒤로 주춤 물러났다. 현후는 재빨리 그녀의 핸드폰 번호를 눌렀다. 통화 연결음이 오늘따라 더더욱 길게만 느껴진다.

[여보세요.]

마침내 연결된 전화. 서윤의 목소리는 언제 들어도 예뻤다. 현후는 긴장과 초조함이 어우러진 침을 꼴깍 삼키며 대꾸했다.

"보고 싶어서 전화했어."

거리낌 없는 현후의 말에 근처에 모여든 이등병 동료들이 야유를 던졌다. 하지만 그들의 말은 그의 귓가에 하나도 와 닿지 않았다. 오직 서윤의 목소리만이 들려왔다.

[저녁은 먹었어?]

"아니. 이제 곧 먹을 거야. 너는?"

[나도 ,금 이따 먹으려고. 오늘 훈련 많이 힘들었어? 목소리에 기운이 하나도 없네?]

"그게……."

원래는 아무렇지도 않은 듯 연아의 편지에 나온 내용들을 은근슬쩍 물어볼 생각이었는데, 여느 때보다 훨씬 더 다정한 그녀의 음성을 듣자 왠지 모를 서러움이 복받친 현후는 연아의 편지에 대해서 자초지종을 늘어놓았다.

"……그래서 곰곰이 생각해 보니까 우리가 요즘 연락도 뜸해진 것 같고, 편지에 언급된 사람들은 충분히 위험한 놈들이고……."

[현후야.]

"응?"

[나도 네 이야기를 듣고 곰곰이 생각해 봤는데, 너와 연아의 등짝을 세 대씩 때리는 게 좋겠다는 결론이 나왔어. 어떻게 생각해? 넌 나중에 면회 가면 때릴 테니까 장부에 잘 달아둬.]

"서연아는 당연히 그래도 싸지만, 나는 왜?"

[네가 나를 못 믿고 있잖아. 연인 사이에 가장 중요한 게 신뢰……]

"아니, 무슨 그런 섭한 말씀을! 믿어! 서윤이 너는 믿는데, 민준이랑 설민이, 지훈 선배인가 뭔가 하는 그놈을 못 믿는 거라니까!"

[민준이는 연아처럼 좋은 친구이고, 설민이는 정말 아끼는 동생이야. 지훈 선배는 그냥 과 선배일 뿐이고.]

현후는 서윤에게서 약 10분간 잔소리가 반 이상인 '신뢰의 중요성'에 대해 설명을 들어야만 했다. 하지만 일말의 불안감이 싹 가신 그의 얼굴에서 미소가 좀처럼 가시질 않아 지켜보던 이등병 동료들의 미약한 분노를 샀다.

참고로 다음 날 연아는 그녀의 등 주변을 어지럽게 날아다니는 날파리를 발견한 서윤에게 등 한 대를 세게 얻어맞았다. 그리고 '의미 없이 던진 돌에 개구리가 맞아 죽을 수도 있다'는 주제의 이야기를 30분간 얌전히 경청해야만 했다.

외전 4

그대와 함께 해피 크리스마스

[······기상청의 일기예보에 따르면 이번 크리스마스에는 수도권을 비롯하여 전국에 눈 소식이 있겠습니다. 화이트 크리스마스라는 기대 덕분에 많은 시민들이 들떠 있는데요, 외식업, 호텔 등 관련 업계도 화이트 크리스마스 특수를 잡기 위해 여러 가지 이벤트를 기획하고 있습니다.]

크리스마스 이틀 전, 거리의 분위기는 평소보다 들떠 있었다. 가게 입구나 창틀에 배치되어 있는 예쁘게 장식된 트리나 귀여운 인형들, 알록달록한 오색 전구들이 보는 사람의 눈을 즐겁게 만들었고, 가게마다 들려오는 캐럴이 사람들의 귀와 감성을 자극해 왔다.

서윤이 책을 사러 들어간 서점에서도 크리스마스 분위기가 물씬 풍겨났다. 전구가 예쁘게 반짝이는 커다란 녹색 트리가 입구에서부터 눈에 띄었고, 가판대에 가지런히 놓여 있는 크리스마스카드와 관련된 물품들이 학생과 연인들의 얇은 호주머니를 노리고 있었다.

본디 기념일이나 이벤트 등에 무관심한 서윤이지만, 이번에는 묘하게 서러움이 느껴졌다. 현후와 정식으로 사귀게 된 후 처음 맞는 크리스마스, 그것도 화이트 크리스마스이건만 그녀의 애인은 나라의 부름을 받아 보고 싶어도 마음대로 볼 수 없는 처지라는 사실이 새삼 크게 다가온 탓이다.

3일 전, 기말고사가 끝나고 나서 시간을 내어 연아 및 설민과 함께 그의 면회를 갔던 기억이 떠올랐다. 나름 힘주어 준비한 도시락을 연아와 설민이 슬슬 웃으면서 계속 집어먹자 결국 참지 못한 현후가 발작을 일으킨 모습이 눈앞에 선명하게 떠올랐다.

단지 생각하는 것만으로도 그녀의 입가에 미소가 그려지게 하는 남자. 때문에 서윤은 얽히고설킨 실타래 같던 과거를 잘라 버리고 그와 한 걸음씩 걸어나가는 새로운 미래를 택했다. 비록 아무것도 정해지지 않았고 불안한 요소가 가득한 길이라 해도 그와 함께라면 괜찮을 것 같았다.

"날이 벌써 이렇게나 추워졌네. 추위도 많이 타는 녀석이 괜찾을지 몰라."

면회 갔을 때 얼핏 듣기로는 조만간 휴가를 나올 거라 했는데, 시기가 시기이니만큼 쉽지 않으리란 생각이 들었다. 크리스마스와 연말을 그와 함께 보내고 싶은 마음은 굴뚝같았으나 그런 속내를 내비쳤다간 은근히 무데뽀 기질이 있는 이 남자가 대체 무슨 일을 저지를지 상상이 되지 않았다. 서윤은 그저 무리하지 말라는 말밖에 할 수 없었다.

"이번 크리스마스에는 연아랑 설민이랑 맛집 탐방이나 해볼까."

안타깝게도 연아와 설민 두 사람 다 아직 솔로인지라 다른 친구들과의 약속만 잡혀 있지 않다면 그녀의 제안에 응해줄 가능성이 컸다. 연락은 빨리 하면 할수록 좋지. 서윤은 책을 사고 서점을 빠져나오면서 둘에게 문자를 보냈다.

—이번 크리스마스에 시간 괜찮아? 너랑 설민이랑 셋이서 맛있는 거 먹으러 가자!

연아와 설민 모두 10분 이내로 괜찮다는 답변을 보내왔기에 서윤은 알겠다는 답장을 보내고 나서 집으로 돌아오는 길에 인터넷 블로그를 뒤져 괜찮다는 맛집 몇 개를 찾아놓았다. 그중 퓨전 이탈리안 레스토랑을 표방하는 '느낌&마침표'란 가게는 개성 있는 인테리어와 가격 대비 음식이 상당히 괜찮은 장소로 홍대의 특색 있는 맛집 리스트에 이름을 당당히 올려놓고 있었다.

"여기 괜찮겠네. 셋 다 모이기도 편하고. 예약제는 아닌 것 같은데, 그럼 좀 일찍 만나서 움직여야겠다."

간략한 설명을 들은 연아나 설민이도 그 가게가 괜찮다고 하기에 25일 11시 반쯤 홍대에서 만나기로 약속을 잡았다. 그리고 서윤은 로맨틱팩토리 사이트에서 유료 연재 중인 글을 열심히 써 내려가면서 그날이 다가오기를 기다렸다. 맛있는 음식도 먹고 셋이 사진도 예쁘게 찍어서 나중에 현후가 휴가 나오면 꼭 보여줘야겠다고 생각하며.

25일 당일, 서윤은 홍대입구역에서 11시 25분쯤 전화 한 통을 받았다.

[서윤아, 정말 미안! 나랑 설민이랑 지금 가고 있는데 설민이이 자식 때문에 조금 늦게 도착할 것 같으니까 가게에 먼저 가 있어. 지하철역은 너무 춥잖아.]

"알겠어. 먼저 가 있을 테니 조심해서 와. 설민이 때리지 말고."

[얘가 나한테 맞기나 해? 자식이 머리통 조금 커졌다고 누나 알기를 아주 우습게 안다니까.]

"워워, 진정하시고 이따 봅시다."

하여튼 구경하는 재미가 쏠쏠한 남매다. 사정을 모르는 제삼자가 보면 친남매라 말해도 곧이들을 것이다. 그만큼 오랜 세월을 함께하며 연아와 설민은 상대방을 많이 닮아갔다. 피식 웃은 서윤은 바람이 쌩쌩 부는 밖으로 걸음을 옮겼다.

"눈이 온다는 예보치고는 오늘 날씨가 너무 맑은데, 그냥 크리스마스가 되려나."

가게는 홍대의 대로변이 아닌 조금 외진 골목길에 위치하고 있었다. 다소 비탈진 길을 오르며 찬바람에 얼어붙은 그녀의 손과 발에서 감각이 점점 사라질 무렵, 노란 가게 간판이 보였다. 그 앞에 한 사람이 존재했다. 그립고도 익숙한 얼굴이지만 이곳에 있으리라 전혀 생각지 못한 그 사람이······.

"서현후!"

군복을 입고 빠릿빠릿한 자세로 서 있다. 놀란 서윤이 걸음을 재촉하여 가까이 다가서자 개구쟁이 같은 웃음을 짓고 있던 그의 표정이 사뭇 진지하게 변했다.

"일병 서현후, 애인님 보려고 휴가 나왔습니다."

"······뭐야, 이게?"

"크리스마스 서프라이즈! 나 완전 센스 있지?"

"연아랑 설민이에게서 위치 전해 들은 거야?"

"응. 그리고 오지 말라고 했어."

"뭐?"

뜻밖의 말에 서윤이 빽 소리를 질렀다.

현후는 그녀의 손부터 덥석 붙잡았다. 칼바람에 고운 님의 손이 꽁꽁 얼어붙어 있어서 속상했다.

에이 씨, 장갑이라도 좀 끼고 오지. 이상하게도 우리 서윤이는 목도리든 장갑이든 끼는 걸 귀찮아하더라?

"어허, 원래 커플 사이에 솔로들이 끼면 안 되는 법이야."

현후의 장난스러운 말에 서윤의 미간이 찌푸려졌다. 어쩐지 아까 약속 시각이 다 돼서야 연아로부터 늦는다는 전화가 온다 싶었더니 바로 이놈이 원흉이었구만.

"서로 모르는 사이도 아닌데, 다 같이 모여서 밥 한 끼 먹으면 좋지."

"딴 날은 다 돼도 오늘은 안 돼."

크리스마스는 연인들의 날이니까. 현후가 짓궂은 목소리로 덧붙였다.

"뭔 소리세요. 크리스마스는 예수 그리스도의 탄생 기념일이거든요."

"이번 해부터 연인들의 날로 제정됐어."

억지인 걸 뻔히 알면서도 서윤은 그를 더 이상 뿌리칠 수 없었다.

현후를 따라 들어선 가게 안. 그들의 자리는 오른쪽 구석에 위치해 있었는데, 대학 입학식 날 사귀자고 고백하며 그가 건네준 꽃다발과 비슷한 모양의 장미 꽃다발이 테이블 위에 수줍게 놓여 있었다. 어이구, 저런 건 또 언제 준비했대.

"자, 앉으실까요?"

현후가 매너 좋게 서윤의 의자를 빼주었다. 비교적 따뜻한 가게 안에서 아직 생기를 머금고 피어 있는 장미 꽃다발이 시야에 들어왔다. 정말이지, 1년 전 그맘때가 떠오른다.

"메리 크리스마스, 서현후 군인 아저씨."

사실 그냥 크리스마스건 화이트 크리스마스건 그것은 별로 중요하지 않았다. 현후가 제 옆에 있느냐 없느냐의 문제였으니까. 눈은 아직 내리지 않았건만, 서윤에게 오늘은 이미 화이트 크리스마스와 다름없었다. 앞뒤 설명 없이, 별다른 수식어도 없이 던져진 서윤의 말에 현후 역시 환하게 웃어 보였다.

"응, 너와 함께 이 자리에 있는 것만으로도 나는 해피 크리스마스야."

외전 5

내가 찜한 여자거든!

치즈다코야끼가 환상적으로 맛있는 가게. 솔아가 행복하다는 미소를 지으며 그것을 맛있게 먹던 모습이 못 박히듯 기억에 남아서 이곳을 다시 찾게 됐다.

본격적인 술판이 벌어지기에는 다소 이른 시각이어서 그런지 가게 안엔 손님이 별로 없었다. 때문에 둘은 원하는 구석자리에 무리 없이 앉을 수 있었다.

일단 치즈다코야키와 따끈한 국물이 매력적인 어묵탕, 유자 맛이 나는 사케 한 병, 맥주 500cc를 주문했다. 친구는 유유상종이라고 했던가. 술을 더럽게 못 하는 현후처럼 성민 역시 주량이 센 편은 아니었다.

오히려 여자인 솔아가 그들 중에서 술이 제일 센 편이다. 그녀는 어지간해서는 취한 모습을 보이지 않았다.

"……둘이 지금쯤 잘 있으려나?"

주문한 음식들이 나오기 전, 직원이 갖다 준 과자를 야금야금 집어먹으며 솔아가 중얼거렸다.

"글쎄. 누나가 워낙에 초를 쳐놔서."

"어머, 얘는. 걔 남편한테 전화 걸어줬지, 걔네들 오붓하게 있으라고 얌전히 사라져 줬지. 난 할 만큼 한 것 같은데? 나머지는 둘의 의지 문제지."

"서윤 씨 마음은 잘 모르겠지만, 그 자식은 전부 각오하고 시작한 거야. 그게 나와 누나를 버려도 괜찮을 정도의 마음인지는 미처 몰랐지만."

"이제 보니 내가 아니라 우리 성민이가 그 발언에 엄청 삐쳤구나?"

"……아니거든!"

주문한 음식과 술이 나왔다. 말과 달리 현후의 말을 곱씹으면 곱씹을수록 성민의 입안은 쓰디쓰게 변해갔다. 그래, 어릴 때도 아니고 이제는 머리 좀 컸으니 친구보다 여자라 이거지. 아, 오늘따라 술맛 더 거지 같네.

"그래, 바로 이거야. 외국에서 이 맛이 정말 그리웠다고!"

그래도 치즈다코야키를 맛있게 먹으면서 행복해하는 솔아의 얼굴을 보자 그의 기분이 조금 나아졌다. 서현후도 서윤을 바라보고 있노라면 이런 느낌, 이런 감정이 드는 것일까? 상대가 유부녀라는 사실은 전혀 상관없이?

솔아는 밝고 당당한 미소만큼이나 마주한 사람의 마음을 즐겁게 만들어주는 재주를 지니고 있었다. 그녀가 캐나다에서 유학하며 겪은 일 중 재미있는 에피소드들만 선별하여 들려주자 누군가 시간을 뚝 떼어다가 훔쳐 간 것처럼 저녁 시간이 빠르게 다가왔다.

"우리 여기서 저녁도 해결하고 가자. 안주 더 시킬까?"

"식사 대용이라면 부대찌개 어때?"

"그래, 얼큰하고 맛있고 좋지!"

처음 시킨 술을 깨끗이 비워내고 나자 성민의 얼굴이 붉게 달아올랐다. 현후 녀석을 떠올리면서 안주는 거의 손대지 않고 술만 들이켰더니 평소보다 취기가 조금 더 빨리 올라오는 듯했다. 술기운에 기분이 다소 들떠서인지 눈앞에 앉아 있는 솔아가 배로 예뻐 보였다.

그러고 보니 저와 현후, 솔아 셋이 아닌 단둘이서 술 마시는 건 오늘이 처음이었다.

'아, 좀 위험할지도. 지금부터는 천천히 마셔야겠다.'

달달한 사케와 시원한 맥주로 입가심을 한 그들은 부대찌개와 함께 마실 술로 소주를 택했다. 출렁이는 녹색 병을 볼 때마다 성민은 어깨를 움찔 떨며 긴장했지만, 그렇다 해서 입에 술을 털어 넣는 것을 포기하진 않았다. 오히려 조심한다면서 조금씩 자주 마신 술이 그가 더 빠르게 취하도록 만들고 있었다.

"성민아, 잠깐만. 나 화장실 좀."

그 많던 부대찌개가 누군가 마술이라도 부린 것처럼 거의 다 사라졌을 때, 솔아가 자리에서 일어났다. 성민은 멀어져 가는 그녀의 뒷모습을 멍하니 쳐다보았다.

나도 나지만 누나도 오늘은 평소보다 많이 마신 것 같은데 괜찮을까. 중간에 비틀거리다가 넘어질 수도 있고, 화장실 가다가 쓸데없는 시비에 휘말릴지도 모르는데.

누나가 눈에 좀 띄는 타입이어야 말이지. 얼굴 예뻐, 몸매 좋아, 남자라면 누구나 한 번쯤 뒤돌아볼 수밖에 없는 여자잖아?

여러 가지 부정적인 상황들이 머릿속에 그려지면서 성민은 치밀어 오르는 걱정에 애꿎은 입술만 잘근잘근 깨물었다. 그사이 시간은 고작 3분 지나갔다. 물론 솔아는 아직 돌아오지 않았다.

'이제 겨우 3분 지났잖아. 나 너무 호들갑 떠는 거 아냐? 아니, 아니지. 가만있어 보자. 요즘 세상이 얼마나 위험한데. 걱정하는 건 당연한 거야. 설사 내가 누나를 누나로만 보고 있다 해도.'

차라리 핸드폰이라도 쳐다보고 있으면 시간이 빨리 지나갈 것 같아서 성민은 인터넷 창을 켰다. 하지만 흥미로워 보이는 뉴스나 볼거리가 하나도 없어서 1분 만에 종료하고 말았다.

"그래, 차라리 그냥 솔직하게 마중을 나가자. 꼭 이성으로서 좋아하는 마음이 있어야만 걱정하는 건 아니잖아? 친한 친구의 누나니까 걱정할 수도 있지."

자, 이제 솔아와 마주하면 늘어놓을 변명도 완벽하게 준비해 놓았겠다, 자리에서 얌전히 기다리고만 있을 이유가 사라졌다.

성민은 자리에서 벌떡 일어나 바깥의 화장실 쪽으로 발걸음을 옮겼다. 그리고 화장실을 빠져나오려던 솔아에게 웬 날파리 두 마리가 붙어 있는 모습을 발견했다. 비록 남녀 화장실이 분리되어 있다고 해도 좁디좁은 공간에 그저 형식적으로 구분해 놓은 것에 불과한지라 재수 없게 그들과 마주친 모양이다.

"일행 있다고 대체 몇 번을 말해야 처알아들을래요?"

"와, 목소리도 죽이네."

"아씨, 짜증 나. 얼굴 믿고 X나 비싸게 구네."

계속되는 그들의 치근덕거림에 솔아는 고운 미간을 한껏 찌푸리며 앙칼진 목소리로 외치고 있었다.

아니, 지금 저 새끼들이 감히 누구한테! 저런 쓰레기 같은 놈들 때문에 평소 멀쩡하던 사람도 'Game Over'라는 문구가 눈앞에 떴을 때처럼 폭력적으로 변할 수 있겠구나. 성민은 뇌리가 새하얗게 변하고 누군가 그의 가슴에 보일러라도 때는 듯 심장이 뜨겁게 달아오르는 것을 느끼며 그들에게 다가섰다.

"개새끼들, 여기 일행 왔다. 어쩔래?"

"성민아!"

솔아가 정말 반갑다는 듯 그의 이름을 불렀다. 사내들은 새로 나타난 성민의 얼굴을 바라보며 사납게 인상을 썼다.

"뭐야, 이 새끼는?"

"이쁜이가 말한 일행이 겨우 이딴 놈? 야아, 이것 보소. 우리가 훨씬 낫네."

뭐가 어쩌고 어째, 인마? 간신히 붙잡고 있던 그의 이성이 옷의 부실한 실밥처럼 툭 끊겨 나갔다.

"그 더러운 주둥아리 그만 닥쳐. 사람이 싫다는데 왜 자꾸 치근대고 X랄이야. 어디 한번 붙을까? 경찰 불러?"

작지도 크지도 않은 목소리로 낮게 내리깐 목소리에는 적잖은 위압감이 존재했다. 사내들은 생각보다 격한 성민의 반응에 모욕감을 느끼며 저들끼리 무언의 시선을 주고받았다. 솔아 역시 그간 함께 어울려 왔지만 저리도 사나운 표정으로 거친 말이며 욕을 내뱉는 성민의 모습은 처음 접하는지라 깜짝 놀랐다.

'쟤는 왜 저렇게 화가 났대.'

성민이 살기등등한 태도로 그들을 노려보았다. 잠시간 숨 막히는 대치 상황이 이루어졌다. 한 사내가 건들거리는 태도로 외쳤다. 성민이 아주 우스워 보인다는 기분 나쁜 미소를 띠고서.

"딱 봐도 그냥 얼굴만 아는 누나 동생 사이 같은데, 어른들 사업에 애새끼는 그만 빠지지 그래? 이거 쪽 좀 당해봐야 정신 차릴라나."

"X랄하고 자빠졌네. 그냥 아는 누나 동생 사이? 하!"

어이없다는 듯 입술을 씰룩거린 성민이 사내들을 어깨로 거세게 치고 지나가며 솔아의 옆에 섰다.

"내가 찜한 여자거든, 개새끼들아."

✠　✠　✠

"아놔, 미치겠네. 크크큭."

"우와! 그래서 어떻게 됐어요, 언니?"

솔아의 이야기를 여기까지 들은 현후와 서윤은 정말 상반되는 반응을 보였다. 현후는 너무 웃은 나머지 호흡 곤란이 오는 듯했고, 서윤은 새삼 다르게 봤다는 표정으로 성민을 쳐다보았다.

성민은 솔아의 이야기가 시작됐을 때부터 카페 테이블 위에 고개를 거의 박고 있었다. 이대로 그의 몸이 점점 오그라들다가 공처럼 둥글게 말리는 것은 아닌지 걱정될 정도였다.

"어떻게 되긴, 셋이서 진짜 싸움 날 뻔했는데 웬 아저씨 한 명이 터벅터벅 걸어오더니 신분증을 딱 들이미는 거야. '나, 형산데 지금 여기서 싸울 겁니까?' 이렇게 말하면서."

솔아가 제법 큰 리액션까지 취해가며 이야기를 계속 이어 나갔다.

"진짜 소설 같네요. 로맨스소설을 쓰고 있지만, 언니 이야기가 더 판타스틱하게 느껴지는데요? 엄청 설레기도 하고요."

"풋. 난 쟤가 언젠가 제대로 일 칠 줄 알았지. 그거 듣고 사겨준 누나가 더 대단하다."

"······좋은 말로 할 때 닥쳐, 이 새끼야!"

맞은편 자리에 앉아 미친 듯이 웃어대는 현후를 보면서 새빨개진 얼굴의 성민이 소리쳤다. 어느새 서로의 흑역사를 하나씩 꺼내며 자폭을 시행하는 두 남자의 모습을 바라보던 서윤과 솔아가 누가 먼저라 할 것도 없이 가만히 한숨을 내쉬었다.

"정말이지, 애가 따로 없다니까. 오십보백보인 놈들이 허구한 날 싸워대니 이젠 질린다, 질려."

"의외로 닮은 구석이 많아서 그런 걸까요. 원래 사람은 자신과 비슷한 성향의 사람과 사사건건 부딪치게 되거든요."

"예를 들면 어떤 거?"

"고백 방식이라든가."

나지막한 서윤의 대답에 치열한 말다툼을 벌이고 있던 현후와 성민마저도 조용히 입을 다문 채 경청의 자세를 취했다.

"평상시에는 좋아하는 티 별로 안 내다가 술 마시고 나서야 고백하는 거요."

"어, 듣고 보니 정말 그러네?"

솔아는 신기한 사실을 발견했다는 듯 맞장구를 쳤지만, 현후와 성민은 조개처럼 입을 꾹 다물 수밖에 없었다. 솔아가 개구쟁이 같은 짓궂은 미소를 지으면서 말했다.

"왜, 그런 말도 있잖아. 술 취해서 하는 고백이 고백 중에 제일 하수라고. 어휴, 불쌍한 나와 우리 서윤이. 이번 기회에 저 녀석들 뻥 차버릴까?"

한쪽 눈을 찡긋하는 그녀의 모습은 정말이지 같은 여자가 봐도 예뻤다. 서윤도 피식 웃으면서 장난스럽게 그 말을 받았다.

"정말 그러는 편이 좋을까요?"

"응. 그리고 새로운 인연을 찾아보자. 우린 아직 젊으니까."

"잠, 잠깐만! 대화 스톱! 서윤아, 그때 제주도에서 그랬던 건……."

"누나!"

그들이 둘러앉은 테이블은 조곤조곤 변명을 늘어놓는 현후와 당황해서 어찌할 바 모르는 성민의 음성으로 다시금 시끄러워졌다.

외전 6

멈춰 있던 시간이 흐르기 시작하다

상처란 기묘하다. 작은 상처든 큰 상처든 그 위에 새 살이 솔솔 돋아나면 깨끗이 덮어진다 해도 우리 몸은 그것을 용케 기억하고 있다. 차곡차곡 쌓인 작은 상처들은 이따금 미약한 통증을 불러오고, 큰 상처는 평생 보기 싫은 흉터로 남을뿐더러 지속적인 통증을 유발한다.

사랑하던 남자에게 버림받고 그의 손에 아이를 잃어버린 솔아의 상처는 새 살로 덮어도 다 가려지지 않는 커다란 상처였다. 그녀의 심장에 큼지막하게 새겨진 흉터는 본인도 모르는 사이, 마음의 시간이 그날에서 정지하도록 만들었다.

그와 헤어지고 일상으로 되돌아온 그녀에게 대시해 오는 남자들은 많았다. 솔아는 잘나가는 모델들 못지않게 아름다우며 섹시한 외모를 가지고 있었고, 유쾌한 성격을 지녔으며, 아버지가 교수, 어머니가 교사인 만큼 집안 배경도 좋은 편이었다. 아무것도 모르는 남자들이 그녀를 거부할 만한 이유는 전혀 없었다.

때문에 솔아는 그들이 말하는 사랑을 믿지 않았다. 아니, 믿지 못했다. 그들 중 누구도 진정한 그녀의 모습에 대해 알지 못하기에.

그래서 누구에게도 얽매이지 않고 자유롭게 살고 싶다는 핑계를 대며 그들을 밀어냈다. 처음에는 호기롭게 그녀의 마음이 제게 올 때까지 기다리겠다고 말하던 남자들도 시간이 흐르면서 지쳐 떨어져 나갔다.

티 나지 않게 남자들을 밀어내는 솔아의 곁에 끝까지 남아준 사람은 단둘이었다. 절망에 빠져 있던 그녀에게 구원의 손길을 내밀어준 사촌 동생 현후와 그의 친구 최성민.

솔아가 봐도 성민은 정말이지 훌륭한 성품을 지니고 있었다. 일단, 성격에 문제 많은 제 사촌 동생의 곁에 끝까지 친구로 남아줬다는 점에서 플러스 점수가 듬뿍 주어졌다. 게다가 말을 트고 이야기해 보니 혈기왕성한 그 나이 또래답지 않게 차분하고 생각이 깊은 아이였다. 저보다 다섯 살이나 어리지만 배울 점이 분명 존재했다.

'내 또래 남자애들보다 더 어른스러울지도?'

현후 덕분에 만난 인연. 생각보다 대화도 잘 통하고 취향 등도 꽤 비슷한 구석이 있어 시간이 조금 더 지나자 그는 사촌인 현후보다 더 대하기 편한 상대가 되었다. 그래서인지 만약 누군가와 다시 한 번 사귀게 된다면, 꼭 이 아이처럼 착하고 성실하고 듬직한 남자를 만나야겠다는 생각을 한 적도 있었다.

'만약 누군가와 다시 한 번 사귀게 된다면, 이라니……'

몇 년 만에 처음 떠올린 생각에 솔아는 적잖이 놀랐다. 그날 이후, 두 번 다시 누군가를 이성으로서 사랑하진 못할 거라고 생각했다. 제게 사랑한다 고백해 오는 남자들의 얼굴을 볼 때마다 첫 남자친구의 모습이 겹쳐질 때가 종종 있었다.

그런 자신의 인식이 서서히 변하고 있단 말인가. 다른 누구도 아닌, 사촌 동생의 친구 때문에.

최성민이라는 사람이 조금 더 궁금해지기 시작했다. 말이 잘 통하는 동생으로서가 아니라 그 남자 자체로서.

하지만 사랑에 한 번 크게 데인 솔아의 내면에는 평화로운 현 상태를 그냥 유지하고 싶다는 마음이 더 짙게 깔려 있었다. 때문에 예민한 여자의 감으로 성민이 어느 때부턴가 저를 묘한 시선으로 바라보기 시작했다는 사실을 눈치챘지만, 아무런 내색을 하지 않았다. 그들의 관계에 언제 위태로운 실금이 생기게 될지 몰라 두려워하면서.

하지만 그 시기는 그녀의 예상보다 훨씬 더 빨리 왔고, 전혀 색다른 형태로 나타났다.

"딱 봐도 그냥 얼굴만 아는 누나 동생 사이 같은데, 어른들 사업에 애새끼는 그만 빠지지 그래? 이거, 쪽 좀 당해봐야 정신 차릴라나."

"X랄하고 자빠졌네. 그냥 아는 누나 동생 사이? 하!"

어이없다는 듯 입술을 씰룩거린 성민이 술집에서 솔아에게 시비를 걸어온 사내들을 향해 호기롭게 외친 말.

"내가 찜한 여자거든, 개새끼들아."

솔아도, 성민도 전혀 예상치 못한 상황에서 이루어진 간접적인 고백. 다행히도 지나가던 형사의 개입으로 그 사내들과 주먹다짐을 하는 일은 발생하지 않았지만, 솔아와 성민은 얼떨결에 고백한 자와 고백받은 자 특유의 난감한 상황에 빠져 버렸다. 그들은 술집을 빠져나와서도 서로의 얼굴을 똑바로 쳐다보지 못했다.

바깥에는 초겨울의 서늘한 바람이 불고 있었다. 양어깨가 파르르 떨려왔다. 솔아는 문득 그날처럼 두려워졌다. 자신은 이제 어떻게 대처해야 하는가.

그저 좋지 못한 상황에 처한 저를 도와주기 위해 꺼낸 말이라고 넘겨 버리면 그들 사이의 평화는 유지될 수 있을까. 하지만 성민이 이번 기회에 제 마음을 솔직하게 인정한다면, 어떻게 해야 하나.

그녀가 그 마음을 거절하면 둘 사이가 껄끄럽게 변해 버리는 것은 자명한 미래다. 그렇다 해서 그 마음을 쉬이 받아들여도 문제다. 성민은 좋은 남자니 사귀는 동안 솔아는 그를 진심으로 사랑하게 될 것이 분명했다. 연애 기간에는 그 누구보다도 행복한 여자가 되겠지만, 그 이후에는? 이 세상에 변하지 않는 감정이란 것이 과연 존재하던가.

"솔아 누나."

저를 불러오는 성민의 목소리가 두렵기는 처음이었다. 저도 모르게 그 자리를 피하려는 솔아의 팔을 그가 강하게 붙들어왔다.

"도망치지 마. 그냥 이번 기회에 나 좀 똑바로 바라봐 주면 안 될까?"

"……무슨 말이 하고 싶은 거야?"

"좋아해, 누나. 현후 친구, 아는 동생이 아니라 최성민으로서 말하는 거야."

"성민아, 난……."

"알아. 누나에겐 아직 시간이 더 필요하다는 거. 그럼에도 불구하고 아까의 말, 그냥 한 말이라고 둘러대지 않는 것은 내 마음에 거짓을 말하고 싶지 않기 때문이야. 기다릴 수 있어. 그 어떤 상황에도 우린 계속 마주하게 될 테니까."

그 어떤 상황에서도 계속 마주하리란 성민의 말에 왜 눈물이

나는 것일까. 이별이란 단어에 단단한 벽을 쳐버리는 그 말에
솔아는 저도 모르게 안심하고 말았다.

"난…… 너, 잃기 싫어."

그래, 그게 그녀의 솔직한 마음이었다. 연인으로서 섣부르게
몇 발자국 내디뎠다가 성민과 영영 이별하고 싶지 않았다.

"시작도 안 했잖아. 결말은 아무도 모르는 거야. 그리고 해피
엔딩은 함께 만들어가는 것이고."

화려한 수식어 따윈 존재하지 않는 그 간결한 말이 깊이 잠들
어 있던 그녀의 마음을 향해 속삭여 왔다. 이제 그만 긴 잠에서
깨어날 때가 되지 않았냐고. 환청인지 모르겠지만, 어디선가 삐
거덕거리는 시곗바늘 소리가 들려오는 듯했다.

연애의 첫걸음부터 굉장히 조심스러운 연인. 솔아는 사촌 동
생인 현후에게조차 그와의 연애 사실을 숨기고 싶어 했다. 서운
할 법도 하련만, 성민은 별다른 말 없이 그녀의 의견을 존중해
주었다. 어차피 현후는 서윤 하나만으로도 머리가 나가 터져 나
가 다른 곳에 신경 쓸 만한 여유가 전혀 없을 것이다.

게다가 솔아의 아버지이자 그를 가르치는 교수 중 하나인 강
인환 교수가 그 사실을 일찍 알아봤자 좋을 건 하나도 없었다.
그의 입장에서는 착하고 성실한 학생, 성민이 순식간에 제 딸을
꾀어낸 엄한 놈으로 변해 버릴 수도 있었다.

연인이라는 타이틀을 달았지만, 겉으로 봤을 때 그들의 행동이나 모습은 딱히 달라진 점이 없었다. 함께 밥을 먹고 차를 마시고 영화를 보는 것 정도는 이전에도 충분히 해왔던 일들이다. 다만 예전과 사소하게 달라진 점이 있다면, 그들과 늘 함께해왔던 현후가 그 자리에 없다는 것뿐이다. 그런데 단지, 그것만으로도 기분이 굉장히 묘했다.

변화는 소소하지만 조금씩, 꾸준하게 찾아왔다. 우선 별 특징 없던 성민과 솔아의 카톡 프로필 사진이 따뜻하고 밝은 이미지로 바뀌었다. 각자의 친구들이 그들에게 '너, 연애해?' 라고 떠보거나 물어오는 횟수가 잦아졌다.

둘이 처음으로 포옹한 것은 눈이 내린 후 점점 더 추워지는 날씨 탓에 얼어붙은 길바닥 덕분이었다. 구두를 신고 있던 솔아가 발이 삐끗하여 넘어지려는 순간, 성민은 모든 운동 신경을 끌어 모아 그녀가 바닥에 넘어지는 대참사를 막았다.

"누나! 괜찮아?"

'따뜻하다.'

그때 처음 안긴 성민의 품은 따뜻하고 듬직했다. 아버지나 현후와는 사뭇 다른 느낌이었다. 묘한 설렘이 이는 것이, 첫 남자친구와 포옹했을 때와 비슷했다.

스킨십은 조금씩 늘어났지만, 둘 모두 조심스러웠다. 솔아는 아직 제 마음에 확신을 가지지 못했고, 성민은 자신의 섣부른 행동이 솔아에게 쓰라린 과거의 기억이나 트라우마를 떠올리게 할까 봐 신중해질 수밖에 없었다. 상대가 옆에 있어도 보고픈 연애 초반의 애틋한 감정이나 이십대의 혈기왕성한 기운을 억누르는 건 상당히 힘든 일이지만, 솔아의 입장을 먼저 생각하고 그녀를 배려하는 마음이 컸기에 가능했다.

하지만 그런 식으로 한 달, 두 달, 세 달이 지나가자 마음이 불안해진 쪽은 오히려 솔아였다. 성민보다 다섯 살 연상인 그녀는 주변 친구들에게서 이것저것 들은 내용이나 경험이 많았다. 때문에 제 눈치를 지나치게 보는 성민에게 미안해지고, 이것이 과연 제대로 된 커플의 모습인가 의구심을 갖지 않을 수 없었다.

'걔 고백을 쉽게 받아들이지 말아야 했을까.'

자신은 아직 다른 사람의 옆에 설 준비가 안 된 것 같다고 말하며 성민을 밀어내 볼까 진지하게 고민도 해봤다. 하지만 제가 참 못돼먹은 여자라서 그런지 성민이 저를 떠나 다른 여자의 옆에서 웃고 있는 모습을 떠올리면 그 말을 차마 입 밖으로 꺼낼 수 없었다.

성민을 좋아한다. 그가 제 곁에서 사라지는 미래를 생각하고 싶지 않을 만큼 좋아한다. 때문에 대학원 휴학 기간마저 늘리고 한국에 계속 머물러 있는 것이 아닌가.

그렇다면 대체 무엇이 문제란 말인가. 성민과 키스를 나누고, 그 이상으로 깊은 관계를 가지게 되면 이전 같은 일이 반복될지도 몰라 두려워하고 있는 것일까.

"바보 같아, 강솔아. 나 같은 사람이 상담사가 되면 정말 큰일 날 거야. 내 마음의 행방조차 제대로 모르는데."

어째서일까. 추운 겨울이 다 지나가고 온 세상에 따뜻한 봄이 찾아왔건만, 저 혼자만 겨울의 한복판에 서 있는 듯한 착각이 인다. 솔아는 부디 그 한기가 애꿎은 주변으로 퍼져 나가지 않기만을 빌었다.

※　✖　※

"성민아!"

짧은 잠꼬대 끝에 솔아가 감았던 눈을 떴다.

오늘은 성민과 여의도공원으로 벚꽃을 보러 가자고 약속한 날이다. 하지만 불쾌한 악몽에 시달렸기 때문일까. 오랜 시간 자고 일어났는데도 몸이나 기분이 전혀 개운치 않았다.

그녀의 꿈속에서 성민은 불길한 회색 연기에 휩싸여 있었다. 솔아는 그에게 빨리 빠져나오라고 손짓했지만, 성민은 그저 처연한 표정만을 지어 보일 뿐이었다. 발을 동동 구르던 솔아가 그를 향해 달려가는 순간, 갑자기 치솟아오른 불의 장벽이 둘 사이를 가로막았다.

"어린아이가 아니니 키 크는 꿈도 아닐 텐데, 이게 뭐야.

정말."

찬물로 세수하며 찝찝한 기분을 달래보려 했지만, 마음이 영 불안하다. 오늘 약속은 그냥 취소하는 편이 나을까.

솔아는 핸드폰을 찾아 카톡 앱으로 들어갔다. 성민이 보낸 메시지가 도착해 있었다.

—그럼 조금 이따 봐! 이번에 새로 산 카메라 챙겨갈게!

메시지만 봐도 잔뜩 들떠 있는 그의 모습이 저절로 연상됐다. 솔아는 그 흥겨운 기분을 깨뜨리고 싶지 않았다. 때문에 입력하고자 했던 거절의 답 대신 알겠다는 메시지를 보내고 말았다. 그리고 화장도, 옷차림도 평소보다 배 이상으로 신경 쓴 후 집을 나섰다.

솔아는 약속 시각보다 5분 정도 일찍 여의도역에 도착했다. 그녀와 비슷한 목적을 지닌 사람들이 많아서인지 역은 사람들로 꽤 붐비고 있었다. 짜식, 이 누나를 기다리게 하다니. 어른 공경도 할 줄 모르는 녀석 같으니라고.

—어디야? 난 이미 도착 ㅎㅎ

속으로 가볍게 투덜거린 그녀는 성민에게 카톡을 보내고 나서

인터넷에 접속했다. 지하철로 이동할 땐 음악에 집중해서 잘 몰랐는데, 포털 사이트 뉴스란을 도배하고 있는 소식이 존재했다.

　—지하철 2호선에서 화재 발생. 사상자 세 명, 원인은 오십대 남성의 방화!

　—또다시 발생한 인재, 지하철 2호선 화재.

　—갑작스러운 불길, 순식간에 아수라장이 된 2호선.

"설, 설마……."

만나기로 약속한 여의도역에 성민이 도착하기 위해서는 지하철 2호선을 반드시 거쳐야만 했다. 솔아는 가슴 가득 치밀어 오르는 불안감을 억지로 누르며 그에게 전화를 걸었다. 긴 통화 연결음 끝에 기계적인 음성이 들려왔다.

[고객이 전화를 받지 않아 삐 소리 이후 음성사서함으로 연결됩니다. 연결된 이후에는 통화료가…….]

"아니지? 아니겠지? 정신이 없어서 전화를 못 받는 것뿐이겠지? 어쩌면 화장실에 들렀을 수도 있고……."

혼잣말로 중얼거리던 솔아는 문득 시야가 뿌옇게 흐려지는 것을 느꼈다. 그러곤 곧 눈가가 뜨거워지더니 미지근한 무언가가 볼을 타고 흘러내렸다.

솔아는 입술을 깨물어 흐느낌 소리가 바깥으로 새어 나가는 것을 막았다. 다리에 힘이 풀려 서 있기가 점점 힘들어졌다. 그녀가 차가운 벽에 간신히 몸을 기댔을 때, 손바닥에서 제법 강렬한 진동이 느껴졌다.

─성민

두 눈 가득 들어오는 익숙한 글자. 솔아는 황급히 전화를 받았다. 하지만 왠지 모르게 목이 메어와 아무 말도 못 하고 있을 때, 부드러운 음성이 들려왔다.

[누나, 나야. 좀 전에 전화 못 받아서 미안해. 오는 길에 사고가 있어서……]

"2호선 사고 말이지? 지, 지금 어디야? 몸은 괜찮아? 다친 곳은 없는 거야?"

[진정해. 다친 곳 없이 멀쩡하니까. 목소리 들어보면 알잖아.]

"다, 다행이다. 있지, 난……."

입술과 핸드폰을 든 오른손이 마구 떨려왔다. 간밤의 악몽처럼 그가 제 손이 닿을 수 없는 곳으로 가버렸을지도 모른다는 생각에 순간, 하늘이 무너져 내린 듯한 느낌이 들었다. 큰일을 당할 뻔한 사람은 성민인데, 그보다 더 놀란 것처럼 보이는 솔아를 그가 침착한 말투로 달래왔다.

[왜 그렇게 놀라서 그래. 오늘은 운이 좀 없었을 뿐이야. 그나

저나 지금 이쪽 교통이 거의 마비돼서 그쪽으로 움직이기 힘들 것 같은데…… 미안해서 어쩌지, 누나. 벚꽃은 내일 봐도 괜찮으니까, 집에 조심해서 돌아…….]

"기다릴게."

[어?]

"공원에서 기다릴 테니까. 늦어도, 많이 늦어도 상관없으니까…… 너, 무사한 거 꼭 확인하고 싶으니까……."

늦게라도 와. 솔아가 울음 섞인 목소리로 말을 끝맺었다. 사실, 그 말이 억지스럽다는 것은 본인이 제일 잘 알고 있었다.

오늘 그 누구보다도 힘든 이는 성민일 테고, 그는 한시라도 바삐 병원에 가던가 집에 돌아가서 쉬어야만 했다. 하지만 그를 만나고 싶고, 만나서 무사함을 확인하고 싶은 것은 순전히 그녀의 이기적인 욕심 때문이었다.

[알았어. 그럼 울지 말고 기다려. 겉옷, 따뜻한 것으로 입고 왔지? 밖으로 나가면, 감기 걸리지 않게 잘 걸치고 있어.]

뜻밖의 사고 소식에 놀란 솔아는 통화를 마치고 나서도 한동안 그 자리에 멍하니 서 있었다. 시간이 어느 정도 지난 후에야 그녀는 간신히 정신을 차리고 해당 출구로 걸음을 옮겼다.

벚꽃이 만개한 여의도공원의 풍경은 아름다웠다. 주말이라 그런지 데이트 나온 커플들도, 소풍 나온 가족들의 모습도 곳곳에서 보였다. 햇볕이 따스하고 바람도 적당히 부는 것이 꽃구경하기 딱 좋은 날씨였다. 이따금 바람에 꽃잎들이 하늘하늘 떨어지는 모습이 애처로우면서도 어여뻤다. 이곳에 도착해서 천천히 지나치는 주변의 풍경들을 눈에 담고 있자니, 방금 전 접한 사고 소식이 더더욱 비현실적으로 다가왔다.

"하아……."

이제는 봄기운이 완연하다 해도 바깥에 오래 앉아 있다 보니 손끝이 조금씩 서늘해져 왔다. 솔아가 살짝 떨리는 어깨를 양팔로 감싸 안으며 한숨을 내쉴 때, 그녀의 어깨 위에 무언가가 얹어졌다.

"무슨 한숨을 그렇게 쉬어. 땅 꺼지겠다."

오늘 하루 종일 그리웠던 목소리가 들려왔다. 고개를 빠르게 돌리자 옅게 웃고 있는 성민의 모습이 보였다.

솔아는 저도 모르게 벌떡 일어나 성민을 팍 끌어안았다. 처음에는 당황해하던 그도 이내 솔아를 있는 힘껏 마주 안아왔다.

"야, 너! 내가 얼마나 걱정했……."

"미안해. 내가 너무 늦게 도착했지."

아무렇지도 않게 대꾸하는 그 말에 눈물이 왜 또 바보처럼 흐르는지. 그러자 성민은 더더욱 당황해하며 그가 이곳에 오기까지 겪었던 일들을 자세히 서술하기에 이르렀다.

"진정하고 내 말 좀 들어봐. 그게 대체 어떻게 된 일이냐면……."

에이, 시끄럽다. 그런 말 따위, 더는 듣고 싶지 않았다. 성민이 다친 곳 없이 무사하니 됐고, 그가 저를 만나러 지친 몸을 이끌고 이곳까지 와줬으니 됐다. 다행이다. 믿지도 않는 신께 감사 인사라도 드리고 싶을 정도로 기쁘다.

솔아는 쫑알거리는 그의 입술을 제 입술로 가볍게 막아버렸다. 어느 화창한 봄날, 벚꽃잎이 하나둘 가볍게 흩날리는 벚나무 밑에서 조용히 이루어진 키스. 솔아가 오랜 기간 스스로 쌓아온 벽을 허물어뜨린 키스. 그것은 결코 잊지 못할 그들의 첫 키스였다.

그리고 그날, 솔아의 마음속 시곗바늘은 본인을 비롯하여 그 누구든 명확히 알아볼 수 있도록 옆으로 한 칸 움직였다. 멈춰 있던 시간이 다시 흐르기 시작했으니, 겨울만 존재하던 그녀의 마음속 세계에도 곧 따스한 봄이 찾아올 터였다.

❈ ✠ ❈

"……랄까."

"제가 여태까지 접한 이야기 중 가장 로맨틱한데요. 제가 아니라 언니가 로맨스소설을 써야 겠어요."

이 이야기를 꺼낼 때만큼은 천하의 강솔아도 쑥스러워하는 표정을 다 감추지 못했다.

솔아의 결혼식이 치러지기 약 두 달 전. 그녀와 서윤은 어느 한가한 저녁, 옆에 시끄러운 남자들도 없겠다, 마음 편하게 커피 한 잔씩을 들이켜며 비밀스러운 연애담을 주고받고 있었다.

"그때 느낌이 좀 왔달까. 이 남자가 내 인생에서 사라지면 절대 안 될 것 같다, 이런 느낌. 오늘 이런 묵은 이야기를 들춰낸 건 우리 서윤 작가님께 부탁하고 싶은 일이 있어서야."

"네? 부탁이요?"

"응. 지금 쓰고 있는 작품이 마무리되면 짧게 단편으로라도 좋으니까 나와 성민을 모티브로 해서 글을 한 편 써줄래? 그걸 결혼 축하 선물로 받고 싶어. 나만의 이야기를 담은 글, 멋지잖아? 주변에 아는 작가님도 있는데, 이럴 때 활용해야지. 안 그래?"

"하하, 노력해 볼게요."

뜻밖의 부탁에 서윤이 멋쩍게 웃으며 답했다. 그로부터 약 넉 달 후 40화 분량의 중편 소설이 완성되어 서윤과 솔아의 필명을 달고 전자책으로 발간되었다.

제목은 '멈춰 있던 시간이 흐르기 시작하다'. 그리고 이 세상에서 오직 서윤과 솔아, 단둘만 알고 있는 그 책의 부제는 '사랑하는 언니의 결혼을 축하하며'이다.

외전 7

◆━━◆━━◆

손 좀 잡아줄래? 평생

스물두 살. 첫 결혼에 마침표를 찍은 이후 서윤의 삶은 매 순간 바쁘고 치열했다. 그녀는 진명대학교 문예창작과의 학생이기도 했고, 장르소설 작가로서 첫발을 내디딘 새내기 작가이기도 했으며, 병든 어머니와 집안 살림을 건사해야 하는 어린 가장이기도 했다. 때문에 시간이 어떻게 흘러갔는지 살필 겨를도 없이 그냥 자다가 눈 떠보니 나이 삼십을 코앞에 두고 있었다.

올해로 서윤의 나이도 스물아홉이 되었다. 대학교를 무사히 졸업한 후 그녀는 아르바이트 및 계약직 일자리와 소설 쓰기를 열심히 병행하면서 지금은 로맨스소설 분야에서 어느 정도 입지를 다진 작가가 되었다. 아르바이트를 하지 않으면 여전히 통장이 빈곤해지는 상황에 놓여 있지만, 그녀의 꿈을 응원해 주는 어머니와 애인, 친구들 덕분에 여기까지 올 수 있었다.

"그나저나 시간 참 빨리 지나간다."

진한 블랙커피를 마시며 갖는 잠깐의 휴식 시간. 서윤은 책상 위에 놓인 청첩장을 보며 모처럼 감상에 젖어들었다. 신부인 솔 아의 친구가 직접 디자인했다는 일러스트는 보면 볼수록 예뻤 다.

솔아와 성민. 현후의 외사촌과 그의 친구로 이루어진 이 커플 은 우여곡절의 연애 끝에 이번 주 주말 결혼식을 올린다. 그녀 의 지인들 중에서는 제일 처음 올리는 결혼식이다. 누군가의 결 혼식에 참석하는 일이 처음도 아닌데 새삼 새롭게 느껴졌다.

"솔아 언니는 안 그래도 예쁜데 웨딩드레스 입으면 진짜 예쁘 겠다."

결혼식장의 꽃은 신부라는 말도 있듯이 손님들 모두 아름다 운 그녀의 모습을 보면서 감탄할 것이다. 아리따운 솔아의 자태 와 그 모습을 보며 입이 귀에 걸릴 성민의 얼굴을 떠올리자 서 윤의 입가에 부드러운 미소가 그려졌다.

내일은 현후와 그들의 결혼식 선물을 고르러 백화점에 가기 로 약속했다. 현후와의 쇼핑 데이트도, 주말의 결혼식도 그녀에 겐 전부 기대되고 마음 설레는 이벤트였다.

마침내 그들의 결혼식이 열리는 일요일 아침이 되었다. 솔아가 제 결혼식에는 정말 소중한 사람들만 초대하여 자유롭게 진행할 테니 편한 차림으로 오라고 말했지만, 참석하는 이의 마음은 또 그렇지 않은 법이다. 서윤은 거울 앞에서 손을 분주히 놀리고 있었다.

신부보다는 튀지 않게, 하지만 평소보다는 예쁘고 세련되게. 웬만큼 정성을 기울이지 않으면 이 명제는 소화해 내기 힘들었다.

"그렇게 안 해도 우리 반장님은 예쁘다니까. 약간의 폭력성만 잘 감추면."

그 과정을 기다리며 지루하였는지 서윤을 데리러 집에 들른 현후가 한마디 내뱉었다.

"네 눈에 예뻐 보이는 것이 중요한 게 아니라 내 눈에 예뻐 보여야지."

"그럼 우리 오늘 여기 계속 갇혀 있겠네?"

"네가 요즘 덜 맞아서 심심했구나?"

평소처럼 현후와 아웅다웅 말따먹기를 하면서 외출 준비를 마친 서윤은 현후의 차에 몸을 싣고 결혼식장으로 향했다. 식장은 솔아와 강인환 교수의 지인 소유로 경기도 교외에 위치한 펜션을 빌려서 예쁘게 꾸며놓은 상태였다. 어느 부호의 대정원처럼 꽤 널따란 뜰에는 곧 치러질 결혼식을 위해 새하얀 테이블과 의자, 하얀 카펫 등이 가지런히 세팅되어 있었다.

그들은 속속 도착하는 하객들과 인사를 나누고 있는 솔아 언니의 아버지 강인환 교수를 만날 수 있었다.

"안녕하세요."

"오, 어서 오거라."

"누나는요?"

"대기실에서 친구들과 함께 있지. 안 그래도 너희 기다리더라."

"삼촌, 감개무량하겠어요."

"네놈이 무사히 졸업했을 때랑 똑같은 기분이다, 인마."

강인환 교수가 그리 말하며 피식 웃자 현후와 서윤도 따라 웃었다. 간단히 인사를 마친 두 사람은 그를 지나쳐 펜션 안쪽에 마련된 대기실로 발걸음을 옮겼다.

—남성들 출입 금지! 아리따운 신부님 준비 중이에요. ♡

일러스트 안내판이 붙어 있는 문을 열고 들어가자 네 명의 친구에게 둘러싸인 솔아의 모습이 보였다. 새하얀 웨딩드레스를 입고 있는 솔아의 모습은 하늘에서 내려온 천사가 따로 없었다. 의자에서 사뿐히 일어난 그녀가 평소처럼 도도하고 당당한 발걸음으로 그들을 향해 걸어왔다.

"어서 와. 오느라 수고했어. 조금 좁긴 해도 식장 예쁘지? 상쾌한 바람도 부니 기분 좋고."

"진짜 멋져요. 드라마에서나 보던 야외 결혼식장이랑 똑 닮은 것 같아요. 결혼 정말 축하해요, 솔아 언니."

"고마워."

가까이 다가온 솔아가 서윤을 가볍게 끌어안으며 포옹을 나누었다. 선녀보다 고운 음성이 서윤의 귓가에 나지막이 스며들어 왔다.

"이따가 내가 던진 부케, 잘 받아야 해?"

"네?"

"선물이야, 선물. 온몸의 운동신경을 불살라서 꼭 받아. 못 받으면 화낼 거야."

장난스러운 미소와 함께 솔아가 한쪽 눈을 찡긋했다. 무어라 딱 꼬집어 설명하기 힘든 의지가 불타오르고 있는 그녀의 모습에 서윤은 할 수 없이 고개를 끄덕이면서도 난감하다는 미소를 지어 보였다.

'언니, 어떤 마음인지는 잘 알겠지만 저와 현후는 아직 구체적으로 생각해 본 적 없는 문제인데요. 하하하…….'

이리 말해주지 못하는 점이 유감일 뿐.

'그나저나 결혼이라…….'

오늘따라 솔아의 얼굴은 즐거움과 설렘, 행복한 기대로 반짝

반짝 빛이 났다. 그 모습이 꽤 신기하게 느껴지는 한편, 본인도 과거의 한순간에는 저랬을까 싶어서 서윤은 깊은 생각에 잠겼다.

결혼, 그 무게로부터 이미 한 번 도망친 적이 있기에 서윤에게 그것은 어떤 단어보다도 묵직하게 다가왔다. 한동안은 저와 아무런 관련 없다는 듯 살아왔는데 마음이 싱숭생숭해지는 봄이라서 그런지, 깊은 친분이 있는 커플의 결혼식에 참석해서 그런지 오늘은 그 의미와 무게가 다소 새롭게 다가왔다.

날씨 또한 이 커플의 결혼과 앞날을 축하해 주듯 맑고 쾌청했다. 강인환 교수의 손을 잡고 하얀 카펫 위를 조심조심 걸어가는 신부 솔아의 아리따운 모습에 하객들은 연신 감탄을 터뜨렸다. 앞쪽에 서 있는 성민의 얼굴에선 좀처럼 미소가 떠나지 않았다. 자리에 앉아 그 모습을 바라보고 있던 현후가 심술궂게 중얼거렸다.

"너무 좋아하니까 괴롭혀 주고 싶다. 그나저나 저 썩을 놈이 나를 앞지를 줄이야."

부럽다는 뉘앙스가 폴폴 담긴 그의 말투에 서윤의 얼굴이 스르르 붉어졌다. 그동안 그녀를 배려해서 이렇다 저렇다 말이 없었을 뿐이지, 현후도 속으로는 결혼에 대해서 고민하고 있었을까.

로또 1등에 당첨되었다 해도 이보다 더 밝아 보일 수 없는 성민의 얼굴, 평상시와 달리 수줍은 듯 서 있는 솔아의 모습이 새삼스레 클로즈업되어 보인다. 벚꽃이 바람에 살랑살랑 흔들리며 떨어져 내리는 봄. 때문에 그 어여쁜 분홍빛을 빼닮은 여자의 마음도 가야 할 방향을 못 잡고 이리저리 헤매나 보다.

"자, 그럼 던질게. 하나, 둘, 셋!"

학부 시절 솔아가 대학원에 진학하기까지 많은 도움을 주었던 교수님의 주례로 식이 끝나자 신부는 쥐고 있던 부케를 훌훌 내던졌다. 솔아가 그녀의 친구들에게도 별도의 당부를 한 모양인지 서윤은 큰 무리 없이 부케를 받아 들 수 있었고, 그 모습을 카메라에 담고 있던 현후와 시선이 정면으로 마주쳐 버렸다. 어쩐지 그의 시선이 평소보다 더 뜨겁게 느껴지는 것은 그녀만의 착각일까.

결혼식을 무사히 끝마친 솔아와 성민 커플은 동유럽으로 신혼여행을 떠났다. 물론 현후와 서윤은 잘 다녀오라며 그들을 공항까지 배웅해 주었다. 그때까지는 마음 한구석만 조금 심란했을 뿐 별문제 없었는데, 그날 이후 서윤은 홀로 있을 때면 결혼이라는 단어를 곱씹으면서 생각에 잠기는 시간이 많아졌다.

현후와 때로는 툭탁거리면서 담백하게, 때로는 열정적으로 진행되고 있는 지금의 연애가 불만족스럽다고 생각한 적은 단한 번도 없었다. 현후는 짓궂은 소년처럼 굴다가도 서윤을 늘

배려해 주었으며, 한창 성적 충동 및 환상이 왕성할 청춘임에도 불구하고 무리하게 스킨십을 시도해 오지도 않았다. 때문에 제주도에서의 충동적인 키스 이후 둘이 다시 키스를 하기까지 걸린 시간도 여타 커플에 비하면 상당히 길었다.

'그와 이대로 쭉 함께한다면 언젠가는 결혼…… 이란 문을 두들기게 되겠지?'

결혼, 오래된 커플이라면 한 번쯤 진지하게 생각해 보고 언급해 봤을 단어인데 서윤과 현후, 둘 사이에서는 무언의 금기어 취급당한 느낌이 없잖아 있었다.

'실패한 경험이라서 굳이 떠올리고 싶지 않았던 걸까, 지금 이대로도 충분히 행복한데 만약 현후와 결혼해서 똑같은 실수를 반복하게 되면 어쩌나 싶어 최대한 그 생각을 하지 않으려고 노력했던 걸까.'

서윤의 마음이 무어라 설명할 수 없을 만큼 복잡해졌다. 오랜 고뇌 끝에 태현과의 이혼을 결심한 그 당시처럼.

'하지만 그때와는 상황이 완전 다르잖아. 나와 현후는 벌써 7년 넘게 사귀면서 서로에 대해 충분히 알아가는 시간도 가졌고, 뼈아픈 실패로부터 배운 경험도 있고……. 잠깐, 이건 뭔가 그와 결혼해도 괜찮은 이유를 찾고 있는 과정 같은데?'

이리저리 부풀어가던 생각의 실체를 깨달은 서윤은 깜짝 놀라서 두 눈을 깜박였다. 자신이 대체 왜 이럴까. 그녀는 애꿎은 머리카락을 손가락으로 돌돌 말면서 생각했다.

'무의식적으로 몹시 부러웠던 걸까, 솔아와 성민의 행복한 모습이?'

결혼식을 준비하던 그들의 모습에서 이전과 달리 여유와 안정감마저 묻어 나왔다. 서로를 평생의 파트너로 생각하면서 신뢰하는 모습도 엿볼 수 있었다. 그래서 저도 사랑하는 현후와 결혼하여 그들 같은 안정감과 행복을 누리고 싶어 하는 것일까.

"결혼이라는 게 꼭 사랑의 결론이나 완성이라고 말할 순 없지만……."

과거의 쓰라린 경험과 실패로 인해 생긴 두려움. 주변 커플들의 모습을 보면서 다시금 가지게 된 기대와 희망. 그중 어떤 감정이 제 마음에 더 크게 작용하고 있는지 서윤은 몹시 혼란스러웠다.

이후 그녀는 드라마나 영화, 소설 등에서 결혼, 혹은 결혼식 관련 장면이 등장할 때마다 저도 모르게 촉각을 곤두세우는 스스로의 모습을 발견할 수 있었다. 또한 길거리나 백화점에서 하얀 원피스나 웨딩드레스를 전시해 놓은 가게를 발견하면 좀처럼 시선을 떼지 못하는 미묘한 습관마저 생겨 버렸다.

신혼여행을 마치고 돌아온 솔아를 불러내어 상담이라도 한번 받아볼까 싶었지만, 신혼부부의 시간을 방해할 수 없다는 생각이 들어 차마 실행으로 옮기진 못했다. 마음이 심란해졌다고 해서 그녀의 일상이나 현후와의 관계에 특별한 문제가 생긴 것도 아니기에 적극적으로 대처하지 않는 부분도 분명 있었다.

오늘 집필해야 할 원고 분량을 채우고 늦은 저녁 현후와 산책하러 나온 길. 낮 기온은 상당히 따뜻한 편이지만, 저녁에는 적당히 시원해져서 산책이나 운동하기에 딱 좋은 날씨였다. 각자 손에 음료 하나씩을 들고 도란도란 이야기를 나누면서 근처 공원을 걷곤 하는 이 시간이 서윤은 정말 좋았다.

"아오, 앞 좀 똑바로 보고 다닙시다? 어?"

현후와 이야기를 나누다가 그만 맞은편에서 걸어오는 남자를 발견하지 못하고 그와 어깨를 툭 부딪치기 전까지는. 제법 다부진 체격을 지닌 사내는 조폭 저리 가라 할 정도로 험상궂은 표정을 짓고 있었다.

"아, 죄송합니다."

"죄송하면 다야? 운동하러 나왔다가 기분 완전 잡쳤는데?"

"사람이 깍듯이 사과하는데 대체 뭔 수작이야, 당신?"

쩔쩔매는 서윤의 옆에서 구세주 같은 음성이 들려왔다. 그녀를 향해 짓고 있던 부드러운 미소는 온데간데없이 사라진 채 딱딱하게 굳은 표정으로 사내를 쳐다보고 있는 현후이다.

"요즘 어린것들은 싹퉁머리가 없다더니 진짜네. 애인 앞이라고 가오 잡나 본데, 너 같은 놈은 탈탈 털려봐야 정신 차리지?"

"어디 한번 쳐보시던가."

"그, 그만해, 현후야."

다행히도 공원에는 그들 외에도 산책하는 사람들이 꽤 있었고, 몇몇 아주머니와 아저씨의 시선이 그들에게 집중되자 사내는 기분 나쁘다는 듯 땅바닥에 침을 퉤 뱉더니 제 갈 길을 갔다. 위험한 순간이 지나가자 서윤은 안도의 한숨을 크게 내쉬었다.

"하아……."

"괜찮아? 많이 놀랐지?"

평상시의 표정을 되찾은 현후가 다정한 음성으로 물어왔다. 서윤이 옅게 웃으면서 답했다.

"네가 옆에 있어줘서 정말 다행이야. 나 혼자였다면 정말 무서웠을 거야."

"만약 내가 옆에 없는데 이런 일이 생기면…… 아, 어쩌면 좋지? 우선 그 자리에서 도망친 다음 바로 전화해야 해. 그럼 내가 총알보다 더 빠르게 달려올 테니까."

"인간이 어떻게 총알보다 더 빨리 달려와? 그냥 24시간 옆에 붙어 있는 게 답이지, 뭐. 우리…… 결혼할까?"

서윤 저도 모르게 입에서 쑥 튀어나온 말. 말을 내뱉은 그녀는 물론이고 듣고 있던 현후마저 뜻밖의 발언에 몹시 당황했는지 서윤의 얼굴을 빤히 쳐다보았다. 둘 사이에 무겁고 어색한 침묵이 흘렀다.

뭐야? 이거 분위기가 왜 이래? 미쳤나 봐, 내 입. 황당한 말이나 꺼내고.

서윤은 어째서인지 울컥 치밀어 오르는 섭섭함을 억누르며
입을 열었다.

"농, 농담이야."

"……그래."

현후 역시 가까스로 미소를 짓고 있는 듯했다. 서윤의 눈동자
가 다소 흔들렸다. 제가 그리도 이상한 말을 꺼냈던가. 조금 전
의 말은 충분히 농담으로도 할 수 있는 이야기 아니었나?

그 이후부터는 한 걸음 한 걸음 옮길 때마다 몸도 마음도 물
먹은 솜처럼 축축 늘어지는 느낌이었다. 때문에 서윤은 피곤해
서 졸리다는 핑계를 대며 집에 돌아가자고 했다. 현후는 별다른
말 없이 그녀를 집 앞까지 데려다주고 돌아섰다.

서윤은 입술을 꾹 깨물었다. 평소와 다른 듯 비슷한 그의 뒷
모습인데, 어째서 오늘은 서러운 기분이 밀물처럼 밀려오는지
도통 알 수 없었다.

마음이 심란한 와중에 3일이 느릿느릿하게 지나갔다. 출판사
에 보내줘야 할 원고를 급히 끝마친 서윤은 미드를 보면서 금요
일 오후 시간을 흘려보내고 있었다. 드라마 음향만 울려 퍼지는
방 안의 적막함을 깨뜨린 것은 출판사 담당자와의 원활한 커뮤
니케이션을 위해 켜둔 카톡 알람음. 현후였다.

―토요일 저녁 7시에 한영중학교 앞에서 만날 수 있을까?

"한영중학교? 뜬금없이 학교는 왜……."

서윤은 몹시 의아해하면서도 알겠다는 답장을 보냈다. 바닥을 치고 있던 기분이 아주 조금 나아지는 듯했다.

그날의 저녁 산책 이후 현후와 조금 서먹해진 느낌이 들었지만, 둘이 함께 다닌 중학교를 바라보면서 옛 추억을 들춰내다 보면 곧 아무렇지도 않아질 테다. 그 시절로 잠시나마 되돌아간 기분을 만끽하면서 그와 함께 떡볶이나 순대 같은 걸 먹는 일도 꽤 즐겁겠지.

서윤은 스스로를 그리 다독였다.

다음 날, 서윤은 약속 시각보다 5분 정도 일찍 학교 앞에 도착했다. 토요 휴무일 시행 이후 주말의 학교 앞 거리는 매우 한산해졌다. 물론 지금이 늦은 저녁 시간이라는 이유도 한몫했지만, 해가 지고 어둠이 옅게 내려앉은 학교는 아무도 없어 다소 스산해 보이기까지 했다.

'이거 데이트가 갑자기 한밤의 공포 체험으로 바뀐 듯한 느낌인데.'

그런 생각을 하며 현후를 기다리고 있는데 카톡이 하나 도착했다.

　—바닥을 아주 자알 살펴보면 내가 현재 있는 곳까지 올 수 있을 거야. 만약 잘 모르겠다면 힌트는 중학교 3학년 어느 여름날.

　대체 뭘까. 숨바꼭질의 시작을 알리는 이 참신하고 짜증 나는 느낌의 문자는.

　"내가 진짜 못살아. 또 뭘 꾸미고 있는 거야?"

　서윤은 작게 투덜거리면서 정문을 지나쳐 안쪽으로 발걸음을 옮겼다. 형광 도료로 추정되는 연두색 물질이 길을 표시하듯 운동장 위에 두 줄로 가늘게 그어져 있는 것을 발견할 수 있었다.

　"하여간 준비성 하나는 철저하다니까."

　서윤의 입가에 옅은 미소가 떠올랐다. 예민하고 섬세한 성격의 현후가 지난번 산책 이후 그들 사이가 묘하게 서먹서먹해졌다는 사실을 눈치 못 챘을 리 없었다. 오늘 밤의 깜짝 이벤트는 아마도 그를 만회하기 위한 것이리라.

　도료는 학교 본관 건물 앞까지 쭉 이어져 있었다. 그가 기껏해야 학교 뒤뜰에나 숨어 있으리라 생각한 서윤의 예상이 완전히 빗나가 버렸다.

　"설마 건물 안에 있는 거야?"

　학생들이 등교하지 않는 토요일이니까 본관 문이 굳게 닫혀

결혼을 반납하다

있을 거라 생각했는데, 문이 둔탁한 소리를 내며 열렸다. 미리 도착한 그가 학교 경비실에 통사정하여 잠깐 열어둔 걸까나.

—계단 오르기 힘들까 봐 복도의 조명 켜두었어. 귀신이 켜놓은 거 아니니까 놀라지 마. ㅋㅋ

계단에서부터는 형광 연두색의 포스트잇이 도료의 역할을 대신하고 있었다. 정말이지 지극정성이 따로 없었다.

'이걸 언제 다 붙였대? 그래서 요 며칠 연락이 뜸했던 건가? 이 정성으로 공부를 했으면……. 아참, 걔 한국대 졸업했지?'

그냥 매사에 열심인 바보인 건가.

조명이 일부 켜져 있다고 해도 저녁의 학교는 호러 영화 속 배경처럼 어둡고 으스스한 면이 있었다. 서윤은 자꾸만 떠오르는 무서운 생각과 괴담들을 애써 떨쳐 내며 걸음을 재촉했다. 포스트잇은 4층 위에 존재하는 암회색 문 앞까지 일정한 간격으로 붙어 있었다. 문을 열면 옥상이 보일 것이다.

'옥상, 그리고 중학교 3학년 어느 여름. 아!'

퍼즐 조각을 맞추듯 마침내 수수께끼 같던 문자의 의미를 깨달았다. 서윤은 조심스레 문을 열어젖혔다.

"아!"

그녀의 입에서 터져 나온 탄성이 주변의 적막을 깨뜨렸다. 짙은 남빛 어둠 속에서 주홍색 불빛이 하트 봉 모양으로 반짝거리고 있었다. 서윤의 눈앞에 펼쳐진 광경은 그녀가 최근 출간한 종이책에서 남자 주인공이 여자 주인공을 위해 만든 촛불 길의 모습과 똑 닮아 있었다.

현후는 서윤이 잘 어울린다고 칭찬했던 슈트를 말끔히 차려 입은 채 그 끝에 서 있었다. 그간 특별한 날마다 선물해 온 분홍빛 장미 꽃다발을 들고서.

"이쪽으로 걸어와 줄래요, 나의 여왕님?"

옅은 웃음기를 머금은 그의 목소리가 들려왔다.

이게 대체 뭐야. 이건 마치…… 프러포즈를 위한 이벤트 같잖아.

저번에 '우리 결혼할까?' 라고 말을 꺼냈을 때 듣고 있던 그의 표정이 썩 좋아 보이진 않던데 그건 순전히 자신만의 착각이었던 것일까, 아니면 아직 결혼 생각은 없지만 그녀의 이야기를 듣고 나서 부랴부랴 준비한 것일까.

서윤은 더없이 복잡 미묘해진 심정을 꾹 억누르며 한 발 한 발 현후에게 다가갔다. 양초의 불빛 탓인지 평소 새하얗던 그의 얼굴이 붉게 물든 것처럼 보였다.

현후가 꽃다발을 들고 있지 않은 오른팔을 쭉 펴서 그녀의 앞으로 내밀었다.

"손 좀 잡아줄래?"

서윤은 바싹바싹 말라 들어가는 입술을 침으로 살짝 적시며 조심스럽게 그의 손을 붙잡았다. 그러자 그가 팔에 힘을 강하게 주어 서윤을 제 옆으로 끌어당겼다. 주변에 어둠이 사뿐히 내려앉은 이곳에서도 서로의 얼굴이 잘 보일 만큼 아주 가까이. 잔뜩 긴장하고 있는 뜨거운 숨결이 허공에서 아스라이 뒤섞였다.

"평생."

현후의 맺음말을 들은 서윤의 심장이 가속도 붙은 롤러코스터처럼 빠르게 뛰어댔다. 그녀가 잘못 들은 게 아니라면 그는 지금 분명히······.

"13년 전의 그날처럼 부디 제 손을 잡아주세요, 여왕님. 제 일생일대의 소원이랍니다."

자신과 평생을 함께해 달라며 프러포즈를 하고 있는 것이었다. 모든 것이 글로벌화되는 추세에 발맞추어 영어로 표현하자면, 'Will you marry me?' 정도의 의미가 되겠다.

현후는 서윤의 손등 위에 입을 살짝 맞추고는 그녀에게 화사한 장미 꽃다발을 건넸다. 서윤의 얼굴, 특히 그녀의 대답이 떨어질 입술을 바라보는 그의 시선은 그 어느 때보다도 뜨겁고 진지했다.

"나, 난······."

솔아의 결혼식 이후 겪은 고뇌의 시간과 며칠 전 현후의 태도에 마음 상해하던 일이 전부 꿈처럼 느껴져 지금의 상황이 서윤에게 더더욱 비현실적으로 다가왔다.

"사람 하나 살리는 셈치고 허락해 주시죠. 네?"

"그치만…… 지난번에는 결혼 이야기 나오니까 당황해서 어쩔 줄 몰라 했잖아."

"보통 그런 이야기는 남자가 먼저 꺼내잖아. 그동안 살아오면서 한 눈치 한다고 자부했는데, 가까이 있는 네 마음 하나 미처 알아채지 못했다고 생각하니 엄청 당황스러웠지. 내 센스를 시험받는 기분도 들었고. 게다가 난 네게 좀 더 시간이 필요하다고 생각했는데 그게 아니었구나 싶어서 지나간 시간이 엄청 아깝기도 했고. 안 그랬으면 내가 최성민 그 자식보다 웨딩마치를 먼저 올렸을 텐데."

아, 그랬구나. 그래서 그때 그가 당황한 표정을 지으며 돌아선 거구나.

서윤은 그대로 웃고 있어야 할지, 아니면 제게 괜한 오해를 불러일으킨 현후의 머리를 한 대 쥐어박아야 할지 도저히 감이 잡히지 않았다.

"대답, 안 해줄 거야?"

"가을의 신부가 좋을 것 같아, 난."

우리가 다시 만났던 그날, 앞으로도 영원히 함께하자는 의식을 치르면 더욱 뜻깊고 로맨틱하잖아.

살짝 돌려 말하긴 했지만, '오케이'라는 서윤의 의사는 현후에게 확실히 전달되었다. 그가 발그스름하게 물든 얼굴로 다가와 서윤의 볼에 입을 맞췄다. 현후의 품 안에서 조심스럽게 꺼내진 백금의 다이아몬드 반지는 서윤의 손가락에 딱 맞았다.

"나도 좋아, 가을의 신랑. 이건 앞으로도 내 손을 계속 잡고 있어 달라는 족쇄랄까. 값비싼 족쇄."

"어째 표현이 좀 그렇다?"

마주한 서윤과 현후의 얼굴에서 누가 먼저랄 할 것도 없이 미소가 번져 나왔다. 참 오래 걸렸다. 서윤을 든든하게 보호해 주기는커녕 괴롭게 옭아 죄어오던 결혼이란 늪에서 빠져나와 제 옆에 있는 상대방을 믿고 그곳으로 다시 한 번 걸어가는 것을 선택하기까지.

마음 한구석에 두려움은 여전히 남아 있었지만, 그보다는 둘의 미래에 대한 기대와 설렘, 희망이 더 컸기에 서윤은 평생 그의 손을 붙잡고 있기로 결심했다. 아마도 괜찮을 것이다. 앞으로 나아가는 그녀의 발걸음은 파트너에게 일방적으로 끌려가는 것이 아니라 본인이 그 주체가 되어 그와 함께 발맞추며 내딛는 것일 테니까.

외전 8

다시 대여하려 합니다

현후의 프러포즈로 인해 서윤은 다시 한 번 '결혼'이란 녀석의 대여를 신청하게 되었다.

결혼 계획이 세워지자마자 서윤이 제일 먼저 한 일은 가장 가까운 지인인 연아와 설민에게 그 사실을 털어놓는 것이었다.

어느 토요일 오후, 그들은 빈티지한 인테리어 장식이 돋보이는 카페에서 차를 마시며 이야기를 나눴다.

"정말?"

현후에게 프러포즈 받은 사실을 고백하자 연아가 조금 놀랍다는 반응을 보였다. 그녀가 조심스러운 기색으로 물어왔다.

"넌 어때? 괜찮겠어? 결혼이 애들 소꿉장난도 아니고, 무엇보다도 네 의견이 중요하잖아."

"현후 형은 아버지께 확실히 허락받았대요?"

연아와 설민 남매는 정말이지 이 세상에서 그 누구보다도 든든한 그녀의 조력자였다. 설령 친자매나 친형제라 해도 이리 제일처럼 걱정하고 염려해 주진 못할 테다. 서윤은 아메리카노로 입술을 살짝 적시며 그들의 질문에 차례차례 답해주었다.

"솔직히 결혼하자는 말은 내 쪽에서 농담하듯 먼저 꺼냈는걸. 서 회장님은 예전에 두세 번 만나뵌 적 있는데, 현후와 다른 듯하면서도 비슷한 점이 꽤 있으시더라고. 나를 썩 반기시는 눈치는 아니셨지만, 결혼이나 배우자 문제는 현후에게 전적으로 맡기신 듯했어."

"그거야 그렇겠지. 그 자식은 큰아버지가 자기 결혼에 간섭하거나 반대하면 경영권 문제로 속 썩이거나 섬영의 비리를 거론하며 크게 한 방 터뜨릴 놈이거든."

그런 쪽으로는 타고난 놈이니까. 연아가 고개를 주억거리면서 덧붙였다. 그 말에 부정은 못 하겠는지 설민도 혀를 끌끌 차며 말했다.

"현후 형이 지금은 그래도 나중엔 어떻게 될지 아무도 모르는 거예요."

서윤이나 연아보다 세 살 어린 설민은 늘 그렇듯 신중했다. 또래답지 않게 꼼꼼하고 냉철한 덕분인지 이제 막 입사한 회사에서도 좋은 평판을 받고 있다는 이야기를 들었다.

"아, 그것과 관련해서 한 가지 더 말할 게 있는데……."

서윤이 눈치 보듯 주변을 휙 둘러보더니 그들에게 나지막하게 속삭였다.

"현후가 결혼하면 부부 재산이나 권리를 정확히 반반씩 나누자고 제안하더라? 제 소유인 섬영그룹의 주식 반이랑 내가 쓴 작품들의 저작권 반을 교환하재."

그 자식, 이미 자기 도장 찍은 교환 증서까지 준비해 놓았어.

"진짜?"

"그 형은 여러모로 대단하네요."

서윤의 말을 들은 연아는 그제야 제 사촌의 생각을 어느 정도 짐작할 수 있었다. 예전부터 현후는 입버릇처럼 말하곤 했다. 제 아내는 결코 그의 어머니와 같은 삶을 살게 하지 않겠다고. 그러기 위해 결혼하고 나면 남편과 아내의 권리 및 재산 등을 균등하게 만들어놓을 것이라고.

그의 아비 되는 큰아버지 입장에서 보자면 그는 회사를 말아먹기 위해 태어난 놈이고 서윤이나 그녀의 친구인 제 입장에서 보자면 아내 사랑이 참 끔찍한 놈이었다. 비록 서윤이 로맨스소설 분야에서 어느 정도 입지를 다졌다 해도 그 작품들의 저작권을 물질적 가치로 환산하자면 어디 감히 재계에서 열 손가락 안에 드는 섬영그룹의 주식과 비교할 수 있겠는가. 서윤 못지않게

가을을 반납하다

현후 역시 결혼에 대해 많이 고민하고 준비한 흔적이 역력했다.

"두 사람 다 그 정도로 각오가 되어 있다면 난 괜찮을 것 같은데. 과거는 이미 끝난 이야기고 미래는 다른 거잖아?"

연아가 서윤의 손을 꽉 잡아오며 힘주어 말했다. 그녀는 진심으로 서윤과 현후 이 두 사람이 옆에서 지켜보는 사람들이 모두 부러워할 정도로 행복하게 살기를 바랐다.

"그래요, 누나. 전 어떤 상황에서든 서윤 누나 편이니까 누나가 원하는 대로 해요."

서윤과 시선을 똑바로 마주한 설민이 웃으며 말했다.

엄마를 제외하면 가장 가까운 이 두 사람에게 결혼 계획을 털어놓자 서윤의 마음은 한결 가벼워졌다. 현후 역시 지금쯤 솔아와 성민에게 제 계획을 말했을 테다.

서윤과 현후는 더 이상 어린아이가 아니었고, 제각기 경제 활동 및 사회 활동을 하는 사회인이었다. 또한 그녀의 첫 번째 결혼 때와 달리 둘의 결합을 적극적으로 응원하고 축복해 줄 사람들이 주변에 존재하고 있었다.

서윤이 그다음으로 결혼 계획을 털어놓고 여러모로 조언을 구한 이는 어머니였다.

몇 년 전, 힘겨운 투병 생활을 이겨내고 건강을 되찾은 인영은 그녀의 결혼 소식에 눈물을 보이고 말았다.

"엄마……."

"서윤아, 미안해. 이렇게 좋은 소식을 듣고 눈물부터 보여서. 우리 딸이 좀 더 컸구나 싶은 생각에 나도 모르게 그만……."

서윤은 그녀의 심정을 조금이나마 이해할 수 있었다. 인영은 그 누구보다도 가까이서 서윤의 첫 번째 결혼 생활을 지켜본 인물이다. 마침내 서윤이 이혼을 하고 대학에 합격했을 때 인영은 지금처럼 눈물을 터뜨리며 그녀에게 말했다.

"네가 밝고 씩씩해져 너 하고 싶은 대로 사는 모습을 보니 이제는 죽어도 여한이 없을 것 같다."

신기하게도 이후 인영의 병세는 많이 좋아졌다. 서윤이 불행한 결혼 생활을 이어갔을 때 힘들어한 사람은 그녀만이 아니었다. 눈물 흘리는 딸자식을 곁에서 지켜보는 인영 또한 마음고생이 심했던 것이다.

인영은 이혼 이후 서윤이 현후와 연애를 해도 어쩌면 그녀가 평생 혼자 살지도 모르겠다는 걱정을 해왔다. 인영이 외동인 탓에 서윤의 아버지와 이혼하고 나니 서윤에게는 가까운 친척이라고 할 만한 존재가 딱히 없었다. 인영이 죽고 나면 서윤은 가족이나 일가친척 한 명 없이 이 세상에 홀로 존재하게 되는 것이다.

하지만 오늘 들은 소식으로 인영은 그 걱정을 어느 정도 덜 수 있었다. 더군다나 서윤이 현후와 연애하는 몇 년간 태현과 달리 사위 될 사람의 인물 됨됨이를 가까이서 지켜봤으므로 그를 또 다른 자식처럼 믿고 의지할 수 있었다.

"오래오래 행복하게 살아. 이 엄마는 그것 말고 아무것도 바라는 게 없다."

"응. 그럴 테니까 엄마도 오래오래 건강하게 살면서 나랑 현후 지켜봐 줘."

인영이 오랜만에 서윤을 있는 힘껏 끌어안았다. 그녀 역시 인영을 꽉 끌어안으면서 다시 한 번 각오를 다졌다.

✠　✠　✠

"서윤이에게 프러포즈했습니다."

"……그래, 기어이 그 계획을 실행할 생각이냐?"

"저는 제 아내를 어머니처럼 만들고 싶은 생각이 손톱만큼도 없습니다. 아버지처럼 바보 같은 실수를 하는 사람은 서씨 집안에 한 명으로 충분하다고 생각합니다."

"쯧쯧쯧."

깊은 산속의 절처럼 고요한 서 회장의 자택. 넓은 응접실에선 서 회장이 다소 못마땅하다는 듯 혀를 차는 소리만이 낮게 울려 퍼졌다.

그럼에도 불구하고 그의 얼굴은 평상시와 별다를 바 없는 무표정에 가까웠다. 현후 역시 그랬다. 차를 들이켜는 그의 표정은 맑은 날 호수처럼 잔잔하기만 했다. 아버지와 아들의 태도는 놀랄 만큼 서로를 빼닮아 있었다.

"복 받은 줄 아세요. 아버지는 그녀를 썩 달갑게 여기지 않지만 서윤은 벌써부터 시아버지를 극진히 생각하니까요. 저보고 아버지에게 살갑게 굴라는데, 그런 말을 들을 때마다 제 기분이 어떨지 충분히 짐작하실 수 있겠지요? 게다가 그녀 덕분에 저도 섬영그룹을 이어받을 마음을 확실히 굳히지 않았습니까. 아버지에겐 그것만으로도 큰 선물일 텐데요. 여기서 더 이상 바라시면 그것은 과욕이지요."

머리가 굵어지고 한층 더 성숙해진 아들은 미소 띤 얼굴로 비수 섞인 말을 아무렇지 않게 내뱉었다. 그래도 이 모습은 장족의 발전이라 표현할 만했다.

어머니가 자살한 이후 현후는 그와 마주 앉아 대화하는 것 자체를 몹시 꺼렸다. 부자간의 대화는 하루에 세 마디를 넘기기 어려웠다. 하지만 예비 며느리인 서윤이 그들 사이에 조금씩 다리를 놓으면서 현재처럼 적의 넘치는 대화나마 나누는 것이 가능해졌다.

'여자에게 푹 빠져 정신을 못 차리다니, 한심한 녀석.'

그리 생각하며 서 회장은 두세 번 만나본 서윤의 모습을 떠올렸다. 죽은 그의 아내처럼 단아한 외모를 지닌 그녀는 겉으로는 유약해 보이지만 심지가 굳고 총명한 여인이었다. 그의 기준에 썩 만족스러운 며느릿감은 아니었지만 적어도 이 집안을 말아 먹을 만큼 아둔하고 못나 보이진 않았기에 아들 녀석이 회사를 물려받아 잘 이끌어가겠다는 약조만 지켜준다면 그럭저럭 수용할 만했다.

'그래도 보면 볼수록 나아 보이는 게 신기하단 말이지. 거참.'

현후의 말대로 그녀의 마음씀씀이는 그가 알고 있는 정·재계 여식들 중 으뜸인 듯했다. 본인을 못마땅하게 여기는 시아버지에게 살갑게 다가오기가 쉽지 않을 텐데 그녀는 봄비처럼 조용하고 부드럽게 다가왔다. 까다로운 성격을 지닌 수오그룹의 강 회장이 그녀를 아낀 이유를 조금은 알 것 같기도 했다.

"결혼식을 화려하게 올리든 소박하게 올리든 상관없지만, 집안에 먹칠은 하지 말거라."

"나이가 드시니 쓸데없는 걱정을 다 하시는군요. 주 비서에게 보약이나 한 제 지어 올리라 일러둘까요?"

그들이 딱딱한 대화를 나누는 응접실 안으로 햇빛이 스며들었다. 지금은 그 빛의 세기도 따스함도 미약하지만 이대로 시간이 쭉 흐르다 보면 더 밝고 따뜻해지리라.

20세 되던 해, 번갯불에 콩 구워 먹듯 치른 서윤의 첫 번째 결혼. 이제 막 고등학교를 졸업하고 세상 물정 모르는 서윤과 태현은 일생에 한 번뿐인 결혼식 준비 과정을 어른인 양가 부모에게 전부 맡겨 버렸다. 그들은 인형처럼 어른들이 이끄는 대로 움직였고, 결혼식을 치렀다. 준비 과정에서부터 주체 의식을 가지지 못한 결혼이기에 어른으로서의 책임감도, 부부로서의 의무도 제대로 인식하지 못한 채 본인의 감정만 소중하게 여기다가 파국에 이른 것인지도 몰랐다.

　　하지만 지금은 달랐다. 하객들을 선정하고 청첩장을 돌리는 일부터 예식장 선택, 웨딩 촬영을 진행할 스튜디오 예약, 신혼여행지 결정, 신혼집 구하기, 가전제품 장만 등등 결혼식이나 결혼과 관련된 모든 과정을 서윤과 현후 두 사람이 의논하여 진행해야만 했다. 주변 사람들의 조언이나 경험 등을 참고할 순 있어도 최종 결정을 내리는 것은 두 사람의 몫이었다. 먼저 결혼한 성민과 솔아 커플이 이런저런 경험담이나 정보들을 이야기해 줘서 그들의 선택에 많은 도움이 되었다.

　　보통 결혼식을 준비하다가 싸우는 커플이 많다고 하던데, 서윤과 현후는 결혼식 준비를 시작하기 전부터 둘의 의견이 끝까지 갈리는 경우에는 타인의 시선에 한없이 유치해 보이더라도 가위바위보로 결정을 내리자고 정해둔지라 별다른 문제를 겪지 않았다. 신혼여행지 선택에는 여행을 좋아하는 현후의 의견이 좀 더 많이 반영되었고, 신혼집을 구하거나 가전제품을 마련할 때는 서윤의 의견이 좀 더 많이 반영되었다. 현후의 프러포즈 이후 그들은 결혼식 준비로 정말 바쁜 나날을 보냈다.

마침내 초가을 더위마저 완전히 가신 10월 중순이 찾아왔다.

10월 13일, 8년 전 그들이 다시 만난 날이자 결혼식이 진행되는 날. 서윤과 현후의 결혼을 축복하듯 날씨도 좋고 하늘도 더없이 푸르렀다.

그들이 선택한 예식장은 솔아와 성민 커플이 결혼식을 올린 경기도 교외의 펜션이었다. 신랑신부의 가족이나 친척, 정말 친한 친구들과 지인들만 초대한 소규모 결혼식이기에 꽤 괜찮은 선택이었다.

봄에는 흩날리는 벚꽃과 아름다운 화초들로 가득하던 그곳이 이제는 어여쁜 단풍을 자랑하고 있었다.

연아와 솔아가 아침부터 서윤의 치장과 준비를 도와주었다. 아름다운 어깨선이 드러나는 새하얀 웨딩드레스를 입은 서윤의 모습은 정말 예뻤다. 대학 동기인 세영의 큰언니가 운영하는 숍에서 맞춘 웨딩드레스는 단아한 그녀의 외모에 잘 어울렸다.

"정말 예쁘다, 우리 서윤이. 현후 그놈한테 순순히 넘겨주기 아까운걸."

"우리 사촌 동생님은 전생에 뭔 일을 했기에 이리 복을 받았나."

연아와 솔아가 기분 좋은 칭찬을 던져 왔다. 지금쯤 현후는 그 누구보다 아름다울 신부의 모습을 기대하며 성민과 함께 하객들을 맞이하느라 정신이 없을 터였다.

서윤은 거울에 비친 제 모습을 뚫어져라 쳐다보았다. 갓 스무 살이던 어린 신부보다 성숙해진 외모의 여인이 그 자리에 서 있었다. 지난 몇 년간 그녀의 마음은 어느 정도 성장했을까.

"……정말 괜찮겠어?"

서윤이 혼잣말하듯 중얼거렸다. 거울 속의 그녀 역시 다소 걱정스러운 표정을 지어 보였다. 어느새 서윤의 등 뒤쪽으로 다가온 솔아가 그녀의 볼을 위로 살짝 눌러 웃는 표정을 짓도록 만들었다. 이어 자신만만하고 활기찬 음성이 들려왔다.

"당연히 괜찮지. 결혼해도 이서윤은 이서윤일 뿐이야. 내가 여전히 강솔아인 것처럼. 남은 인생을 함께할 네 배우자로 서현후가 선택된 것뿐이지."

서윤의 볼에 와 닿은 솔아의 손가락은 따뜻했다. 고개를 돌려 마주한 연아의 시선도 그저 따스하기만 했다.

"만약 현후가 너 괴롭히거든 언제든 일러. 내가 반 죽여놓을 테니까."

다소 살벌한 내용의 말을 아무렇지도 않게 내뱉은 연아가 파이팅 포즈를 취해 보였다. 저도 모르게 긴장하고 있던 서윤의 입가에 옅은 미소가 떠올랐다.

똑똑똑.

그 순간, 신부대기실 문을 두드리는 노크 소리가 들려왔다. 연아가 달려나가 문을 여니 커다란 꽃다발을 든 성민이 서 있었다. 분홍 장미꽃과 노란 루드베키아가 예쁘게 피어 있었다.

"이게 뭐야?"

"글쎄."

연아에게 꽃다발을 건넨 성민이 어깨를 한번 으쓱이더니 답했다.

"이서윤 작가님 겸 오늘의 신부님에게 전해달라는 꽃다발인데?"

연아로부터 서윤에게 전달된 꽃다발 안쪽에는 작은 편지봉투 하나가 끼어 있었다.

―이서윤 작가님, 그리고 오늘의 신부님에게

겉면에 쓰인 글씨체를 보는 순간, 서윤은 발신인이 누군지 알 수 있었다.

"……강태현."

"뭐? 그 자식이 왜?"

도끼눈을 한 연아가 서윤이 그 편지를 읽어보려는 것을 말렸지만, 솔아가 연아의 행동을 저지했다. 서윤은 마음속으로 솔아에게 고마워하며 편지를 펼쳐 보았다.

—이서윤 작가님 & 오늘의 신부님에게.

당신을 많이 아껴주고 사랑해 주는 사람과 결혼한다는 이야기를 들었습니다. 정말 축하해요.

분홍 장미는 행복한 사랑을, 루드베키아는 영원한 행복을 상징하는 꽃이라고 합니다.

지나간 시간은 훌훌 털어버리고 행복하게 잘 살기를 빕니다.

서윤 작가님의 글을 정말 좋아하는 어느 팬.

3년 전, 태현이 미국으로 유학을 떠났다는 소식을 어찌어찌 듣게 되었다. 사실 그때까지만 해도 조금 껄끄러운 기분이 남아 있었다. 전남편인 그가 한국을 떠나는 이유에 그녀의 책임도 어느 정도 존재하는 것 같아서.

하지만 팬이라는 그 한 글자가 그녀와 태현의 사이를 새로이 정의 내려 주었다.

툭. 서윤의 가슴에 깊숙이 못 박혀 있던 과거에 대한 후회와 두려움이 투명한 눈물이 되어 흘러내렸다.

"……그래, 정말 잘 살 거야."

"어휴, 아무리 팬의 정성에 감동받았다 해도 이리 울면 예쁜 화장이 망가지잖아."

솔아가 손수건으로 서윤의 눈가를 살살 닦아주며 속삭였다. 결국 눈화장은 다시 한 번 손봐야 했다.

똑똑똑.

정해진 시간이 되자 다시 한 번 노크 소리가 들려왔다. 문 앞에는 그와 잘 어울리는 블랙 턱시도를 갖춰 입은 현후가 서 있었다. 오늘의 그는 정말 멋져 보였다.

"……가자."

그 어떤 군더더기도 없는 말. 현후가 이 세상에서 가장 든든하고 믿음직스러워 보이는 손을 내밀어왔다. 마지막 남은 미련과 후회마저 털어버린 서윤은 그 손을 꽉 붙잡았다.

일반적인 결혼식에서 보통 신부는 아버지의 손을 잡고 신랑에게 간다. 하지만 서윤과 현후는 야외에 설치된 식장까지 함께 걸어가기로 했다. 물론 서윤의 아버지가 부재한 탓도 있지만, 식의 첫걸음을 두 사람이 함께 옮기는 것에 뜻깊은 의미를 부여했기 때문이다.

서윤은 새하얀 길을 걸으며 그들의 결혼을 축하하고 축복해주기 위해 먼 길을 달려온 하객들의 얼굴을 찬찬히 바라보았다. 참 고맙고 감사한 사람들이다. 다소 극성맞은 구석이 있는 그녀의 대학 동기들은 입을 모아 '잘 살라'고 외쳐 댔다. 몇 년간 함께 작업하면서 개인적으로도 친분을 쌓아온 출판사 담당 직원 혜나 씨가 '작가님, 행복하세요!' 라고 말해주는 입 모양도 보였다.

서윤의 어머니 인영의 곁에는 가장 친한 친구인 연아가 또 다른 딸처럼 앉아 그녀의 눈물을 닦아주고 있었다. 현후의 아버지인 서 회장의 곁에는 돌아가신 어머니의 빈자리를 대신하여 연아의 어머니가 고운 한복을 입고 앉아 있었는데, 그녀는 서윤과 시선이 마주치자 부드러운 미소를 지어주었다. 오늘의 주례를 흔쾌히 맡아주신 현후의 외삼촌 강인환 교수 역시 본인의 아들을 장가보내는 사람처럼 현후와 서윤을 애정 어린 시선으로 바라보고 있었다.

슬쩍 곁눈질을 하자 그 어느 때보다도 밝게 웃고 있는 현후의 모습이 시야에 들어왔다. 평소 그가 자주 짓곤 하는 의례적인 미소도, 장난스러운 미소도 아닌 정말 환한 미소가 그의 입가에서 넘실거리고 있었다.

서윤의 심장박동이 조금씩 빨라졌다. 이 길의 끝에 다다르면 그녀는 현후의 옆에 서서 맹세하게 된다. 그녀가 주체인 삶의 파트너로 그를 맞이하기 위하여. 외롭고 고단한 인생이라는 레이스, 그와 발맞추어 걷기 위하여.

마침내 오늘 지나간 시간을 교훈 삼아 이미 한 번 반납한 적 있는 '결혼' 이란 녀석을 다시 대여하고자 한다. 항상 기억하며 살겠다. 앞으로 현후와 함께하는 모든 시간은 여기 모인 사람들을 증인으로 그와 인연이 존재하는 수많은 사람들에게서 빌려온 것임을. 사랑은 일방적으로 주거나 받는 게 아니라 함께 나누는 것이며, 모든 결정권을 지닌 두 사람이 매 순간의 삶을 함께 선택하고 맞추어 나가야 한다는 사실을.

입장하는 신랑신부를 위한 한차례의 박수가 지나간 후, 강인환 교수의 목소리가 또랑또랑하게 울려 퍼졌다.

"오늘 신랑 서현후 군과 신부 이서윤 양은 이 자리에 와주신 모든 분들 앞에서 서로를 배우자로 맞이하여 기쁜 일이든 슬픈 일이든 평생을 함께하겠노라 맹세하고자 합니다. 둘이서 함께 작성한 서약서를 읽도록 하겠습니다."

"신랑 서현후와 신부 이서윤은 다음과 같이 맹세합니다. 첫째, 애정과 사랑은 아낌없이 나누겠습니다. 둘째, 서로 의견이 다를 때는 상대방의 입장에서 생각해 보겠습니다. 셋째, 여태까지 살아온 환경이 다름을 인지하고 상대방의 가치관과 삶을 존중하겠습니다."

외전 9

봄은 그냥 오지 않는다

두 번째 결혼 후, 서윤의 인간관계는 더욱 복잡해졌다. 남편인 현후를 기준으로 새로운 인간관계가 형성됐기 때문이다.

그중에서 가장 신경 쓰이는 부분은 남편인 현후와 시아버님인 서 회장의 사이가 매우 좋지 않다는 점이었다. 팔은 안으로 굽는다는 말이 있듯 아무래도 서윤으로서는 시아버님보다 남편인 현후의 입장이 더 이해될 수밖에 없었다. 그의 어머니가 돌아가시는 데 여러모로 계기를 제공한 아버지를 용서하기란 쉽지 않을 터였다.

'하지만 시아버님을 미워하면 미워할수록 현후만 더 힘들어질 텐데.'

미움이란 감정은 그 마음이 향하는 사람은 물론 그 마음을 품고 있는 사람마저도 힘들고 피폐하게 만든다. 서윤은 현후가 이이상 힘들어지기를 원치 않았다. 때문에 시아버님인 서 회장이평범한 가정 출신에 이미 한 번 이혼한 전적이 있는 저를 며느릿감으로 달가워하지 않는다는 사실을 잘 알면서도 일부러 더살갑게 다가섰다. 현후와 그분 사이에 다리가 되어줄 만한 사람은 저밖에 없음을 잘 알고 있기 때문이었다.

현후는 본디 자기 사람에게는 다정한 성격인지라 웬만하면서윤의 말에 귀 기울여 주고 그녀의 의견을 존중해 줬으나 그런그가 감정이 격해지는 순간이 있다면, 그것은 시아버님에 대한이야기를 꺼낼 때였다.

물론, 서윤은 그런 그를 충분히 이해할 수 있었다. 그녀 역시어머니와 이혼한 후 딸인 저를 단 한 번도 찾지 않은 아버지를마음 깊이 원망했었으니. 하지만 실패로 끝난 첫 번째 결혼은그녀의 아버지를 완전히 용서하지는 못해도 어느 정도 이해하는 마음을 갖게 해주었고, 미움을 조금이나마 누그러뜨리자 그녀의 마음 역시 편해졌다.

현후를 비롯하여 주변 사람들은 냉혹한 시아버지, 서 회장을위해 그렇게까지 할 필요가 없다고 말하곤 했지만, 서윤의 생각은 달랐다. 그녀는 아무런 보답도 바라지 않고 마냥 선행을 베푸는 천사가 아니었고, 그녀가 하는 모든 일은 가만히 따지고보면 결국 이 세상에서 가장 사랑하는 남편, 현후를 위한 것이었다. 서윤은 그가 자신이 삶의 주체가 될 수 있도록 도와주었던 것처럼 그가 본인을 좀먹어가는 지독한 증오에서 한 발자국이나마 벗어나기를 바랐다.

화목한 가정에 등장하는 다정한 부자(父子)가 아니어도 괜찮았다. 그저 서로의 존재를 인정하고, 필요한 대화 정도는 나누는 사이가 되길 바라는 것이 그리 큰 욕심일까.

서 회장의 생일은 여름에 태어난 현후와 정반대로 한겨울이었다.

1월 24일. 그녀가 현후와 결혼하고 나서 처음 맞이하는 시아버님의 생신이었다.

전 시아버지인 강 회장과 마찬가지로 재계에서 그 위치를 확고하게 다지신 시아버님은 생신날 그 누구보다 바쁘시다. 그래서 서윤은 그날은 아침 일찍 현후와 함께 시아버님이 사시는 본가 저택을 방문해 아침 식사라도 같이할 생각이었다.

"미안. 갑자기 회사에 급한 일이 생겨서……."

어제저녁, 그녀의 부탁에 간신히 고개를 끄덕인 현후가 아침이 되어 말을 바꾸는 일 정도는 그리 놀랍지 않았다. 충분히 예상한 반응이었다.

"그래? 그럼 어쩔 수 없지. 잘 다녀와. 아버님께는 일단 전화로 생신 축하한다고 말씀드릴게. 아, 통화하면서 차라리 내일 저녁에라도 우리 집으로 오시라 말씀드릴까? 도우미 아주머니 도움 좀 받아서 음식 준비하면 생신상은 그럭저럭 차려낼 수 있을 것 같으니까."

서윤과 현후, 그 둘만의 공간에 서 회장을 들이겠다? 차라리 아침에 본가를 잠깐 들르고 말지, 그건 절대 용납할 수 없는 일이었다.

"잠, 잠깐만! 전화 왔다."

현후가 핸드폰이 든 자신의 코트 주머니를 가리키며 말했다. 그는 제 방으로 쏙 사라졌다가 잠시 후 다시 나왔다. 일이 많이 급하긴 하지만, 밑의 담당자와 이야기를 해보니 아침 먹을 시간 정도는 있을 것 같단다.

그의 머리 굴리는 모습이 눈에 뻔히 보여서 서윤은 살며시 웃음이 나왔지만 꾹 참았다. 그리고 도살장에 끌려가는 송아지 표정을 짓는 그를 끌고선 본가로 향했다.

"아버님, 저희 왔어요."

본가의 도우미 아주머니에게 미리 귀띔한 덕분인지 서 회장은 아직 아침 식사를 하지 않은 상태였다. 식탁에는 세 사람이 먹을 식사가 정갈하게 차려져 있었다. 그중에서 소불고기와 무우 쌈, 취나물, 고사리 및 도라지 무침, 탕평채는 서윤이 어제저녁 본가에 찾아와서 준비해 둔 것이었다.

마지막으로 아주머니가 서윤이 집에서 준비해 온 떡 케이크를 식탁 한가운데에 보기 좋게 올려놓자 꽤 그럴듯한 생신상이 완성되었다. 어차피 시아버님은 오늘 하루 종일 바깥에서 이런 저런 기름진 음식들을 접할 것이 뻔했기에 아침부터 너무 무리 하지 않는 게 좋겠다는 판단이 들었다. 때문에 서윤은 음식을 준비할 때 생신상 모양은 내면서도 최대한 맛이 담백하고 위에 부담이 적게 갈 만한 음식들을 골랐고, 도우미 아주머니에게도 미역국을 비롯하여 나머지 밑반찬들 역시 그런 종류로 차려달 라고 부탁해 두었다.

아침 식탁을 접하는 서 회장과 현후, 두 부자(父子)의 표정은 사뭇 다르면서도 묘하게 비슷한 구석이 있었다. 둘 다 무덤덤함 을 유지하려고 애쓰는 가운데 눈빛들만 조금씩 변했다. 서 회장 의 눈은 조금 더 깊게 침전되는 듯했고, 현후의 눈동자는 마구 흔들렸다. 현후의 생각은 그가 굳이 말하지 않아도 알아차릴 수 있었다.

'너무해! 내 생일상보다 더 신경 써서 준비한 것 같잖아!'

그저 도우미 아주머니의 도움을 빌리고 안 빌리고의 차이일 뿐인데. 어찌 됐든 오늘 저녁, 삐친 현후의 기분을 풀어주려면 꽤 애먹을 듯하다.

"아버님, 생신 축하드려요. 이건 저와 현후가 함께 고른 작은 선물이에요."

"난 그냥 네가 쇼핑한다고 해서 따라간 기억밖에 없는데?"

서윤의 옆에 앉은 현후가 작게 이죽거렸다. 물론 서 회장이 그 소리를 못 들었을 리 없다. 하지만 그녀는 여전히 예쁘게 웃으면서 두 손으로 공손히 선물을 건네 드리고, 식탁 밑으로는 왼발을 뻗어 현후의 발을 꾹 밟아주었다. 현후의 미간이 슬쩍 찌푸려졌다. 그래, 아직까지는 참 고요하고 평화로운 아침 식탁이다.

"고맙구나."

형식적인 답례의 말만 되돌아왔지만, 서윤은 다행이란 생각이 들었다. 숟가락과 젓가락 움직이는 소리만 간간이 들리는 식탁 위에서 서윤의 목소리가 음악 소리마냥 낭랑하게 들려왔다.

그녀는 서 회장에게도, 현후에게도 간간이 질문을 던지며 어떻게든 그들을 대화에 끼워 넣으려고 애썼다. 다른 사람들에게는 자상해질 수 있어도 가장 가까운 가족인 현후에게만큼은 저절로 무뚝뚝해지는 시아버님, 서 회장과 다른 부분에서는 서윤에게 다 져줄 수 있어도 아버지와 관련된 문제만큼은 그냥 넘길 수 없는 현후를 어르고 달래가며 대화를 이어 나가는 것은 보통 힘든 일이 아니었다.

1분이 한 시간 같은 식사 시간은 시아버님, 서 회장이 일어나며 끝이 났다. 그가 며느리인 서윤이 건네준 선물을 들고 일어서며 조용히 한마디를 내뱉었다.

"쓸데없이 애썼구나. 어쨌든…… 잘 먹었다."

그 말에 현후의 표정은 흉악하게 일그러졌지만, 서윤은 그저 빙긋 웃었다. 현후 못지않게 예민한 시아버님 또한 오늘 아침 식탁에 올라온 반찬들 중 몇 가지는 서윤의 손길이 닿았다는 사실을 눈치챈 듯싶었다.

"내년엔 더 맛있게 만들어 드릴게요."

그 말에 뒤돌아선 서 회장이 어떤 표정을 지었는지 서윤은 알 수 없었다. 하지만 오늘은 그것만으로도 충분했다. 시아버님의 살가운 말투와 미소는 차츰 만들어 나가면 되는 것이니까.

✠　✠　✠

3년 후.

──……계절은 시간의 흐름에 따라 자연스레 변화한다. 몸을 움츠릴 만큼 추운 겨울이 지나고 나면, 기지개 켜는 봄이 반드시 찾아온다.

하지만 사람과 사람의 관계는 자연스럽게 변하지 않는다. 그것은 굉장히 섬세한 손놀림을 필요로 하는 유리 공예와 같아 일정한 시간도, 정성도 필요했다. 그리고 언제든 실패할 위험성을 지니고 있었다.

관계의 봄은 절대 그냥 찾아오지 않는다. 그것은 따스한 햇볕을 즐기기 위해 꾸준히 노력하고 고대하는 사람에게 어느 날 깜짝 선물처럼 주어지게 마련이니. 그와 내가 상대방을 마주하고 미소 짓기까지 아주 오랜 시간이 걸린 것처럼.

마침내 챕터의 마지막 문장이 완성되었다. 날이 뿌옇게 밝아 오는 새벽, 서윤은 모니터에서 껌벅거리는 커서를 바라보며 여운에 잠겼다. 일단 로맨스소설로 분류하긴 했지만, 사람과 사람의 관계를 보다 세밀하게 그려내는 데 초점을 맞춘 이번 작품은 그 어느 때보다도 쓰기 힘들었다.

하지만 마침표를 찍은 지금 이 순간, 무어라 형용할 수 없을 만큼 뿌듯한 마음이 치솟아올랐다. 서윤이 책상 위에 잠시 엎어 졌다. 그녀의 입술에서 옅은 한숨이 흘러나왔다.

"신기해, 정말. 내 삶이 글에 녹아드는 것인지, 글이 내 삶을 바꾸고 있는 것인지."

어쩌면 둘 다 정답일지도 모르겠다. 사람과 사람의 관계에 대해 생각해 보고픈 글을 쓰기 시작하면서 현실에서도 인간 관계에 있어 조금 더 적극적으로 대처한 부분이 있을 테고, 반대로 현후와 시아버지 등 인간관계의 회복을 위해 적극적으로 노력하고 있기에 그런 경험을 글로 한 번 표현해 보고 싶다는 생각을 갖게 되었을 수도 있다. 하지만 그 무엇보다도 중요한 건,

―아버님, 오늘은 꽃샘추위 때문에 날이 많이 춥다고 해요. 감기

조심하시고, 식사 잘 챙기세요^^ 서윤.

어느 쪽이든 그 밑바탕에 꾸준함과 진실함이 존재해야 언젠가 따스한 볕을 고대할 수 있다는 점이었다.

외전 10

윤후의 일기

　안녕하세요. 제 이름은 서윤후, 올해 여덟 살 되는 남자아이입니다. 돌아오는 봄에는 초등학교란 곳에 입학하죠.

　그 때문에 엄마는 여러모로 걱정이 많으신 듯합니다. 지금도 카페에서 연아 고모와 커피를 마시며 그에 대해 걱정 어린 말투로 이야기를 나누고 계세요. 저는 그 옆에서 달달한 딸기바나나 주스를 먹고 있는데요, 이게 참 달고 시원해서 맛있어요.

　"우리 윤후는 현후를 닮아서 똑똑하니까 초등학교 가서도 잘하겠지?"

　"서윤아, 너무 걱정하지 마. 쟤는 현후를 놀라울 정도로 빼닮았다니까. 외모도 그렇고 성격도 그렇고. 그래도 눈은 널 닮아서 정말 다행이야."

"아무리 살펴봐도 신기해. 아이가 나와 현후를 이렇게 쏙 빼닮을 수 있다는 게."

엄마가 손을 뻗어 제 머리카락을 부드럽게 쓰다듬어 주셨어요. 애정 어린 그 손길은 정말이지 따뜻하고 기분 좋아요.

"그런데 희아는? 집에 있어?"

"그이랑 컴퓨터 게임 삼매경이야. 이러다 애 시력 완전 나빠지겠어."

아, 희아는 누구냐고요? 연아 고모의 딸인데요, 올해로 여섯 살 된 여자아이입니다. 이름만큼 얼굴도 꽤 예쁜 편이에요. 물론, 우리 엄마만큼은 아니지만요.

아빠가 그러는데, 희아는 어린 시절의 연아 고모를 쏙 빼닮았대요. 외모뿐 아니라 성격도요! 그래서 늘 그렇게 기운이 넘치나 봐요.

오가는 말을 들어보니 그 애는 희준 고모부와 한창 게임을 즐기고 있나 봅니다. 저도 게임하고 싶어요! 고모 집에는 컴퓨터와 각종 기기들을 좋아하는 고모부 덕분에 여러 가지 재미있는 기계나 게임기 등이 많이 있습니다. 이번 주말에 거기 놀러 가면 저번에 깨지 못한 게임을 반드시 마지막 스테이지까지 완성할 거예요!

"어머, 그리고 보니 현후 돌아올 시간 됐네. 슬슬 일어나야겠다."

"누누이 말하지만, 서현후 그 자식은 아내와 자식 복이 넘친 다니까."

"그 말만 벌써 백 번 넘게 들은 것 같다. 이번 주말에 윤후 데리고 놀러 갈게."

"그래, 맛있는 거 준비해 놓고 기다리고 있을게. 윤후야, 요번에는 성아랑 성진이, 수현이도 놀러 온다고 했으니 더 재미있을 거야."

연아 고모가 한쪽 눈을 찡긋해 보이셨어요. 저보다 두 살 더 많은 성아 누나는 솔아 아주머니의 딸입니다. 아주 똑 부러진 성격의 누나예요. 공부도 굉장히 잘하고요.

성진이는 성아 누나의 동생인데, 저와 나이가 같아요. 동갑인 친구가 있다는 건 여러 가지 의미를 지닙니다. 이야기가 잘 통하는 또래 친구가 있어서 좋은 반면, 운이 없으면 시시때때로 어른들의 비교 대상이 될 수도 있죠. 한 가지 다행인 점은 엄마와 아빠, 솔아 아주머니와 성민 아저씨 모두 생각이 깊으신 분들이란 거예요.

마지막으로 수현이는 저보다 세 살 어린 동생입니다. 설민 아저씨의 아들인데요, 주위 어른들은 제가 형이니 항상 잘 챙겨주라고 말해요. 굳이 그런 말씀 안 하셔도, 저는 수현이와 잘 놀아주는데. 정말이지 어른들은 쓸데없는 걱정을 너무 많이 하는 것 같아요.

저는 엄마에게 배운 대로 예의 바르게 인사하고 고모와 헤어졌어요. 집으로 돌아가는 길에 엄마와 마트에 들러 내일 오후, 간식으로 만들어 먹을 떡볶이 재료들도 샀어요.

엄마가 만들어주는 매콤하고 달콤한 떡볶이! 아, 생각만 해도 입에 침이 잔뜩 고이는걸요.

"아빠!"

현관문에 낯익은 검정 구두가 단정하게 놓여 있어요. 아빠가 벌써 돌아오셨나 봐요.

"우리 윤후, 오늘은 뭐 하고 지냈어?"

아빠가 엄마 손에 든 장바구니를 재빠르게 받아 들며 물어왔어요. 개구쟁이같이 부드럽게 휘어지는 눈매 덕분인지 아빠는 다른 친구들 아빠보다 훨씬 젊어 보여요.

조금 전에 도착했다는 아빠는 커피머신에 원두를 보충하고 있었어요. 글 쓰는 일을 직업으로 가진 엄마가 커피를 매우 좋아하셔서 원두 관리는 아빠가 특별히 신경 쓰시는 부분이에요. 유치원 선생님께 이 일을 말했더니, 우리 아빠가 굉장히 자상한 분이라고 말씀해 주셔서 기분이 좋았어요.

엄마도 제게 항상 말씀하시곤 하세요. 나중에 제가 크면 누군가에게 아빠처럼 자상한 남편이 되어주었으면 좋겠다고요.

"엄마와 공룡 전시회 갔다 오고 나서 연아 고모 만났어!"

"희아도 만났어?"

"아니. 희아는 집에서 게임하고 있대! 나도 게임하고 싶어. 이번 주에 고모 집에 놀러 가면 저번에 못 깬 스테이지, 다 깰 거야."

제 야심찬 다짐에 아빠 역시 웃으면서 이번 주 주말에는 시간이 비니 함께하자고 말씀해 주셨어요. 좋아요, 아빠와 함께라면 스테이지 정복도 그렇게 어렵지 않을 거예요.

마트에서 사온 식재료들을 냉장고 안에 차곡차곡 정리해 놓으신 엄마는 저와 아빠의 볼에 가벼운 굿나잇 키스를 해주시고 작업실로 들어가셨어요. 사방이 고요해지는 저녁은 엄마가 일에 열중하는 시간이에요. 그래서 이 시간만큼은 엄마와 놀고 싶고, 이야기를 나누고 싶어도 웬만하면 꾹 참고 있어요. 대신, 제 곁에는 자상한 아빠가 존재하고 있으니 괜찮아요.

"오목 둘까, 아들."

오목은 저와 아버지가 자주 즐겨 하는 놀이 중 하나예요. 저는 이래 봬도 꽤 똑똑해서 머리 쓰는 게임을 좋아해요. 거기에 소소한 내기까지 걸면 더 재미있어지고요.

"이기는 사람이 냉장고에 하나 남아 있는 아이스크림 먹는 거다?"

제 기억이 틀리지 않다면, 그것은 상콤한 딸기 맛이 일품인 **바일 거예요. 이거, 정신 바짝 차려야겠는데요.

"무슨 색으로 할래?"

"난 까만색!"

저는 긴장감 어린 손으로 까만 바둑알을 두세 개 집었어요.

오목이 뭔지는 다들 아시죠? 맨질맨질한 바둑판에 먼저 다섯 개의 바둑알을 이어놓는 사람이 이기는 거예요.

저는 이걸로 우리 유치원을 평정했어요. 우리 아빠가 뭐든 잘하는 남자지만, 저 역시 가볍게 상대해도 괜찮을 적수는 아니라고요!

총 다섯 번을 두어 세 번 이기는 사람이 승리자가 되는 것으로 규칙을 정했어요. 시간이 얼마나 지났을까요. 3:2. 치열한 접전 끝에 저는 승리했어요. 아빠가 인상을 살짝 찌푸리시더니 패배를 인정하고 냉동고에서 아이스크림을 꺼내주셨어요.

"먹고 나서 양치하는 거 잊으면 안 돼."

주의사항과 함께요. 아, 양치하는 거 은근히 귀찮은데. 하지만 이런 말이 있죠. 내일 일은 내일 생각하라고. 저는 일단 아이스크림부터 먹고 생각하기로 했어요.

**바를 맛있게 베어 먹고 있는데, 아버지가 주방에서 뭔가 하고 계세요. 호기심이 든 저는 가까이 다가가 살펴보았어요.

"뭐 하는 거야?"

"엄마, 열심히 일하고 있잖아. 출출할 것 같아서 간식 갖다 주려고. 아빠, 완전 착하지?"

아빠는 딸기를 깨끗이 씻어서 먹기 좋게 꼭지를 떼고 있었어요. 이런 일에 제가 가만히 있을 수 있나요. 저도 몇 개나마 거

들었어요. 딸기와 함께 마실 하얀 우유도 제가 따랐어요.

그렇게 딸기와 우유를 쟁반에 받쳐 든 아버지가 작업실 쪽으로 발걸음을 옮겼어요. 저도 엄마 얼굴이 보고 싶어서 따라 갔어요. 엄마는 모니터를 노려보며 생각에 잠겨 있었어요. 일이 뭔가 잘 풀리지 않는지 고운 미간에 주름이 잡혔어요.

"오늘은 잘 안 써져? 이거 먹어가면서 해. 윤후가 엄마 마시라고 우유도 따라줬다? 그치?"

"응. 엄마, 힘내!"

"어휴. 이 부자(父子)가 오늘은 왜 이렇게 예쁜 짓을 하실까?"

엄마의 예쁜 미소를 보니 저도 행복해졌어요. 엄마가 제 이마에 이마를 가볍게 부딪혀 왔어요. 부비부비, 머리카락이 살짝 쓸리면서 맨살과 맨살이 부딪히는 느낌은 늘 그렇듯 따뜻했어요.

"나는? 난? 이 딸기, 내가 거의 다 씻었는데?"

아빠가 툴툴거리면서 엄마를 향해 볼을 내밀었어요. 가자미처럼 살짝 눈을 흘긴 엄마가 그래도 웃으면서 아빠의 볼에 뽀뽀를 해주었어요. 어휴, 이럴 때 보면 아빠가 나보다 더 어린 것 같아요.

연아 고모의 말씀이 문득 떠올라요. 우리 아빠는 엄마 앞에만 서면 재롱부리는 강아지가 된다고요. 음, 정말이지 맞는 말 같아요.

엄마가 나와 아빠의 입안에 딸기를 하나씩 넣어주었어요. 빨갛게 잘 익어서 그런지 달아요. 그것을 얌전히 받아먹고 난 다음, 작업실을 빠져나왔지요. 거실의 벽시계를 쳐다보니 어느새 10시가 넘었어요.

착한 어린이는 제시간에 꼬박꼬박 자줘야 하는 법이죠. 아빠와 사이좋게 양치를 하고 침대에 누웠어요. 엄마는 12시나 1시가 넘어서야 주무실 거예요.

"안녕히 주무세요."

전시회에 다녀온 이야기를 열심히 하다 보니 눈꺼풀이 슬슬 무거워지기 시작했어요. 그래도 저는 예의 바르게 잘 주무시라는 말을 남기고 눈을 감았지요. 아, 내일이 빨리 지나가고 토요일이 왔으면 좋겠어요.

❊   ✖   ❊

마침내 대망의 주말, 토요일이 찾아왔어요! 저는 아침부터 마음이 잔뜩 들떠 있었어요. 외출 준비를 끝낸 엄마, 아빠와 함께 차에 올라타 희아네 집으로 갔어요.

"서윤이랑 윤후, 어서 와."

"야, 난 안 보이냐? 어?"

"어머, 넌 굳이 올 필요 없는데. 회사나 가시지?"

기름을 빼앗기다

오늘도 현관문 앞에서 아빠와 연아 고모가 한바탕 신경전을 벌였어요. 처음에는 두 분 사이가 안 좋은가 싶어 걱정했는데, 엄마가 친절하게 알려주셨어요. 오히려 가까운 사이일수록 소소한 말다툼이나 장난으로 친근감을 표시하는 경우가 더러 있대요.

"어? 윤후 오빠다!"

"형!"

"안녕, 윤후."

성아 누나와 놀고 있던 희아와 수현, 성진이 저를 보더니 아는 척을 하며 쪼르르 달려왔어요. 거실 소파에는 먼저 온 솔아 아주머니와 성민 아저씨가 앉아서 과일을 먹고 계셨지요.

"안녕하세요."

저는 그 두 분에게 인사를 드렸어요. 환하게 웃으신 성민 아저씨가 제 손에 사과를 찍은 포크를 쥐어주셨어요.

"윤후, 저번에 봤을 때보다 키가 더 큰 것 같은데?"

"그래? 요즘 우유를 꾸준히 먹였더니 드디어 효과가 나타났나."

뒤따라오신 엄마가 그 말에 뿌듯하다는 표정을 지어 보이셨어요. 흰 우유가 썩 맛있진 않지만, 엄마가 좋아하시는 모습을 보니 앞으로도 잘 챙겨 먹도록 노력해야겠어요.

"설민이랑 올케는 오늘 급한 일이 생겨서 오기 힘든가 봐. 내가 좀 전에 수현이만 데리고 왔어."

연아 고모의 설명을 듣고 나니 수현이가 와 있는데도 설민 아저씨 내외의 모습이 보이지 않는 이유를 알겠어요. 우리 아빠 못지않게 설민 아저씨도 바쁜 모양인지 얼굴 뵙는 게 참 힘들어요.

"희준 고모부는요?"

"응, 어제 하루 종일 사건 조사하더니 오늘은 뻗어서 자고 있네. 조금 이따 일어날 것 같은데."

에이, 희아랑 고모부, 저와 아빠 이렇게 편을 갈라 게임하려고 했는데 기다려야겠네요. 아참, 희준 고모부는 강력계 형사예요. 나쁜 사람들의 죄를 조사하고 그들을 추적해서 잡아들이는 일을 하고 있어요.

특히, 희준 고모부는 머리가 뛰어나서 사건 조사나 범인 추적에 큰 역할을 하신다고 들었어요. 왜, 영화나 드라마를 보면 나쁜 사람들이 일을 꾸미는 현장에 형사들이 딱 들이닥쳐서 '꼼짝마라'고 외치잖아요.

와, 생각만으로도 가슴이 두근두근 거려요. 저도 나중에 크면 저렇게 멋진 형사가 될 수 있을까요? 저번에 엄마에게 크면 형사가 되고 싶다는 이야기를 했더니, 형사가 되려면 아는 것도 많아야 하지만 무엇보다도 체력이 중요하니 밥 잘 먹고 운동을 열심히 해야 한다는 말을 들었지요.

사실, 제가 또래에 비해 체격이 크거나 좋은 편은 아니에요.

꿈꾸는 반달소녀

심지어 성진이보다도 키가 조금 작아요. 우씨, 오늘부터 우유 섭취량을 두 배로 늘려야겠어요.

"누나는 초등학교 입학할 때 어땠어?"

이곳에서 유일한 초등학생인 성아 누나에게 곧 닥쳐올 학교 생활에 대한 질문을 던져 보았어요. 사실, 유치원에서 친구들이 자기 형, 누나 이야기를 들먹이며 '초등학교는 이런이런 곳이다.' 시끄럽게 떠들어대곤 했는데, 그들의 말보다야 경험자가 직접 해주는 말이 훨씬 더 정확하지 않겠어요?

"생각보다 별거 없는데. 유치원 때보다 같은 반에 존재하는 친구들 수가 좀 더 많아지고, 공부할 양이 늘어난다는 것 정도? 아, 맞다. 아침에 가끔 하는 교장, 교감선생님 훈화는 좀 지루해."

누나는 그녀가 다니는 초등학교에 대해 이런저런 이야기를 해주었어요. 의욕은 넘치지만 덜렁대는 성격인 탓에 실수를 종종 저지르곤 하는 담임선생님, 산악 같은 기세로 매일 아침 교문을 지키고 있는 생활지도 선생님, 그 반의 말썽꾸러기 남자아이들에 대해서요. 아직 학교 갈 날이 먼 희아와 수현이도 귀를 쫑긋 세우고 이야기를 듣고 있네요.

"난 뭣보다도 늦게 끝나는 게 제일 싫어."

공부도 지금보다 더 해야 한다며? 성진이 투덜거리며 말했어요.

참 신기하게도 성아 누나와 성진이의 성격은 정반대예요. 성아 누나가 똑 부러지고 차분한 성격이라면, 성진이는 한자리에 가만히 앉아 있는 것을 제일 싫어하고 굉장히 활발한 성격이에요. 성질도 조금 급해서 말보다는 행동이 먼저인 타입이기도 하죠.

그래서 유치원에서 몇 번이나 소소한 말썽을 일으키곤 했어요. 그때마다 그의 친구인 제가 더 곤란해지는 기분이었죠, 어휴.

"근데 신기하지 않아? 윤후랑 성진이를 보면 성민이랑 현후의 어린 시절을 뒤바꾸어 놓은 듯한 느낌이 든다니까. 성민이가 고생했듯 윤후도 고생깨나 하겠어."

뒤쪽에서 솔아 아주머니의 낭랑한 목소리가 들려왔어요. 그런데 저게 대체 무슨 말일까요.

그 말이 끝나기 무섭게 엄마의 입에서는 옅은 한숨이 흘러나왔고, 아빠의 인상은 살포시 찌푸려졌습니다. 성민 아저씨는 뭔가 통쾌하다는 표정을 짓고 있네요. 흐음, 어른들의 세계는 여전히 복잡하고 어려워요.

뭔가 찜찜한 느낌이 들었지만, 연아 고모가 곧 가져다주신 맛있는 머핀과 쿠키를 먹느라 잊어버렸어요. 뭐, 괜찮아요. 기억이 잘 안 나는 걸 보면 별일 아닌 거겠죠.

희준 고모부는 저녁 먹기 한 시간 전에야 겨우 일어나셨어요. 평소에도 다소 나른한 느낌을 풍기는 하얀 얼굴이 오늘따라 더

더욱 졸려 보이네요.

"아빠! 나, 윤후 오빠랑 게임!"

"……응, 잠깐만. 아빠, 뇌에 충전 좀 하고."

희준 고모부가 일어나자마자 제일 먼저 한 일은 커피머신으로 커피를 내리는 것이에요. 연아 고모에게 듣기론, 희준 고모부는 엄마보다 더 커피를 좋아하는 카페인 중독자래요. 고모 없이는 살아도 커피 없이는 한시도 못 살 거라면서 투덜거리셨어요. 익숙한 느낌의 원두 향이 곧 거실 가득 퍼졌어요.

"이번에는 며칠 밤을 샌 거예요?"

엄마의 질문에 희준 고모부가 손가락 두 개를 가볍게 펼쳐 보이셨어요. 이틀. 그래요, 이틀이면 양호한 편이네요. 저번에는 사흘간 못 주무신 적도 있어요.

희준 고모부가 커피로 에너지를 충전하고 나서 저와 희아, 아빠와 고모부 이렇게 넷이서 저녁을 먹기 전까지 신나게 게임을 했어요. 참 평화롭고 보람찬 오후 시간이에요.

결과는 어떠냐고요? 나중에는 저보다 더 열을 올리신 아빠 덕분에 고전하던 마지막 스테이지까지 전부 정복했어요! 저는 아주 기쁜데, 엄마와 연아 고모는 뒤쪽에서 혀를 살짝 차시더라고요.

"있지, 서윤아. 불길한 말이긴 한데, 어째 현후보다 윤후 쪽이 훨씬 더 빨리 철 들 것 같아."

"그래? 커봤자 둘 다 비슷할 것 같은데."

"둘 다 왜 그래? 난 어디까지나 우리 윤후를 위해서 게임에 성실히 임했을 뿐이거든!"

"애 핑계 대기는. 그냥 닥치고 밥이나 먹으세요."

연아 고모가 신경 써서 준비하고 솔아 아주머니와 엄마가 차리는 것을 도와준 저녁 밥상은 맛있는 음식들로 가득했어요. 배가 터지기 직전까지 먹은 것 같아요. 희아랑 성진이, 성아 누나, 수현이도 만나고 게임도 완전 정복하고, 맛있는 것도 잔뜩 먹고…… 오늘은 기대했던 것만큼이나 즐거운 하루였어요.

"……그냥 자게 내버려 둬. 내가 업고 가면 돼."

"안 돼. 아까 간식 많이 먹어서 양치하고 자야 한단 말야. 윤후야, 일어나야지. 집에 다 도착했어."

집으로 돌아오는 길. 이런, 저도 모르게 차 안에서 깜박 졸았나 봐요. 엄마의 다정한 손길에 잠에서 깨어나 엘리베이터에 올라탔어요. 아, 여전히 졸려요. 오늘은 안 씻고 그냥 누웠으면 좋겠어요.

하지만 이럴 때만큼은 그 누구보다 엄격해지는 우리 엄마. 결국 저는 아빠와 함께 욕실에 집어넣어졌어요.

치카치카, 양치를 끝내고 나니 어쩐지 잠이 조금 깬 기분이에요. 그래도 잘 시간이 다 되었으니 잠옷으로 갈아입고 자리에 누웠지요. 아, 푹신해.

겨울을 반납하다

그리고 보니 오늘이 2월의 마지막 날이네요. 3월 1일, 빨간 날인 내일은 오후에 할아버지를 뵈러 본가에 잠시 들를 예정이에요. 엄마나 아빠에게는 다소 무뚝뚝한 분이실지 몰라도 제게는 꽤 자상한 할아버지예요. 단것을 그리 좋아하시진 않지만 제가 올 때쯤에는 거실에 여러 가지 간식거리들을 가져다 놓으시죠. 그 간식들을 먹으며 아빠와 할아버지의 신경전을 구경하는 게 은근 재미있어요. 그래서 이번 주말이 쏜살같이 지나가 버리면, 오는 월요일에는 초등학교로 첫 등교를 하게 되죠.

후아, 가슴이 괜스레 두근거려요. 음…… 앞으로도 저, 잘할 수 있겠죠? 부디 좋은 선생님과 친구들을 만나길 바라요.

〈Fin〉

작가 후기

『결혼을 반납하다』는 2011년도부터 구상하기 시작한 글입니다. 서윤의 모티브가 되어준 인물을 옆에서 바라보면서 정말 서글프고 안타까웠습니다. 그녀가 보다 자유로워지고 행복해지기를 바라는 마음에서 이 글을 쓰게 되었습니다.

저는 말과 글에 힘이 있다고 믿거든요. 자꾸 말하고 자꾸 쓰다 보면 그녀의 삶이 언젠가 이 글처럼 보다 나아지지 않을까 그리 생각했습니다.

때문에 그녀가 느낀 아픔과 절망 등을 글 안에 고스란히 담아내면서도 마음이 완전히 무너져 내리지 않고 등장인물, 혹은 누군가의 상처를 보듬을 수 있는 글이 될 수 있도록 나름의 중심을 잡고 써 내려갔습니다.

『결혼을 반납하다』, 이를 줄여 '결반' 은 그 외에도 제게 의미가 많은 글입니다.

—현대 로맨스로서는 첫 장편소설.
—여태까지 쓴 글 중 가장 많은 관작을 기록한 소설.
—종이책으로 출간된 첫 소설.
—현대 로맨스 4부작 중 처음에 위치한 소설.
[결혼을 반납하다 — 바른 생활에 꽂힌 말괄량이 — 범죄자도, 사랑도 맡겨줘 — 사랑을 해독하다]

서윤과 현후를 비롯해 설민, 연아 등 글 속 인물들에게 무한한 애정을 느낀 탓인지 여기서 다 풀어내지 못한 이야기를 차후 연작 시리즈로 써 내려가고자 합니다.

제2부 『바른 생활에 꽂힌 말괄량이』는 결반에서 안타까운 모습을 보여준 설민이 재벌가 아가씨 이수의 개과천선 프로젝트를 맡으며 펼쳐지는 이야기입니다. 제3부 『범죄자도, 사랑도 맡겨줘!』는 '죄는 미워하되 사람은 미워하지 말라' 는 말의 해답을 찾아 나가는 형사들의 이야기로써 제4부 『사랑을 해독하다』의 남자 주인공이 모습을 처음

드러내는 글입니다. 마지막으로 제4부 『사랑을 해독하다』는 제3부에 등장하는 천재적인 두뇌의 소유자 희준과 매력 넘치는 아가씨 연아의 도도한 사랑 이야기로 준비되어 있습니다.

남은 이야기에도 많은 관심 부탁드립니다.

이 글을 마무리 짓기까지 여러모로 도움을 주신 부모님과 애독자분들께 감사드립니다.

이 글의 출간을 위해 힘써주신 출판사 관계자분들께 감사드립니다.

그녀를 위해, 그리고 삶과 사랑의 주체에서 밀려나 방황하고 있는 이 세상의 서윤이들을 위해 이 글을 바칩니다.

2015년 3월, 리브 드림.